主编
[中] 乐黛云
[法] 李比雄

执行主编
钱林森

跨文化对话

6

上海文化出版社

图书在版编目（CIP）数据

跨文化对话.6/乐黛云等主编. - 上海：上海文化出版社,2001.4

ISBN 7 - 80646 - 317 - 8

Ⅰ.跨… Ⅱ.乐… Ⅲ.比较文化 - 研究 - 文集 Ⅳ.G04 - 53

中国版本图书馆 CIP 数据核字(2001)第 11895 号

责任编辑：李国强

封面设计：陆震伟

跨文化对话（六）　　　　主编〔中〕乐黛云〔法〕李比雄
　　　　　　　　　　　　执行主编　钱林森

上海文化出版社出版、发行　　　　上海绍兴路74号

电子邮件：cslcm@public1.sta.net.cn　　网址：www.slcm.com

新华书店经销　　　　吴县文艺印刷厂印刷

开本 636×939　1/16　印张 13　插页 2　字数 170,000

2001 年 4 月第 1 版　2001 年 4 月第 1 次印刷

ISBN 7 - 80646 - 317 - 8/Ⅰ·341　　　　定价：19.00 元

告读者　如发现本书有质量问题请与印刷厂质量科联系

T:0512 - 6063782

《跨文化对话》

由中国文化书院跨文化研究院
与欧洲跨文化研究院共同主办

并列入法国夏尔－雷奥波·马耶
人类进步基金会(FPH)

面向未来的文化向文库

《跨文化对话》学术委员会成员
(以音序排列)

中国委员

丁光训　南京大学前副校长,金陵神学院院长,宗教学家,教授
丁石孙　北京大学前校长,数学家,教授
季羡林　北京大学前副校长,中国文化书院名誉院长,印度学
　　　　专家,语言学家,教授
李慎之　中国社会科学院前副院长,国际问题专家,教授
厉以宁　北京大学管理学院院长,经济学家,教授
庞　朴　中国社会科学院研究员,历史学家,教授
任继愈　北京图书馆馆长,哲学家,教授
汤一介　中国文化书院院长,北京大学中国哲学与文化研究所
　　　　所长,哲学家,教授
王元化　华东师范大学教授,文学评论家
张岱年　中国孔子学会会长,哲学家,北京大学教授
张　维　清华大学前校长,中国工程院院士,工程学家,教授

西方委员

Mike Cooley　英国布莱顿大学技术科学委员会主席
Antoine Danchin　法国巴斯德学院科学委员会主席,生物学
　　　　教授
Umberto Eco　意大利波洛那大学哲学系教授,欧洲跨文化
　　　　研究院学术委员会主席,哲学家
Xavier le Pichon　法国科学院院士,美国科学院院士,法兰西
　　　　学院地质地理系主任、教授
Jacques Louis Lions　法国科学院院士,法兰西学院数学系
　　　　主任、教授
Carmelo Lison Tolosana　西班牙皇家学院院士,孔普鲁登塞
　　　　大学人类学系主任、教授
Alain Rey　法国词典学家,国际词典学联合会主席

卷首语

乐黛云

[法]阿兰·李比雄

新世纪第一春，我们有幸为大家首次独家报道一个极为振奋人心的消息，那就是在巴西波尔图—阿莱阁召开的、与瑞士达沃斯世界经济论坛遥遥相对的巴西国际社会论坛。前者有掌握着世界经济政治命脉的顶级企业家和各国政要云集，后者则是规模空前的世界人民大会。这次人民大会是一次"公民社会"理想的实践，除来自117个国家的4700名正式代表外，还有12000名非正式代表参加，每天上午有10个大型讲座，下午是400个小组讨论会！这里人们畅所欲言，还可以直接和达沃斯论坛的人物进行对话，开创了普通人民群众表达自己意愿的、反宰制的新记录。详情请看亲身参加者生动活泼的《巴西国际社会论坛会议随记》。

"科学与人文"中的两篇文章相当深入地讨论了自然科学与人文科学的分离与契合；特别是博杜万·于尔当教授的文章所依据的是法国路易·巴斯德大学组织的四十场自然科学家与人文学者的对话和辩论所整理而成的录音、文字记载和分析材料，他所提出的问题和想法虽未能充分展开，但确实发人深思。林德宏教授指出当前自然科学与人文科学关系的失衡，强调科学技术应用中的人文关怀，提倡技术人道主义也很值得重视。

本期"专论"沿用卡尔·雅斯伯思关于古希腊、希伯来、印度、中国等重要文明在公元前500年前后几乎同时出现而形成一个"轴心时代"的论述，指出这几种文明在全球化信息时代还将继续发展，并获得了全新的特点而形成了"新轴心时代"，中国文化将在这一时代作出新的贡献。

"圆桌会议"讨论的是一个现实而颇有争议的全球性问题——普世伦理。目前发表的几篇文章都试图找到一条通往多元化与普遍性相结合的途径，但这种尝试受到了相当有力的反驳，例如认为从一个整体文化中分离出来的个别原则就像无水之鱼一样失去了能力，或说抽象的伦理观念，失去本地生活经验的表达就失去了活力等。应该说本辑"圆桌会议"是对第五辑关于"新雅各宾主义"讨论的继续，本辑"多声道"与"要籍时评"中的几篇文章也是对讨论这一问题的重要参考。以后我们还将对此继续讨论。

目前，李奥·史特劳斯（Leo Strauss）和伊曼纽·勒维纳斯（Levinas）都是大家十分关注的热点人物，我们特发表刘小枫博士和杜小真教授深入浅出的解析，以飨读者。

我们还要特别感谢两院院士，中国文化书院导师吴良镛教授将他的《建筑文化与地区建筑学》的极富创见的论文在本刊发表，这无疑是对本刊的极大支持。

目　录

本辑作者介绍

博杜万·于尔当
Baudouin Jurdant（**法国**）
　　法国科学史家
林德宏（**中国**）
　　南京大学哲学系教授
汤一介（**中国**）
　　中国文化书院院长、北京大学哲学系教授
金丝燕（**法国**）
　　阿尔瓦德大学副教授
万俊人（**中国**）
　　清华大学哲学系主任、教授
何怀宏（**中国**）
　　北京大学哲学系教授
杨慧林（**中国**）
　　中国人民大学中文系教授
刘笑敢（**新加坡**）
　　新加坡国立大学中文系副教授
程艾兰
Anne Cheng（**法国**）
　　巴黎东方语言文化学院中文系副系主任、教授
钱林森（**中国**）

　　南京大学比较文学与比较文化研究所所长、教授
吴良镛（**中国**）
　　中国科学院院士、中国工程院院士，清华大学建筑学院教授
宋征时（**中国**）
　　法国社会科学中心博士
伊塞·安东尼奥·费尔南德斯·德·罗塔·伊·孟德尔
José Antonio Fernandez de Rota y Monter（**西班牙**）
　　拉科鲁尼亚大学教授
刘小枫（**中国**）
　　中国香港汉语基督教文化研究所学术总监、教授
南　帆（**中国**）
　　福建省社会科学院研究员
赵汀阳（**中国**）
　　中国社会科学院哲学研究所副研究员
杜小真（**中国**）
　　北京大学哲学系教授
杨洪承（**中国**）
　　南京师范大学文学院教授

6

自然科学与人文科学的

科学性愿望　[法]博杜万·于尔当

　　当今，各种文化之间的对话给予我们在多方面相互增长智慧和见识的希望；同时，当今人们似乎渴望更好地相互了解，以便在保持他们的重要差异的同时更好地相互接受。但是，仍然存在一种既是认识论方面的也是体制方面的分离，它从十九世纪初就把自然科学与人文科学对立起来，要使这种分离变为一种能够改变时代精神的、相互影响的动力条件，还有很多事要做。

　　首先，要好好掂量一下"分离"这个词在这儿的含义。自然科学与人文科学并不是简单指两类互相分开的科学（人们通常认为学科之间或专业之间也是互相分开的，并像绘制地图似的把知识像两个大陆一样分成两个大类）。也不是指两类不同文化——这里，"文化"是有名的 C. P. 斯诺①在他那本曾风靡一时的小册子《两种文化与科学革命》里所指的意义，而这恰恰妨碍我们更好地理解自然科学与人文科学之间存在的分离所产生的问题。倘若这仅仅是一个文化问题，那么我们可以设想用对话的办法来解决它。而且我们面对的就会是一种差异，它能在两个十分确定的人类群体之间建立对称而且有益的互相影响的关系。"分

---

　　① C. P. 斯诺(1905－1980)，英国小说家、科学家和政治官员。他的论文《两种文化与科学革命》(1959)是他最著名、也是受到广泛攻击的作品。在这部作品中，他强调从事两大学科中任一学科的人们互相间即使非一无所知，也是极少了解，他们之间的交流也极其困难，西方文化两大支脉间形成一大鸿沟。

1

离"这个词在这里更多地指结构作用的问题,应当将其置于现代科学在西方之作用的中心。

是否可以指望超越这种分离呢?是否可以希望通过采用布鲁诺·拉图尔在其最后两本书中建议的那种模式新结构而简单干脆地消除这种分离呢?是否可以梦想人文科学与自然科学达到进一步的(政治)一体化呢?我想首先简短提一下斯特拉斯堡的路易-巴斯德大学科研小组就自然科学与人文科学之间的关系所做的调查中的几个结论。然后我将谈到影响现代科学的社会认识论功能的分离现象所聚焦的几个重大话题。

误解

正如巴斯德大学科研小组在二十世纪八十年代初所做的一次小型调查所指出的,当我们让一位自然科学的代表和一位人文科学的代表对话时,就可能产生很多误解,这些误解源于双方的某些成见,至少我们能根据我们曾经组织并进行录音、文字整理和分析的四十次辩论下这样的结论。每场辩论都让一个自然科学研究者或教师兼研究人员与一个人文科学的研究者或教师兼研究人员对阵。我们要指出,二者一般都非常乐意参与这样的辩论,前者中某些人有的第一次接触社会学家,有的第一次遇到人种学家或语言学家,有的第一次接触心理学家或经济学家。同样,对后者来说,这往往也是与另一个世界接触的第一次机会。尽管每次讨论的内容不尽相同,但这种形式的调查仍然能让我们辨析出某些误解的根源,以及辩论过程本身的相似之处。

科学的统一

两方面的科学家相见时,互相讲的头几句话都是很常规、很老套的,如"亲爱的同行"(我们将每次辩论会的对话者按身份配好了对子)。这种互相认同是立即的并且完全自发的,其根据是双方都认为科学是统一的!科学是放之四海而皆准的统一体!然而,这种对解决传统的关系来说是如此合适的统一并不是对所有的人都有相同的含义。自然科学家那一方似乎认为,科学的统一以现实世界的统一为基础。一切客观真实存在的东西都可以作为严密的科学研究对象,真实世界的丰富导致学科的多元性。精密科学和自然科学的目标在于达到发现和理解构成真实世界的各种现象和过程的最简单成分。从阿基米德的"元素"到脱氧核糖核酸的最基本组合,其间还有物理学的粒子和化学的元素表等等,科学的研究方向似乎是了解世界的本原。而社会科学这一方,科学的统一性首先以方法为保证。一旦你把学到的一种科学方法好歹运用到你感兴趣的现象上,你便是科学家。这样一来,科学的统一并不完全与实际世界的统一相呼应,而在更大程度上与科学家职业的统一相呼应,亦即与研究者的群体相呼应,这种统一丝毫不能保证达到一致的共识,这与自然科学的通常情况正好相反。对自然科学家来说,共识似乎首先建立在物体和现象的性质这一基础上,重要的是在某一历史时刻更好地认识这些性质,采用的方法可以多种多样,并随着时间及所用仪器在技术上的完善程度而变化。

在社会科学和人文科学领域,这种最低限度的一致是极其有限的。雷蒙·阿隆①给社会学下定义时不得以只能说是"社会学家所做的事",经济学也有类似情况:自从安托万·德·蒙克雷斯蒂安② 1615 年首创了政治经济这个词以来,几乎每个人对它都有自己的定义。也就是说,社会学家、经济学家、心理学家是以主观的看法来确定各自学科的范围的。

科学愿望

那么,现在问题在这里:人们怎么确定一个人是社会学家、经

---

① 雷蒙·阿龙(1905 –),法国社会学家,哲学家和政治评论家,以其对思想体系的正统观念持怀疑态度而知名。有《社会学思想流派概述》(1967)等多部论著。

② 安托万·德·蒙克雷斯蒂安(1575 – 1621),法国剧作家和经济学家。"政治经济学"这个名词是他在其论著《政治经济学论文》中首创的。

济学家或心理学家呢？人们怎么"制造"这类专门类别的科学家的呢？尤其是，怎样才能做到，不致有多少个社会学家便有多少种社会学，有多少个政治经济学家便有多少种政治经济学，有多少个语言学家便有多少种语言学，亦即科学不因人而异呢？

我认为，一个人要能被确定为社会学家，首先要看他在研究社会现象时的科学性愿望，当一个人能表现出他确实严肃认真对待科学，把科学的所有严密性和准确性原则贯彻到他的研究工作中时，他才能自称为"社会学家"。具有严肃认真的态度的同时，还应当，如果可能的话，运用数学工具，这有利于建立对研究对象的客观判断。最重要的是追求科学性的努力要表现在研究工作上，人文科学家对社会现象的关注要科学化。

对自然科学家而言，追求科学性当然不成问题。他们是科学家。甚至，他们中的某些人生来便是科学家，如同有些人的胎记或遗传性驼背一样。他们无须对自己提出关于科学的问题，重要的在于做科学。而他们的发明或发现的有效性便是他们的实践的真正科学性的保障。什么效果？什么分子？什么构造？什么现象？什么过程？什么技术？总之，你发现了什么在你之前别人不知道的东西？你把自己的名字与哪种和别人不同的知识联系在了一起？这才是问题之所在。

所以，在自然科学家那一方，科学是正在进行的事，它被具体的、得到认可的结果所证实；而在社会科学家一方，科学是一种主观意图，或者，用伊莎贝尔·斯坦格尔的说法，是一种科学愿望，它通过运用科学工具表现出来，并随着学科、学派、倾向、利益、各人成见的不同而被不同地内化。这种科学愿望存在于深感其必要的他（她）的内心思想里。它使我们意识到在人文科学领域里研究者本身的重要性，亦即他（她）作为社会学家、经济学家、心理学家或语言学家的身份的重要性。这种科学愿望的真实性或许有可能奠定被称为人文科学家的研究人员的科学合法性。

展望

这一愿望在心理上,甚至在认识上被人文科学家内化,同时也在社会上被局部化。这一愿望的表达便产生了被研究现象的前景,产生了一种看法,人们要求这种看法前后一致、有道理、有充分的材料作根据、而且能在一段时间里引起人们的关注。在人文科学领域,研究人员不可能忘记,这只是若干可能的看法中的一种。在这一点上,自然科学与人文科学之间存在重大差异。自然科学参照的是客观现实,因而往往可以考虑前景这一因素,除非在科学史上出现重大理论革命的时候,诸如从拉马克①到达尔文,从托勒密②到哥白尼,从帕拉切尔苏斯③到拉瓦锡④或从牛顿到爱因斯坦。在平常的时候,自然科学家隐身于自然界的现实所告诉他们的东西后面。他们的看法的社会和文化之根可以消失而无妨大碍。科学,古人已把它看作神的启示,它建立一套有关世界的表面上来自事实本身而非来自人的说法。正所谓事实自己会说话!关于这个有趣的认识论方面的老话题我们可以议论很久。因为,为了让事实讲话,科学家们施展了多少力量,多少理论上和实践上的聪明智慧,多少想像力,又经历了多少技术上奇妙的峰回路转啊!如果说事实终于讲话,——常常是在长时间的拒绝之后,那完全是因为自然科学家们成功地赋予它们合适的语言:主要是数学语言。

人文科学中资料的特殊地位

而社会科学的情况正好相反。这里,事实千真万确地自己在讲

---

① 拉马克(1744-1829),法国生物学家,进化论者。认为所有生物均由原始的小体进化而来,他首先使用"生物学"一词(1802)。

② 托勒密(约90-168),希腊天文学家,数学家和地理学家。他创立的"托勒密体系"把地球看成是宇宙的中心。

③ 帕拉切尔苏斯(1493-1541),瑞士医生,炼金家。

④ 拉瓦锡(1743-1794),法国化学家,现代化学之父。他推翻了支配化学发展长达百年的燃素说,把非燃素空气命名为"氧"。

话。它们总是已经具有某种意义。人文科学家往往正是与社会事实的罗嗦绕舌作斗争，才能提出一种对事实的新看法，一种能充分考虑科学进步给世界带来的转变的新看法。人文科学家当然不可能不知道，他们提出的新看法来自他们自己，来自他们将某种科学理想的方式。正是多亏了这种理想的内在化，他们对社会现象的看法才具有独特性。但是他们也不可能不知道，自己的视线只是很多可能存在的视线中的一种，那些视线随时准备捍卫它们的合理性。如果缺乏这点清醒，那将不仅在认识论上是荒谬的，因为谁也不能在现实之外占据一个社会现实的观察台，而且在道德上也应受到指责，因为观点的多元性和相对性是维护个人自由所必不可少的。

参考学说创立之父

这一点能帮助我们懂得人文学科里学说奠基人的重要性。

如果说自然科学家可以毫无妨碍地忘记他们的学科的过去，那么人文科学家却必须不停地参考他们从事的学科的奠基人：社会学的孔德、韦伯或涂尔干，经济学的亚当·史密斯或瓦尔拉，心理学的费希纳、卡夫卡或塔尔德，语言学的索绪尔等等。在上述学者的著作里，人文科学工作者能反复看到一种"科学理想"的形成方式，这科学理想与一个面向进步的社会的建立相符合，同时这个社会进入了与精密科学和自然科学的创造性有紧密内在联系的现代性。阅读这些学术奠基人的著作能使研究人员重新发现那种鲜活的、有时甚至是很天真的科学愿望，这种愿望应当经常得到更新。

也许有人会反驳我："如果这种愿望达不到什么结果，那么要它何用？我们只有搞科学，并得到被大家承认的成果，才能算科学界的人！难道社会科学和人文科学真的只能从一种'赊欠'的科学性里取得合法地位吗？科学愿望和从事的科学有什么关系呢？"

为了回答这些问题，我援引两个论据：

社会科学的研究方法产生于一种科学理想的内在化，并以自然科学的模式为依据，虽然自然科学的存在根本不需要这样的内在化。内在化过程有一种功能：由于内在化，科学在构建中找到他与社会环境之间的关联。人文科学家常常借用自然科学的概念、方法、研究工具，以加深他们对社会现实的理解，这就意味着他们赋予这些概念、方法、研究工具另一个空间，即与社会现实的意义密切联系的理解空间。当然，自然科学家在自己的工具被别人运用时，难以认出他们当初为更好地了解自然界的现实而赋予这些工具的意义。确实，这些工具与其原来的功用相分离。它们向多功能性开放。简而言之，它们面向某种环境和背景，而且正由于功能的多种偏离，科学才能始终植根于人的世界，不管他们是否是科学家。

我的第二个论据是：自然科学的有效性是通过它提供给我们对自然界的机制和运行过程的掌握程度来评估的。换句话说，自然科学给其实践者提供了掌握现实世界的某种权力。你也许会说，人文科学有类似的有效性，它也导致某种权力。然而，与自然科学知识相联系的权力是工程师、技术员主宰事物的权力，而必然应与社会现实的知识相联系的那种权力却只能被视为一种政治权力，一种主宰人的权力，它可以表现为技术专家对社会关系的管理。德意志第三帝国时期（1933－1945）的人文科学，特别是人类学、考古学和社会学就是这种情况。比如，众所周知，当时德国社会学家从美国引进盖洛普民意测验技术，不仅用它来经常测量民众的情绪，而且用来向民众灌输纳粹思想。

人文科学认识论的矛盾

这就导致一种矛盾：要么人文科学能在其研究结果中表现出与自然科学同等有效的科学性，若是这样，它必然扩展到政治领域；要么它停留在与行使政治权力无关的学识的构建上，从而始终处于等待有效性的境况。然而在人文科学家眼里，惟有这种有效性能保障人文科学的科学性。这样，经济学家、社会学家或心理学家的学识就变成值得怀疑的了。人们疑心它是空无结果的，可以被质疑甚而推翻的。

人文科学和社会科学便这样注定停留在一种"科学愿望"上，

而且,为道德的原因,这愿望最好不要开花结果。那么,这是否便意味着这类科学是无用的呢？或者它们自称为科学从而给自己一种合法性,这是否过分了呢?一旦人文科学的意义不再寓于它所承诺的与自然科学相同的有效性,那么我们该将它置于什么地位呢?又能将它置于什么地位呢?

科学的进步向现代社会提出的问题

这里,要提到十九世纪人文科学在体制上被承认的历史背景。

面对着自然科学前所未有的进步,面对着侵入社会生活各个领域、使传统发生翻天覆地的变化、改变着人的古老定义、使社会结构解体的自然科学,现代社会可以做如下的选择:要么以古老传统的名义,设法遏止打乱传统的新事物,办法是不让科学家讲话(历史上伽利略的遭遇已为我们提供了令人震惊的例子);要么现代社会与被知识的进步调动起来的力量结成联盟。人文科学和社会科学便是后一种战略的体现。这类科学产生于一种集体意愿,在十九世纪,这一意愿凝聚在某些与实证主义的诞生相关联的著作里。

这样,社会科学便肩负着一种使命,那就是重新组织世界应该具有的意义,以使世界上所有的人在与他人、与环境,以及与自己的关系中真正感到自在。相反,自然科学却时刻要我们重新考虑我们对世界的认识。从前的依据在消失。新的规范正在建立:常识性的东西在新概念、新发现的冲击下动摇了。而这些新东西被自然科学以一种通常被认为是不可理解的语言表达出来。然而,所有的人,任何一个社会的所有成员,都有一种不可剥夺的权利——理解他存在的意义,而这一意义在很大程度上取决于普通语言,以及这种语言向所有人述说这个世界的能力。

科学的普及

"但是",有人会说,"这不是人文科学的事,这是科学普及的事！你这是把两类不同的问题混为一谈。"人文科学与科学的普及之间存在十分紧密的联系。这一联系清楚地表现在奥古斯特·孔德的著作中,而孔德既是自然科学的伟大普及者(天文学、物理学、化学、生物学等等),又创造了社会学这个词语来指被他的前人和他自己起初称为社会物理学的科学。科学的普及为所有不搞科学的人提供了了解科学所阐明的那些新事物的可能。它为我们解释被科学技术改变了的事物：天空在伽利略新发现的成千个星星照耀下发亮；空气充满了拉瓦锡发现的氧气和巴斯德发现的肉眼看不见的细菌；城市里马达隆隆；夜晚霓虹灯闪烁,太阳成了可怕的核炸弹的形状,光成了外科医生的手术刀,身体中另一个人的心脏在跳动,等等。十九世纪是科学普及的伟大时代。对拉斯帕①和弗拉马里翁②这样的科学家,普及科学是让所有人分享被科学发现的新事物,而不完全是分享科学本身——因为科学仍然是数目有限的一类人专门从事的。科学普及帮助我们接受新事物,并能把它们与平时的语言联系起来。当时,科学普及者竞相对人们宣称："你也许以为事情是这样的, 以为人是造物主从无到有造出来的。错了,科学告诉我们,事情是另一种样子,人是从猴子进化来的。"

就在那时出现了社会科学。它代表各种社会力量和多种多样的利益。在自然科学的论说中人的原因总是消隐、让位给客观事实,而社会科学却让想要科学的人存在。因为,科学,有些人做它而并不想要它,或者并不对自己提出有关它的问题。社会科学让那些把自己的身份押在这一愿望上的人存在。换句话说,正是通过社会科学和人文科学,社会,从整体上来说,才能想要那些事实上是强加给它的东西。正是从这种集体意愿的力量中产生出我们今天视为科学的社会体系的东西,连同构成和延续这一体系的种种机构,连同支配其运行的种种规则,以及支撑其工作的一切经费,没有这种体系,自然科学便几乎难以为继,除非它掌握所有权力,不仅拥

① 拉斯帕(1794－1878),法国生物学家,化学家,政治活动家。
② 弗拉马里翁(1842－1925),法国天文学家,著有《生物世界的多元性》和《大众天文学》。

有主宰客观事物的权力,还要它僭取主宰人的权力。

人文科学和社会科学的道德作用

为使社会科学和人文科学能继续承担这一对自然科学的存在极为重要的作用,为使它除关心本领域知识的构建外还始终关心与这些知识密不可分的道德问题,它必须有可能与自然科学家经常接触。诚然,这种接触会在涉及到科学领域中人的因素时提醒不同科学之间的分离,然而它对自然科学家和人文科学家两方面都是必要和有益的。通过接触,科学便不仅是对人的问题所做的客观回答的汇集,而且也是持续提问的焦点。自然科学家因有各自专业化的领域,且常常关在实验室里,很少感觉到这种提问的意义。他们难以忍受来自四面八方的怀疑。他们要——也应该——前进。但是,如果他们只想达到完全的自治,那么他们的前进将变成徒劳无益的事,只能使他们脱离支撑他们的社会和文化背景,这是危险的。

把他们和社会文化背景联系起来的纽带是双重的:一方面有人文科学和社会科学引导自然科学面向这样一个问题,即它能为社会整体找到怎样的意义;另一方面,有科学的普及,它竭力恢复平常语言对科学探索中涌现出来的新事物应有的掌握权。

诚然,对自然科学来说,有一种办法可以省掉这种双重的制约性的联系,那就是与政治权力的实施紧密结合,最终与政治权力融为一体。这是诺贝尔奖获得者 A·卡雷尔①的梦想,他在《人,这个未知数》中阐述了这一梦想,其目标是按照自然科学的(如他从事过的)模式建立人文科学。但是,正如历史上科学衰退的例子(比如中国,或十一世纪末的阿拉伯世界)所证明的,这样一种战略无疑将把科学引向又一次衰退。

(陆秉慧 译)

---

① A·卡雷尔(1873 - 1944),法国外科医师,社会学家,生物学家。由于创造了缝合血管的方法而获 1912 年诺贝尔医学奖。

比 翼 双 飞

——科技文化与人文文化的协调发展 林德宏

　　自然科学与人文科学的关系问题,是人们经常谈论的话题,许多人的一个基本观点是,这两种文化的分离已经十分严重了。

　　这两种文化应当分离吗?为什么它们会分离?如何才能逐渐消除这种分离?

人类的双重生命

　　让我们从人的本质说起。

　　从哲学上讲,人是物质与精神的统一体。人既是一种物质实体,又是惟一的精神主体。人有身体,由一些化学元素组成,是一种动物。所以人有物质需要和物质生活,社会要不断地创造物质财富。人又是智慧生物,有精神需要和精神生活,所以社会又要不断创造精神文化。人既有物质生命,又有精神生命。

　　科学技术是人类关于物质的知识。自然科学主要研究的是自然物,技术科学主要研究的是人造物。人类是利用自然界的物质资源来制造人造物的,所以自然科学为技术科学提供理论基础。我们研究自然物,归根到底是为了制造人造物,所以科学创新应当转化为技术创新。

　　人文科学是关于人的科学。人类同其他生物的本质区别,在于人有精神生命。所以人文科学主要是关于人类的精神、意识、思想

11

的科学。

既然人类同时具有物质生命与精神生命这两种生命，那人类就既需要科学技术，又需要人文科学。人类当然不希望自己的两种生命的分离。失去了精神生命的物质生命，就只是一般的生物；失去了物质生命的精神生命，就只是一种幽灵。因此按照人的本性，自然科学与人文科学也不应当分离。

技术化生存

可是，这两种文化毕竟是相互分离了。为什么会出现这种情况呢？还是要从人本身来寻找原因。

因为人具有精神生命，所以人类不仅能适应世界，还能创造世界。因为人类是智慧生物，所以人类能认识外部世界，又能认识自己，包括认识到自己的需要和局限性。人类逐渐认识到外部世界和人自身都不能完全满足自己的需要。

自然界虽然为人类提供了物质资源，但却不提供人类所需要的各种现成的物品。例如人需要衣服、住房，这些自然界都没有，但却有植物、动物、石块、泥土，于是我们就用这些来制造衣服和住房。有了地球，就会有各种无机物和有机物；有了人，才会有人的衣服和住房。于是人类的物质生活就发生了根本的变化。

人类制造衣服、住房的活动就是物质生产。人类在生产活动中，又不断认识到自己有很多的局限性。人类就制造各种工具来取代自己的器官和功能，超越自身的局限性。

人的感官对外界的信息有一定的选择性，于是人们就制造了各种认识工具，如望远镜、显微镜以及认识紫外线、红外线、超声波、微观粒子的仪器。

人的体力十分有限，绝对体力比不过大象，相对体力比不过蚂蚁，现在世界举重冠军不能举起 3 倍于自己体重的重量，蚂蚁却能拖动 300 倍于它的体重的重物。于是我们就制造了像杠杆、斜面、滑轮，这样的机械，应用这些机械在客观上可以达到放大体力的效

12

果。后来我们又制造了蒸汽机、发电机、核电站这样的动力机,用自己制造出来的动力来取代自身的体力。以往的科学技术革命本质上都是动力革命,其主要任务是取代和放大体力,超越人的肌肉的局限性。

工业要制造大批量的相同规格的产品,而人的双手的动作不准确、不精确、很难重复相同的动作,这就同产品的高度标准化发生了冲突。于是我们又制造了各种工作机,用机器的高度标准化的运转来取代双手的非标准化的手工劳动,超越了人的劳动器官的局限性。

后来我们又发现大脑活动也有一定的局限性,如容易遗忘、思考的速度不够快。于是我们又用电脑来取代人脑。现代科学技术革命本质上是智力革命,其主要任务是取代和优化智力,超越人脑的局限性。

我们又在研制智能机器人,来全面地取代和优化人的器官和功能。

人类的物质文明史就是通过这两种取代发展的:用各种生活器具来取代自然物和用各种工具取代人自身。这两种取代(特别是后一种取代)是极其成功的。人类的进化不再是生物学进化,而是工具的进化、人造物的进化、文化的进化。

人造物的制造过程,就是人们应用科学技术的过程。所有的人造物都是"技术物",都是科学技术的物化。也就是说,我们依靠科学技术来不断超越自然界相对于人类生存和发展而言的局限性和人自身的局限性。生产靠技术,生活也越来越靠技术。没有技术我们不仅不可能发展,甚至很难生存。因为人对人造物和技术的依赖越强,人在自然界中就越脆弱。我们生活在技术物之中,我们的生存方式是"技术生存"。这种生存方式充分显示了科学技术的巨大力量。

两种文化的分离

科学技术是第一生产力,是推动社会进步的伟大力量。在近代科学技术和机器大工业出现以前，人类主要是依靠自然界生存，这种生存方式可称为"自然生存"。相对于自然生存，技术生存是伟大的进步。但技术生存也带来了一些消极后果，其中之一便是自然科学与人文科学的分离。当生产力的发展主要是依靠生产工具的完善，而不是生产者的精神面貌时，经济效益主要是依靠科学技术创造的。政府更重视科学技术，因为它直接关系到一个国家的经济实力和军事实力。企业家也更关心科学技术，因为技术创新可以使他的企业更好地占领市场。于是科技文化便成为社会的主导文化。

两种文化的分离还有更为广阔的背景和更为深远的社会后果。

技术的本质实际上是用人造物来武装人，用人造物的力量来取代自身的力量，这就是人的"物化"。这种物化是十分有效的，它使人类掌握了强大的物质力量。可是这样一来，又会形成一种后果：人们容易把自己的价值归结为物的价值，或者说高度评价人造物的价值，却遗忘了自身的价值。所有的人造物都是人制造出来的，并由人来控制的。人是主人，人造物只是人的工具。可是在机器的面前，工人双手的动作却要听命于机器的运转，于是容易认为机器是主人，自己却是机器的奴仆。再加上机器是生产效率的象征，这就形成了工业社会的一种特有文化——对机器的崇拜。在美国影片《摩登时代》里，卓别麟扮演了一个工人，他一直用扳手在生产线上快速地拧紧螺帽，动作是那样的单调乏味，使他的心态已不太正常，即使是走在大街上，看到行人衣服上的大钮扣，他也想去用扳手把它拧紧。后来这位工人被卷入了机器，成了机器的一个部件，人们习惯于把许多有一定结构和功能的东西都称之为机器，人以致整个宇宙都被看作是机器。我们观看体育比赛，高喊"加油"，运动员是人，我们给他加什么油？机器才需要加油。有一位诗人写道：机器"抽打并清洗我的灵魂，让我满怀敬畏和惭愧"。机器本来是人的创造品，崇拜自己的创造品却遗忘了自身的价值，这的确令人深思。

有人认为，高技术将会进一步使人"非人化"。机器人的功能不断提高，它不仅已经能成功地模拟逻辑思维，而且还可以进一步智能化。1997 年 5 月 11 日，世界国际象棋冠军卡斯帕罗夫同美国

IBM公司的"深蓝"电脑对弈,经过6局激战,"深蓝"电脑以3.5比2.5的成绩战胜了卡斯帕罗夫。卡斯帕罗夫从未说过电脑赢不了象棋大师,但他说他要把人类的尊严捍卫到2010年。他每秒钟可思考3步棋,"深蓝"每秒钟则可以思考2亿步棋。此事使不少人感到震惊,因为早在1948年著名控制论专家艾什比就说机器将可能统治人类,这时第一台电子计算机才刚问世。后来英国机器人专家渥维克说2050年机器人必将统治我们人类,到那时机器人将把人关在集中营里,就像当年希特勒对待犹太人那样。他认为我们人类对自己的厄运无能为力。渥维克一边对我们描绘未来的悲惨画面,一边又夜以继日地在实验室里竭力提高机器人的功能。这岂不令人深思?

生物技术的发展,使人类有可能应用技术对自己进行技术改造。有的科学家提出,我们可以抛弃自己的躯体,只留一个脑袋。如果想要躯体,可以用物质材料重新制造一个。还有的科学家认为大脑也可以不要,在金属躯体上安装一台电脑就行了。

这样一来,在人与机器的关系上,高技术可以把我们引向两条道路。一条路是把机器人优化为"超人",最后使人类成为机器人的奴隶。另一条路是把人改造成为机器人。这两条路都导致了人的"非人化"。人们不禁要问:如果技术最终将使人不再是人,那这种技术又有什么意义呢?

技术人道主义

科学技术的水平越高,发展速度越快,它的社会作用也就越大,科学技术与人的关系问题也就越来越突出和重要。

我认为我们在这个问题上的基本观点是:

人类的全面发展是人类的最高利益和最高任务,科学技术在任何时候都必须服务于这个利益和服从于这个任务。

人的价值是最高的价值,科学技术的价值只是人的价值的一种形式。

科学技术是人类进行创造活动的重要手段，它必须永远置于人类的有效控制之中。

科学技术的水平归根到底取决于人的素质。

这些基本观点的核心，是在研究和应用科学技术过程中对人类全面发展的关注。

在这个问题上有几种观点是不能同意的。

一种是反科技主义，认为科学技术是魔鬼，甚至是万恶之源。如环境保护主义者皮卡德说："我们现在所'津津乐道'的技术，除了广泛地造成自杀性的污染以外就没有什么其他东西了。……技术在慢慢地毁灭人类，人类在慢慢地吞食自然。"①一部文明史表明：科学技术的积极作用是主导的一面。一般说来，科学技术产生了严重的消极作用，其责任不在于科学技术，而在于人。反对科学技术，就是反对人类进步。

另外一种极端的观点是惟科技主义，认为科学技术是推动社会全面进步的惟一的决定性因素，把科技进步等同于社会全面进步。这种观点又可以称为科学技术万能论，认为只要有科学技术，我们就可以随心所欲地做任何事情。如美国物理学家范伯格说，有了科学技术，"所有不违背已知基本科学规律的事都将能够实现，许多确实违背这些规律的东西也是能够实现的。"②瑞士作家迪伦马特写了一个题为《物理学家》的剧本，此剧反映了一些科学家的看法：谁掌握了科学技术，谁就能统治世界。罗素提出要建立"科学政府"，埃吕尔认为国家是"技术机器"。这种观点是片面的。科学技术虽然十分重要，但只是社会系统的一个方面。社会制度、政策、经济、政治、文化各方面对科学技术的发展也有重要的影响。

还有一种观点称科学技术价值中立论或自主论，认为科学技术没有价值取向，它不应当受到任何约束。美国学者贝利说："科学家，以其科学家的身份，在道德或伦理问题上不偏不倚，……这样

---

① 引自舒尔曼：《科技时代与人类未来——在哲学深层的挑战》，80页，东方出版社1995年。

② 引自里吉斯：《科学也疯狂》，233页，中国对外翻译出版公司，1994年。

一种科学家没有伦理的、宗教的、文学的、哲学的、道德的或婚姻的偏好,他作为 个公民有这些偏好,这一点使得他作为一个科学家必须摈弃这些偏好益发显得重要。作为一个科学家,他的兴趣不在于是对是错,是善是恶,而仅在于是真是假。"①如果科学家真的抛弃了那些"偏好"即价值选择,那也就抛弃了人文文化。如果科学家真的不分是非善恶,离开了求善来谈求真,就会使科学技术成为冲向悬崖的脱缰的马。

埃昌尔说:"技术的自身内在需要是决定性的。""技术对于经济和政治是自主的。我们已经看到,在当前,无论是经济的还是政治的进化都不能制约技术的进步,技术进步也不取决于社会形势。""技术必须把人降为动物。""面对技术的自主性,这里没有人的自主性。"②技术当然有自身的逻辑,如机器人制成后就要尽量提高它的功能,克隆了绵羊后就自然想到要克隆人。但是除技术的逻辑外,还有社会和人发展的逻辑。后者决定前者,而不是相反。技术有禁区,这个禁区就是对社会的全面进步、人的全面发展的破坏。凡是不利于社会全面进步和人类全面发展的技术就不应当推广,甚至不应当研究。

科学技术,尤其是技术,在研究、应用和推广的过程中一定要贯彻人道主义原则,这种原则可称为"技术人道主义"。在当前,提倡技术人道主义是沟通科技文化与人文文化的一个重要途径。

鸟有双翼,人的大脑有两个半脑。人类既有物质生命又有精神生命,所以人类永远都需要科技文化与人文文化这两种文化。我们既不需要也不可能在这两种文化中比个高低,它们各有其功能和价值,都是人类全面发展的重要方面。由于近代工业文明以来,科技文化对经济发展作了决定性贡献,事实上成为主导文化,使两种文化的发展失衡,所以当前需要强调科学技术应用中的人文关怀,强调提倡技术人道主义。这都是为了两种文化协调发展,比翼双飞。

① 肯尼思·D·贝利:《现代社会研究方法》,38页,上海人民出版社,1986年版。
① 引自陈昌曙:《技术哲学引论》,136,216-217页,科学出版社,1999年版。

新轴心时代与中华文化定位

汤一介

　　经济全球化对世界文化的发展将产生重大影响。经济全球化并不一定会消除不同国家、民族之间的冲突,在某些情况不还有可能加剧不同文化传统国家、民族之间的冲突。因此,关于文化冲突与文化共存的讨论正在世界范围内展开。是增强不同文化之间的相互理解和宽容而引向和平,还是因文化的隔离和霸权而导致战争,将影响二十一世纪人类的命运。自第二次世界大战结束之后,由于殖民体系的相继瓦解,文化上的"西方中心论"也逐渐随之消退,民族与民族、国家与国家、地域与地域之间文化上的交往越来越频繁,世界日益成为一个不可分割的整体。目前,世界文化的发展出现了两股不同方向的有害潮流:某些西方国家的理论家从维护自身利益或传统习惯出发,企图把反映他们继续统治世界的价值观强加给其他国家和民族,仍然在坚持"西方中心论";与此同时,某些取得独立或复兴的民族和国家,抱着珍视自身文化的情怀,形成一种返本寻根、固守本土文化,排斥外来文化的回归民族文化传统的部落主义。如何使这两股相悖的潮流不致发展成大规模的对抗,并得以消解,实是当前必须引起重视的一大问题。在此情况下,我们必须反对文化上的霸权主义,又要反对文化上的部落主义。要反对文化上的霸权主义,必须是以承认和接受多元文化为前提,必须充分理解和尊重人类各种文明,以及各民族、各群体,甚至每个人的多样性和差异性;要反对文化上的部落主义,必须是以承认和接受多少世纪以来各民族之间的文化交往和互相影响是文化发展的必然进程为前提，批判排斥一切外来文化的狭隘心理。人们应以一种新的视角来观察当前不同文化之间的关系，并建立一种新型的文化多元的新格局。

德国哲学家雅斯伯思（Karl Jaspers, 1883－1969）曾经提出"轴心时代"的观念。他认为，在公元前五百年前后，在古希腊、以色列、印度和中国几乎同时出现了伟大的思想家，他们都对人类关切的问题提出了独到的看法。古希腊有苏格拉底、柏拉图，中国有老子、孔子，印度有释迦牟尼，以色列有犹太教的先知们，形成了不同的文化传统。这些文化传统经过两三千年的发展已经成为人类文化的主要精神财富，而且这些地域的不同文化，原来都是独立发展出来的，并没有互相影响。"人类一直靠轴心时代所产生的思考和创造的一切而生存，每一次新的飞跃都回顾这一时期，并被它重新燃起火焰。"（雅斯伯思《历史的起源与目标》14页，华夏出版社1989年版）在某种意义上说，当今世界多种文化的发展正是对二千多年前的轴心时代的一次新的飞跃。据此，我们也许可以说，将有一个新的"轴心时代"出现。在可以预见的一段时间里，各民族、各国家在其经济发展的同时一定会要求发展其自身的文化，因而经济全球化将有利于使文化多元的发展。从今后世界文化发展的趋势看，将会出现一个在全球意识观照下的文化多元发展的新局面。二十一世纪世界文化发展很可能形成若干个重要的文化区：欧美文化区、东亚文化区、南亚文化区和中东与北非文化区（伊斯兰文化区），以及以色列和散在各地的犹太文化等等。这几种大的文化潮流将会成为主要影响世界文化发展的动力。这新的"轴心时代"的文化发展与公元前五百年左右的那个"轴心时代"会有很大的不同。概括起来，至少有以下三点不同：（1）在这个新的"轴心时代"，由于经济全球化，科技一体化，信息网络的发展，把世界联成一片，因而世界文化发展的状况将不是各自独立发展，而是在相互影响下形成文化多元共存的局面。各种文化将由其吸收他种文化的某些因素和更新自身文化的能力决定其对人类文化贡献的大小。原先的"轴心时代"的几种文化在初创时虽无互相间的影响,但在其后的两千多年中,却都在不断的吸收其他文化,罗素在《中西文明比较》中说到西方文化的发展,他说:

> 不同文明之间的交流过去已经多次证明是人类文明发展的里程碑。希腊学习埃及,罗马借鉴希腊,阿拉伯参照罗马帝国,中世纪的欧洲又模仿阿拉伯,而文艺复兴时期的欧洲则仿效拜占庭帝国……。①

到十七、十八世纪西方又曾吸收过印度文化和中国文化。可以毫不夸大地说,欧洲文化发展到今天之所以有强大的生命力正是由于它能不断的吸收不同文化的某些因素,使自己的文化不断得到丰富和更新。同样中国文化也是在不断吸收外来文化而得到发展的。众所周知,在历史上,印度佛教传入中国促进了中国文化诸多方面的发展。中国文化曾受惠于印度佛教,印度佛教又在中国得到发扬光大,并由中国传到朝鲜半岛和日本,而且在朝鲜和日本又与当地文化结合而形成有特色的佛教。近代中国文化又在与西方文化的冲突下,不断地吸收西方文化,更新自己的文化。回顾百多年来,西方文化的各种流派都对中国文化产生过或仍然在产生着深刻的影响,改变了中国社会和文化的面貌。显然,正是不同文化之间的交流和互相影响构成了今日人类社会的文化宝库。新的"轴心时代"的各种文化必将是沿着这种已经形成的文化之间的交流与互相吸收的势态向前发展。因此,各种文化必将是在全球意识观照下得到发展的。(2)跨文化和跨学科的文化研究将会成为二十一世纪文化发展的动力。由于世界联成一片,每种文化都不可能孤立地发展,因此跨文化与跨学科研究会大大地发展起来。每种文化对自身文化的了解都会有局限性,"不识庐山真面目,只缘身在此山

---

① 载于《一个自由人的崇拜》,罗素著,胡品清译,时代文艺出版社,1988年。译文稍有改动。

中"，如果从另外一个文化系统看，也就是说从"他者"看，也许会更全面的认识这种文化的特点。因而当前跨文化研究已成为文化研究的热门。以"互为主观"、"互相参照"为核心，重视从"他者"反观自身的文化逐渐为中外广大学术界所接受，并为文化的多元发展奠定了重要基础。在各个学科之间同样也有这样的问题。今日的科学已大大不同于西方十八世纪那时的情况了，当前科学已打破原先的分科状况，发展出许多新兴学科、边缘学科。但正因为如此，原来的学科划分越来越模糊了，本来物理学就是物理学，化学就是化学，现在既有物理化学，又有化学物理学，在自然科学之间原有的界限被打破了。不仅如此，自然科学与社会科学、人文学科的界限也正在被打破。因此就目前情况看，在不同文化传统和不同学科之间正在形成一种互相渗透的情况。我们可以预见，在二十一世纪哪种传统文化最能自觉地推动不同文化传统和不同学科之间的对话和整合，它将会对世界文化的发展具有更大的影响力。二十一世纪的"轴心时代"将是一个多元对话的世纪，是一个学科之间互相渗透的世界，这大大不同于公元前五世纪前后的那个"轴心时代"了。(3)新的"轴心时代"的文化将不可能像公元前五百年前后那样由少数几个伟大思想家来主导，而将是由众多的思想群体来导演未来文化的发展。正因为当今的社会发展比古代快得多，思想的更替日新月异，并且是在各种文化和各个学科互相影响中发展着，已经形成了"你中有我，我中有你"的新局面，因此就没有可能出现"独来独往"的大思想家。在西方，一二百年来各种思潮不断变换，其各领风骚最多也就是几十年，到目前为止看不出有那种思想能把西方流行的众多派别整合起来。在中国，百多年来基本上是处在学习西方文化的过程中，是在建设中国新文化的过程中，可以遇见的是，在中国必将出现一个新的"百家争鸣"的局面和文化多元的新格局。我们可以看到，自"改革开放"以来西方的各种学说、各种流派如潮水一般涌入中国，到目前为止我们仍然处在大量吸收西方文化的过程之中，我们还没有能如在吸收印度佛教文化的基础上形成了宋明理学那样，在充分吸收西方文化基础上形成现代的新的中国文化。但在进入二十世纪九十年代之后,中国思想文化界的分野越来越明显,逐渐形成了若干学术群体。展望二十一世纪,在不久的将来也许会出现适应中国现代社会要求的学术派别,但大概也不会产生一统天下的思想体系。这就是说,无论中外,由于文化的相互影响和不断变换,大概都不可能出现像柏拉图、孔子、释迦牟尼等等那样代表着一种文化传统的伟大思想家。那种企图把自己打扮成救世主的时代已经一去不复返了。众多的思想群体的合力推动人类文化的发展,这正是多元文化所要求的。以上三点只是可以见到的几点,很可能还会有更多的新的"轴心时代"不同于前一个"轴心时代"的特点,这是需要大家进一步研究的问题。

中华文化是当今人类社会多元文化中的一元(而此"一元"中实又包含着"多元"),在这经济全球化的新的"轴心时代",在二十一世纪文化多元并存的情况下,我们必须给中华文化一个恰当的定位。我们应该看到,在人类社会发展的历史长河中,任何学说都不可能是十全十美的,也不可能解决人类社会存在的一切问题,更没有放之四海而皆准的绝对真理。罗素在他的《西方哲学史》中说:

> 不能自圆其说的哲学决不会完全正确,但是自圆其说的哲学满可以全盘错误。最富有结果的各派哲学向来包含着显眼的自相矛盾,但是正为了这个缘故才部分正确。①

中国文化(中国哲学)和其他文化(其他哲学)一样,她既有能为当今人类社会发展提供有价值资源的方面,又有不适应(甚至阻碍)当今人类社会发展的方面,我们不能认为中华文化可以是包治百病的万灵药方。因此,中华文化应该在和其他各种文化的交往中,取长补短、吸取营养,充实和更新自身,以适应当前经济全球化和文化多元化的新形势。人们常说,当今人类社会所面临的最大问题是"和平与发展"的问题。在二十一世纪如果要实现"和平共处",

---

① 《西方哲学史》,罗素著,马元德译,商务印书馆,1988年版,下册第143页。

就要求解决好人与人之间的关系，扩而大之就是要求解决好民族与民族、国家与国家、地域与地域之间的关系。儒家的"仁学"思想和道家的"无为"思想大概可以为这方面提供某些有价值的资源。人类社会要共同持续"发展"，就不仅要求解决好人与人之间的关系，而且还要求解决好人与自然之间的关系。儒家的"天人合一"和道家的"崇尚自然"也许能为这方面提供某些有价值的资源。

儒家的创始者孔子提出"仁学"的思想，他的学生樊迟问"仁"，他回答说："爱人"。①这种"爱人"的思想根据什么而有呢？《中庸》引孔子的话："仁者，人也，亲亲为大"。"爱人"作为人的基本品德不是凭空产生的，它是从爱自己亲人出发。但是为"仁"不能停止于此，而必须"推己及人"，要作到"老吾老以及人之老"、"幼吾幼以及人之幼"。要作到"推己及人"并不容易，得把"己所不欲，勿施于人"，"己欲立而立人，己欲达而达人"的"忠恕之道"作为为"仁"的准则。如果要把"仁"推广到整个社会，这就是孔子说的："克己复礼曰仁，一日克己复礼，天下归仁焉。为仁由己，而由人乎！"对"克己复礼"的解释往往把"克己"与"复礼"解释为平行的两个相对的方面，我认为这不是对"克己复礼"的最好的解释。所谓"克己复礼曰仁"是说，只有在"克己"的基础上的"复礼"才叫作"仁"。"仁"是人自身内在的品德（"爱，仁也。""爱生于性"）；"礼"是规范人的行为的外在的礼仪制度，它的作用是为了调节人与人之间的关系使之和谐相处，"礼之用，和为贵"。要人们遵守礼仪制度必须是自觉的，才符合"仁"的要求，所以孔子说，"为仁由己，而由人乎？"对"仁"与"礼"的关系，孔子有非常明确的说法："人而不仁如礼何？人而不仁如乐何？"有了求"仁"的自觉要求，并把它实现于日常社会生活之中，这样社会就和谐安宁了，"一日克己复礼，天下归仁焉"。这种把"求仁"（孔子曰："我欲仁，斯仁至矣。"）为基础的思想实践于日用伦常之中，就是"极高明而道中庸了"。"极高明"要求我们寻求哲学

---

① 《郭店楚墓竹简》，文物出版社，1998年版。中有《五行》："亲而笃之，爱也；爱父，其继爱人，仁也。"《唐虞之道》："孝之放，爱天下之民。"《语丛》："爱，仁也。""爱生于性。"

23

思想上的终极理念（仁），"道中庸"要求我们把它实现于日常生活之中，而"极高明"与"道中庸"是不能分为两截的。如果说，孔子的"仁学"充分地讨论了"仁"与"人"的关系，那么孟子就更加注意论述了"仁"与"天"的关系，如他说："尽其心者，知其性也；知其性，则知天矣。"（孟子曰："恻隐之心，仁也。"《告子》上）而朱熹说得更明白：仁者，"在天盎然生物之心，在人则温然爱人利物之心，包四德而贯四端也。"（《朱子文集》卷六七）"天心"本"仁"，"人心"也不能不"仁"，"人心"和"天心"是贯通的，因而儒家"仁"的学说实是建立在道德形上学之上的，故《中庸》说："诚者，天之道；诚之者，人之道。"孔子儒家的这套"仁学"理论虽不能解决当今社会存在的"人与人之间关系"的全部问题，但它作为一种建立在道德形上学之上的"律己"的道德要求，作为调节"人与人之间的关系"的准则，能使人们和谐相处无疑有其一定的意义。

道家创始者老子的"无为"思想或者从另一个方面在处理"人与人之间的关系"上可以作出有意义的贡献。今日人类社会之所以存在种种纷争，大多是由于追求权力和金钱引起的。那些强国为了私利，扩张自己的势力、掠夺弱国的资源，正是世界混乱无序的根源。老子提倡的作为"无为"基本内容的"不争"、"寡欲"，不能说是没有意义的。不要去夺取那些不应该属于你的，不要为满足自己的欲望而损害他人。《老子》第五十七章中说："我无为而民自化，我好静而民自正，我无事而民自富，我无欲而民自朴。"在一个国家中，对老百姓干涉越多，社会越难安宁；在国与国之间对别国干涉越多，世界必然越混乱。在一个国家中，统治者越要控制老百姓的言行，社会就越难走上正轨；大国强国动不动用武力或武力相威协，世界越是动荡不安和无序。在一个国家中，统治者没完没了地折腾老百姓，老百姓的生活就更加困难和穷苦；大国强国以帮助弱国小国之名行其掠夺之实，弱国小国就越加贫穷。在一个国家中，统治者贪得无厌的欲望越大，贪污腐化必大盛行，社会风气就会奢华腐败；发达国家以越来越大的欲望争夺财富，世界就会成为一个无道德的社会。据此，我认为"无为"也许对一个国家内部的统治者和全

5

世界的各个国家领袖们是一付清凉剂,是人类社会能"自化"、"自正"、"自富"、"自朴"的较好的治世原则。

罗素在他的《西方哲学史》中说:"笛卡尔的哲学……它完成了或者说极近完成了由柏拉图开端而主要宗教上的理由经基督教哲学发展起来的精神、物质二元论……笛卡尔体系提出来精神界和物质界两个平等而彼此独立的世界,研究其中之一能够不牵涉另一个。"①然而中国传统哲学与此不同,儒家认为研究"天"(天道)不能不知道"人"(人道);同样研究"人"也不能不知道"天",这就是儒家的"天人合一"思想。宋儒程颐说:"安有知人道而不知天道乎? 道,一也。岂人道自是一道,天道自是一道?"(《遗书》卷一八)照儒家哲学看,不能把"天"、"人"分成两截,更不能把"天"、"人"看成是一种外在的对立关系,不能研究其中之一而能够不牵涉另外一个。孔子说:"人能弘道,非道弘人。""天道"要由人来发扬光大。朱熹说:"天即人,人即天。人之始生,得之于天也;即生此人,则天又在人矣。"(《朱子语类》卷一九)"天"离不开"人","人"也离不开"天"。盖因"人"之始生,得之于"天";既生此"人",则"天"全由"人"来彰显。如无"人","天"则无生意、无理性、无目的,那么又如何体现其活泼泼的气象,如何为"天地立心"。为"天地立心"即是为"生民立命",不得分割为二。我们这里讨论中国文化与西方文化对"天人关系"的不同看法,并无意否定西方文化的价值。西方文化自有西方文化的价值,并且在近两三个世纪中曾经对人类社会的发展产生了巨大影响,使人类社会有了长足的进步。但是人类社会发展到二十世纪末,西方哲学给人类社会带来的弊病可以说越来越明显了,其弊端不能说与"天人二分"没有关系。对此东西方许多学者已有所认识,例如:1992 年 1575 名科学家发表了一份《世界科学家对人类的警告》,开头就说:"人类和自然正走上一条相互抵触的道路。"因此,如何补救西方文化所带来的弊病,并为二十一世纪提供一对人类社会发展作出积极贡献之观念,我认为"天人合一"的

---

① 《西方哲学史》,罗素著,马元德译,商务印书馆,1988 年版,下册第 91 页。

25

观念无疑将会对世界人类未来求生存与发展有着极为重要意义。那么儒家是如何论说"天人合一"的呢?

《论语·公冶长》中记有子贡的一段话说:"夫子之文章,可得而闻也。夫子之言性与天道,不可得而闻也。"在《论语》中确实很少记载孔子讨论"性与天道"的话,但我们却不能说孔子没有关注这个问题。①"性"即"人性"也就是关乎"人"自身的问题;"天道"是关乎"天"的法则问题,也就是关乎宇宙规律的问题,因此"性与天道"就是"天人关系"问题。孔子说:"性相近,习相远。"在郭店出土的竹简《成之闻之》中有一段话可以作为孔子这句话的注脚:"圣人之性与中人之性,其生而未有非志。次于而也,则犹是也。"②这意思是说,圣人与中材的人在人性上是相似的,他们生下来没有什么不同,中材以下的人,情况也是一样。所有的人其本性没有什么不同,只是在后天的生活环境中才有了不同。在这里,孔子并没有说人性是"善"还是"恶",或如一张白纸,"无善无恶",因而以后的儒家才有了对"人性"的不同解释。③那么"人性"是怎么来的呢?《中庸》中说:"天命之谓性"。"人性"是由"天"赋予的。郭店竹简有句类似的话:"性自命出,命由天降"。这里的"命"是指"天命"之"命"。"命"是由"天"降的,它是由"天"决定,非人力所能及,因此"天命"是一种超越的力量。在中国古代对"天"有种种看法,儒家孔孟一系大体上认为"天"不仅是外在于人的一种超越力量,"死生有命,富贵在天";而且是内在于人的一种支配力量,"存其心,养其性,所以事天也。殀寿不贰,修身以俟之,所以立命也。"(《孟子·尽心上》)孔子

① 《论语·泰伯》中说:"巍巍乎唯天为大,唯尧则之"。认为人应该以"天"为法则而效法之。《季氏》中说:"君子有三畏:畏天命,畏大人,畏圣人之言"。认为"天命"和"圣人之言"是一致的。这都说明孔子对"天人关系"的看法。

② 李零《郭店楚简校读记》中说:"'成之闻之曰','成'或即作者名。"甚是,"成"闻于何人,不可知,是否闻于孔子之弟子或再传弟子?《校读记》刊于《道家文化研究》第十七辑(1998年8月),三联书店出版。

③ 章炳麟《辨性》上篇谓:"儒者言性者五家:无善无不善,是告子也。善,孟子也。恶是孙卿也。善恶混,是杨子也。善恶以人异殊上中下,是漆雕开、世硕、公孙尼、王充也。"

"五十而知天命","知天命"即是能依据"天"的要求而充分实现由"天"而得的"天性"。所以"天人合一"一直是儒家的基本思想。郭店竹简《语丛一》中说:"知天所为,知人所为,然后知道,知道然后知命。"知道"天"(宇宙)的运行规律,知道"人"(社会)运行规律,合两者谓之"知道"。知"道"然后知"天"之所以为支配"人"的力量(天命)之故。所以《语丛一》中说:"易,所以会天道、人道。"《易》是讨论"天人合一"问题的。王夫之在《正蒙注》中说:"抑考君子之道,自汉以后,皆涉猎故迹,而不知圣学为人道之本。然濂溪周子首为太极图说,以究天人合一之源,所以明夫人之生也,皆天命流行之实,而以其神化之粹精为性,乃以为日用事物当然之理,无非阴阳变化自然之秩叙,而不可为。"王夫之这段话可说是对儒家"天人合一"思想的较好的解释。"人道"本于"天道",讨论"人道"不能离开"天道",同样讨论"天道"也不能离开"人道",这是因为"天人合一"的道理既是"人道"的"日用事物当然之理",也是"天道"的"阴阳变化自然之秩叙"。这样,儒家的"天人合一"学说就有着重要的哲学形上的意义。这种把"人道"和"天道"统一起来研究是中国儒家学说一个特点。这一哲学思维模式正因其与西方哲学的思维模式不同而可贡献于人类社会。

早在两千多年前,中国伟大的哲学家老子从对宇宙自身和谐的认识出发,提出"人法地,地法天,天法道,道法自然"的理论,它提示了一种应该遵循的规律,人应该效法地,地应该效法天,天应该效法"道","道"的特性是自然而然的("道"以"自然"为法则),也就是说归根结底人应效法"道"的自然而然,顺应"自然",以"自然"为法则。"(圣人)以辅万物之自然而不敢为。"(《老子》第六十四章)为什么要效法"道"的自然而然呢? 这是因为老子认为,"人为"和"自然"是相对的,人常常违背"自然"。人违背自然,人就会受到惩罚。所以老子说,作为宇宙规律的"道",由于它的特性是"自然无为",①它对天地万物并不命令它们作什么,②人就更加不应该破坏

---

① 王充《论衡·初禀》:"自然无为,天之道也。"

② 《老子》第五十一章:"道之尊,德之贵,夫莫之命而常自然。"

自然了。比老子晚一些的道家哲学家庄子,他提出了"太和万物"的命题,意思是说天地万物本来存在着最完满的和谐关系,因此人们应该"顺之以天理,行之以五德,应之以自然"。人应该顺应"天"的规律,按照五德来规范自己的行为,以适应自然的要求。为此,在《庄子》一书中特别强调人应顺应"自然",如他说:"顺物之自然","应物之自然"等等。他认为,远古时代是一个人与自然和谐的时代,那时人类社会是"莫之为而常自然",不做什么破坏自然的事,而经常是顺应自然的。在《庄子·应帝王》中有一个故事:

> 南海之帝为儵,北海之帝为忽,中央之帝为浑沌。儵与忽时相与遇于浑沌之地,浑沌待之甚善。儵与忽谋报浑沌之德,曰:"人皆有七窍,以视听食息,此独无有,尝试凿之。"日凿一窍,七日而浑沌死。

这个故事看起来极端了一点,但其所要表达的思想则非常深刻。人类是自然的一部分,决不能对自然无量的开发,把自然界开发得成一个死寂的东西,人类如何生存?而当今的现实情况,正是由于人类对自然界的过量开发,造成了资源的浪费,臭氧层变薄,海洋毒化,环境污染,已经严重的威协着人类自身生存的条件。在这样的情况下,道家的"崇尚自然"的理论是应该受到重视的。

人之所以不应该破坏"自然",是基于"道法自然"这一基本思想。"道"在老庄道家学说中是一最基本概念。老子认为"道"无名无形而成济万物,庄子更进一步认为"道"无有无名而物得以生。照他们看,"道"不是什么具体的事物,但它是天地万物存在的根据,是超越天地万物的本体,所以老子说:"道可道,非常道",但"道"是"天下母"、"万物之宗";庄子说"大道不称",但"行于万物者,道也"。正是由于"道"无名无形(甚至是"无有"①),它才能是天地万

---

① "无有"可以解释为"无存在而有"或"不存在而有"。冯友兰《新理学》第二章第三节中说:"太极无存在而有"。冯友兰《现代中国哲学史》:"金岳霖……说理是不存在而有。"以"无有"释"道","道"即是"不存在而有"(Non‑existence but being)。

物存在之根据。但"道"又是存在于天地万物之中,所以老子说"道"是"众妙之门",庄子说"道""无所不在",这种"道""器"不离、"体""用"合一的观点,正是"人"法"道"得以成立的根据。作为思维模式也是一种"天人合一"的表述。就这点看,道家在思维模式上与儒家颇有相通之处。因此人应该按照"道"的要求行事;而"道"以"自然无为"为法则,故人应崇尚"自然",行"无为之事"。老庄的"顺应自然"的学说实是建立在以超越性的"道"为基础的哲学本体论之上。同时,老子又为中国哲学建构了一种宇宙生存论的模式,他说:"道生一,一生二,二生三,三生万物。万物负阴而抱阳,冲气以为和。"(《老子》第四十二章)对这段话向来有不同解释,但它说明老子认为宇宙是由简单到复杂的分化过程,则是众多学者都可以接受的看法。照老子看,宇宙的原始状态是一和谐的统一体,正是由于分化使之越来越复杂而离开"道"越来越远,因此人应该"反本"、"归根",返回到"道"的原始状态,这样才可以清除"人为"给人类社会带来的弊病。道家的宇宙生成论思想也正是要求人们顺应自然的哲学基础。这就是说,老庄道家的本体论和宇宙生成论对中国哲学有非常大的影响,①我们研究道家思想大概应该注意它对今日哲学的合理建构有相当重要的意义。

从以上分析看,我们也许可以说儒家思想是一种建立在修德敬业基础上的人本主义,它可以对人们提高其作为"人"的内在品德方面贡献于社会;道家思想是一种建立在减损欲望基础上的自然主义,它可以对人们顺应自然、回归人的内在本性方面贡献于社会。儒家的"仁论"和道家的"道论"哲学以及它们的"天人合一"的思维模式同样可以贡献于今日人类社会。这就是说,中华文化不仅可以在调整"人与人的关系"和"人与自然"的关系上都可以起不可忽视的作用,而且就其哲学的思维方式和形上层面也会对二十一世纪的哲学发展有着重要意义。但是,如果夸大儒家思想的意义,

---

① 另外《周易·系辞》中所提出的本体论和宇宙构成论模式,同样对中国哲学有很大影响,参见拙作《关于建立〈周易〉解释学问题的探讨》,《周易研究》,第42期,1999年11月出版。

其人本主义将会走向泛道德主义;如果夸大道家思想的意义,其自然主义将会走向无所作为。同样,如果中国哲学家不认真吸收西方哲学的重知识系统、重逻辑分析的精神,从西方哲学这个"他者"来反观自己的哲学问题,那么它就很难克服其一定程度上的直观性,也很难使它开拓出一个更高的新层面。因此,我们必须给儒家思想和道家思想以适当的解释,使之成为具有现代意义的哲学。当今人类社会各民族、各国家大概都能从其文化传统中找到某些贡献于人类社会的资源。不过各民族、各国家都应看到自己的文化传统只能在某些方面作出贡献,而不可能解决人类社会存在的一切问题。中国文化作为世界多种文化的一种,我们应该清醒地给它一个适当的定位。中国文化要想在二十一世纪走在人类文化的前列,必须在充分发挥其自身文化内在活力的基础上,排除其自身文化中的过了时的、可以引向错误的部分,大力吸收其他各种文化的先进因素,使我们的文化"日日新、又日新"而不断适应现代社会发展的要求,在解决"和平与发展"问题和人类终极关切的哲学问题上作出贡献,这才是中华民族真正的福祉。

二〇〇〇年十月二十四日完成初稿,
十二月四日修改定稿

巴西

国际社会论坛会议

随记*

[法]金丝燕

巴西国际社会论坛会议的组织者之一甘地多（Candido），是巴西农业社会政策研究所所长，我们 1996 年在喀麦隆考察时认识。他地道的法语引起我的注意。他告诉我，他是在巴黎索邦大学读的哲学和社会学博士。回巴西后任社会学教授，有感于巴西社会进步问题和无土地农民运动而专注农业与公民运动。1999 年法国人类进步基金会 APM（农民、农业、社会与世界化）项目组织的中国宁夏考察和北京会议，他都参加了。会上他谈的主题就是巴西公民运动。

我们在宁夏考察的路上有一段很短的对话。那天上午，去看治沙，汽车往前开着，把两边的村庄或沙漠甩在后边。甘地多问我："生命是什么？"

我一听就知道这是一个已经有了答案的问题，就反问道："你说呢？"

甘地多指指窗外：

"生命就是在这条道上奔跑的车。"

---

* 巴西国际社会论坛会议于 2001 年 1 月 25 日至 30 日在巴西波尔图 – 阿莱阁市举行。本文是作者参加会议的见闻与随感。——编者

这是常识,生命只往前走,不会往后挪。甘地多大概看出我的不屑后说:

"我们每个个体的生命,就是两边的景象。被甩在后边的不过是瞬间的记忆而已,而且互不关联。"

这有点悲观,像哲学家的样子。可是哲学家怎么又搞社会运动呢?他怎么把这两样东西拧在一起而不出毛病呢?遇到矛盾,是哲学家的他让步,还是搞社会运动的他让步呢?这个问题我一直在琢磨,但没有问过他。

这次他的公民社会运动搞得更大了,全世界117个国家的4700名代表与会,还不包括12000多名非正式代表。

这么多代表涌到巴西南方城市波尔图-阿莱阁,一时旅馆爆满,飞机爆满。我从巴黎乘飞机前往,机上没有一个空坐位。机场人员说这样坐无虚席已经连续几天了。饭店差不多也爆满。说差不多,是因为那里的街头小饭店一个接着一个,从上午11点开到晚上12点,中间不停业,还不至于人满为患。

会议在一所私立大学——巴西南方天主教大学(PUC-RS)举行。巴西的私立大学经费充足,一般由教会主办。这所大学校舍很现代化:大透明玻璃、电动楼梯,楼群掩映在热带绿色植物中,景色宜人。

会议1月25日开幕。APM网络在会前进行了三天的巴西农村考察。这是APM网络的工作方法,在会前进行考察,摸清情况,带着问题开会。考察有中国的代表参加。我因为大学有课,在会议开幕这天才赶到。

代表告诉我考察相当艰苦,清早出去,晚上十点回来,晚饭都来不及吃,一路颠簸得要吐。这一点不奇怪。我们1996年在喀麦隆考察,1998年在南非考察,都十分艰苦,不仅没日没夜,而且不是挨雨浇,就是受荒漠里飞车的煎熬。在中国的两次考察,由于中方严格遵守用饭时间,外出时前面有警车开道,没有太受苦。在有些国家,只有国家元首来访才用警车,但不鸣笛。

APM网络的代表考察了无土地农民运动。我在1998年考察过这个运动。运动的领导人都是农民,他们自己组织起来,勘测富人拥有却荒置的土地,突然出击,当然不是用武力,而是用人力,把土地圈起来,在上面种地,建简易住房。最后通过与政府的谈判,由政府出面,买下这块已经圈了的土地,分给农民。我问过甘地多,什么是无土地? 他从事的公民运动与无土地农民运动联系十分紧密。他告诉我,在巴西,农民拥有的土地在 5 公顷以下,都算无土地农民。这一点让来访的中国代表听得目瞪口呆:中国农民人均只有0.5 亩耕地,土改时,有田几十亩的是地主,不少挨了枪毙。这些挨枪毙的中国地主要是在巴西只能算是无土地农民,可以搞无土地农民式的圈地运动。生存地点决定一切,这就是生命的荒谬之处。我问过无土地农民运动的领袖,运动的理论基础是什么。他回答,是马克思列宁主义。

1999 年初,拉丁美洲受到俄罗斯与亚洲金融危机的影响。巴西货币里奥(Real)急剧贬值,经巴西政府的干预才得到控制。进入二十一世纪前后,拉丁美洲的前景似乎很不确定。拉美各国是否能走出衰退,而不至影响全球经济增长,为世界所关注。而拉美人开始对进入世界一体化所付的代价开始表示强烈不满。在国家机器比较弱的情形下,拉美各国非政府组织开始逐渐强大,成为人民与政府之间的中介人和调停者。巴西的无土地农民运动受到知识界和非政府组织的支持,发展成为巴西公民运动。拉丁美洲的公民社会在这样的背景下,形成了从未有过的强势。

这个公民社会具有现代社会精神,对话而不对立。他们与世界非政府网络保持紧密的联系,从世界和本地区两个层面对全球化和经济一体化进行观察、分析,通过世界范围内的讨论、思考,而后提出自己的意见,给社会公民和国家的决策人参考。协作替代了过去的推翻政权。"枪杆子里面出政权"这一思想,在今天的拉丁美洲,大概只残存在企图通过政变夺权的军人中,因为这种血腥的革命思想不再被人民和社会认可。

巴西在两年的成长缓滞后,经济改革措施得到成功,2000 年全年生产总值(GDP)增长率为 4%(1999 年只有 0.8%),次于智利

(5. 7%)墨西哥(5%)和秘鲁(4. 7%),超过阿根廷、哥伦比亚、委内瑞拉和厄瓜多尔。巴西的里奥与美元的比率接近2:1,比欧元兑美元汇价更稳定。1999年贸易入超十二亿美元,2000年转为出超八亿美元。巴西政府从2000年4月开始偿还1999年货币危机时向国际货币基金会(IMF)借的紧急贷款。巴西货币贬值,强化出口,利率降低,使投资人对巴西信心增加,1999年底国际资金流入巴西达300亿美元。

但是,巴西货币疲软,借款达全民生产总值的50%,利息支出极为沉重。而巴西经济增长主要依靠出口贸易和国际投资人的投入。由于失业率居高不下,人民收入普遍很低。因此国内需求持续低迷。

拉美人对经济一体化和日益扩大的贫富差距反应十分强烈。百分之四十的拉美人每天的收入不超过两美元。拉美各国在处理经济危机过程中,开始加强与民间组织及中小企业的合作。对世界经济一体化,拒绝不是好策略。拉美各国注意到墨西哥加入北美自由贸易协定之后成效显著,也联合起来进行自由贸易。地区性的联合是一个途径,如南美共同市场(Mercosur),其面积和人口仅次于北美自由贸易区和欧盟,为世界第三大贸易区。该市场成立于1994年,由阿根廷、巴西、巴拉圭和乌拉圭四国组成。面积1190万平方公里,人口2.08亿,占拉美人口的64%。该市场是欧盟在拉美的投资重点,70%以上的外资直接来自欧盟。它与欧盟的磨擦主要在欧盟对农产品的高额补贴上。

1月23日与我同机的有法国人类进步基金会的十余位成员,都是另一个项目ALLIANCE(世界同盟)的与会者。次日到巴西。下了飞机,我们正等着出关,忽然右侧走来一个人,留着八字胡,人很精神。他过来和我前面的大高个握握手,又转过身来和我握手。我才认出,他是法国农民反转基因的领导人,约瑟·博维(José Bové)。去年夏天,法国南方法庭开庭审判他,我们正巧在那里开会,见过面。那里没有中国人,我们几个中国面孔大概比较显眼,被他记住了。他率领法国农民烧进口的转基因食物,砸麦克唐纳快餐店,虽然出发点是要保护家庭农业,抵制危险食物,但因为动了手,算违法,被法庭判处八个月监禁。美国农民加上世界其他非政府组织集资近十万法郎,把他保释出来。瞧他一天也没闲着,还来巴西了,又是同机。他看上去一点没有囚犯的神色,这在中国,恐怕是天方夜谭了。我和他握握手,心里却摇摇头:实在不可思议。

当天下午两点 APM 网络开会,进会场,他又在!我们和他还真有缘分。这缘分,是皮埃尔引来的。皮埃尔是基金会 APM 项目负责人,出身法国 1968 年的红卫兵,1974 年来中国参观过红旗渠。他在法国大学生参观团中属于温和派,被团里的托洛斯基派和毛泽东派定为刘少奇分子,受到温和的批判。这一批判不影响他在红旗渠受到礼遇,并学会了唱"东方红"。二十余年后见到从中国来的代表,他总要唱"东方红"来活跃气氛,尽管歌词已经听不懂了,曲子倒一点没有变味。这个刘少奇分子对农村,确切地说是农村的经济有感情,读的是农村经济,毕业分配在农业部当国家官员,觉得对农村建设毫无意义,便辞职来到基金会从社会活动的角度介入农业。虽然离开了经济,但仍在农业这一块上,而且活动的面更广,上到世界网络去了。"就我这个刘少奇分子还在坚持搞农业,别的人都散了",那次在江西考察,他告诉陪同的当地人士,把人说得一楞一楞的,不明白怎么这个老外和刘少奇分子挂上了。我作翻译,只好解释背景。皮埃尔却问:"人都说中文简洁:怎么我说了一句,你翻出好几句来?"我笑答:"都是刘少奇分子闹的"。

皮埃尔对博维,不仅是支持,而且可以说是紧跟。我从他那里第一次听到博维的名字。那时,离博维闹事遭判决还早几年呢。博维的父母是知识分子,在美国大学任教,博维七岁时随父母回国。大学毕业后自愿回农村来当农民。这种情况有点像中国文革时的部分知青。说部分,是因为大多数人是不情愿去的。博维的知识分子出身和一口地道的英语,很快从农民群众中突显出来。认识他的人都说他很机智,理性,非常开放,而且有少见的清醒。这些优点我都没有印证。但我多次聆听到他的英语演讲，确实比较震动。我们的农民兄弟若能有这样的英语水平，走向世界的步子就要快得多了。没有语言上的沟通，什么都谈不上。

国际社会论坛会议1月25日下午三点开幕。正式代表在私立大学会议厅入席。几千人把大厅挤得满满的，每人脖子上挂一个小牌，上面是名字、单位、所在国。非正式代表在另一所国立大学看现场实况转播。他们脖子上也有一块牌，同样的内容，只是牌子的颜色不同，正式代表的是棕间白色，非正式代表的是黄间绿色。到了会场我们这才发现走错了地方。巴西在南半球，一月正是炎夏，三十几度，大太阳，我们各自刚从北半球的冬天来，被烈日和太阳给弄昏了。

巴西是南美惟一不说西班牙语而说葡萄牙语的国家，英语、法语一概不通，更甭说中文了。不过，我揣摩出一句见面问好的话，和法语略同。法文"你好"，发音是"笨猪"，巴西人问好说"笨鸡"。以后，我见人而不再说笨猪，改成笨鸡了，大家都高兴。中国代表团的林焕军找到工作人员，道声"笨鸡"以后问清情况，我们才明白正式会场比去机场还远，必须坐车。巴西街上的出租车极多，容易找。不像巴黎控制出租车数量，乘出租一般要去出租车站。工作人员坚持要陪同我们出来，站在路边招呼出租，看着我们上车，关好车门，才扬手放了我们。我们心里都很感动。巴西人待人真。这真，今天已经不好找了。

赶到会场，是下午四点。会议尚未开始。小林说在巴西，晚点是常事。可我坐的巴西航班VARIG，起飞一分钟都没有晚，这些年来，我飞过几大洲，只有这一次是准点飞的。我们急着找皮埃尔，他曾跟我说大家在一起，以便显示出集团性。会场里人声鼎沸，歌声嘹亮，只是曲调乱，听不出主调是什么，人们各唱各的。我们看不到脑袋。所有的脑袋都叫无数低垂的旗帜给遮住了，没有风，旗帜飞扬不起来。那旗帜和人一样多。我们只好上主席台，希望上台显眼一点，让我们集团军的人看到我们，我们也好登高望远，找到他们。

36

于是我们使劲往主席台挤,拥挤中,中国代表团的冯治教授说"快赶上文革大串联了"。本以为上主席台一定费口舌,没想到,主席台边没有警察,也没有佩戴红袖章的工人纠察队。当然,会议代表都很自觉,除了有牌子、扛大小摄像机的记者,人都在台下踊跃。我们几个雄赳赳地上去了,心里担心有人来阻止。我们在台上的记者群里左右穿梭,往台下看,仍然看不到几个脑袋,都是旗帜。正走着,忽然有人抓住我大喊"我就知道你会来的!"。回头看,是甘地多。他也会大喊?甘地多受法国教育,说一口极纯的法语,平时的风度可以用温良恭俭让几个字概括。大喊,恐怕是不得已,那么闹的场合,太恭谨就成聋子和哑巴了。他一到,我知道会议就要开始。他是会议主持者。

台下也一阵涌动。法国电视台的一个记者告诉我,是省长来了,还有工会主席,法国阿塔克集团主席等。他们也和我们一样是挤进来的,不用贴身警卫。一时间闪光灯像机关枪一样亮个不停。旗帜、歌声、闪光灯,热闹极了。我心里嘀咕:如此闹腾的会场,甘地多怎么开会?

甘地多在台上站着,手里拿着一张纸。他对扩音器说了一句葡语。下面的声音把他的话盖得严严实实,谁也没听到。这时,原先站在台边上的几个青年人开始击鼓。鼓声渐趋强烈,一个穿民族服装的年轻人上台,开始歌舞。霎时,台下一片寂静。我抬眼望去,台上的记者不知什么时候都退下去了。台下的旗帜全部失踪,出现了黑压压的一片脑袋。我赶紧也退到台边。鼓声很有鼓动性,台下开始加入合唱,这回我听出了主调,是墨西哥流行的曲子。就这样台上台下唱了半个小时。鼓声一停,甘地多开始讲话。全场寂静得连脚步声都能听见。甘地多说的是葡语,大概是开幕词。没有翻译,大家好像都懂。我们几个中国代表在一旁陪听。用鼓声和当地的民族歌舞来开幕,效果远远比领导人吆喝安静要有效。前者邀请与会者同歌同舞,彼此是同道的关系。后者请与会者恭听,双方变成相对的关系。社会运动可以不用血和泪进行,如此温和,有节律,让我想到捷克的丝绒革命。这对于我,十分陌生。因为中国的社会运动,往往最后都诉诸暴力。

会议进行了约两个小时，全场时时欢呼，掌声雷动。我听不懂，躲到场外，在夕阳下看这次会前徐晓给的《沉沦的圣殿》。会场里的声音仍然传到门外。我看着书，泪水不断。一位记者躲出来抽烟，看看我，一定以为我被里面的讲话感动得不行了。他不时地点头，对我笑笑，或伸伸拇指，表示"行"！会后大游行，天上一架飞机伴着下面的队伍飞行，飞机尾巴拖着一条标语："世界不是商品"。游行者载歌载舞，典型的巴西狂欢节风格。我们目送队伍离开学校，没有随队。大厅出口处露天大平台上皮埃尔设计的石书吸引了我们。

石书是皮埃尔两年前开始的设想：在每一次世界性的非政府组织会议期间，用各国代表带来的石碑、石块以及上面的题字，镶拼成一部石书，留在会议所在地，以记录公民社会的发展踪迹。主意受到皮埃尔所有朋友的支持。其中有法国雕刻家埃里克，他去年曾给中国桂林建石头桥雕塑。这次，有的代表带来有文字的石头，有的代表带来的是没有文字的石头，因来不及刻。中国那一页石书上面是陈越光的题字："公民，将由现代国家的元素，进而成为人类社会的元素。"这句话是临行前,赵小华想了很多办法才在大理石上刻成的。当时民工们都回家过年去了,我在国外,没有想到这事,信息传达过晚。APM 网络其他国家的代表,不都有小华这样能力强的助手,所以带来的大多是石块,没有文字。

为了这些没有文字的石头,皮埃尔请两个雕刻家随行:埃里克和他的一位朋友,在会议现场现刻。他们从早上九点一直刻到傍晚。皮埃尔也加入,他很少参加会议,大部分时间,或在刻石,或守在石书旁回答问题,神情喜悦,像守护一群刚生出的婴儿。石书最吸引人,其他世界网络的代表和当地与会的代表也动了心,四处寻找石头送来。石书不断扩大。烈日、刻石的噪音和灰尘把两位雕塑家和皮埃尔弄得也快成雕塑了。

皮埃尔的中国情结很重,要给石书再加刻一页中国文字,记录APM 网络最初与中国文化书院开始的合作。石块在当地找。我打电话给北京大学乐黛云教授,定好以中国文化书院院长汤一介的名义,刻"天下为公"一句,中国古代的大同思想与古希腊的民主本义,加上今天的社会公民运动,古今中外三者合一。当地找不到毛笔和墨汁,只好用圆珠笔细描。边描边叹:世界化别把特产化没了。

会议第二天,1 月 26 日,进入小组讨论。在该大学的各个教室进行。我们分在世贸组织问题这一组。主席是法国人,世界粮农组织顾问约瑟夫·罗歇。1999 年中国国务院发展研究中心和中国青少年发展基金会社文委组织的北京会议有他。走廊另一头,是转基因讨论小组。参加讨论的人最多,走廊上都挤满了人。看来转基因在世界上是个热点。我刚进教室,约瑟夫就轻声对我说:

"出事了。"

"什么事?"我问。

"博维凌晨两点带 800 名农民和无土地农民把这儿一块转基因大豆实验田捣毁了。两公顷半。是美国公司的。保密。"

我点点头,心想:巴西警察能比法国警察笨?

有博维在,准有热闹。第 5 天(29 日)早上,在餐厅见到阿尔诺。他是生物学家,研究转基因问题,写了《草莓里的鱼》一书,越光组织翻译成中文,正准备安排出版。我为此事找他。见面,他第一句话不是说:"早上好!"而是说:

"知道吗? 出事了。"

要知道阿尔诺在平时可是个绅士啊!

"又出事了。"

"是博维。巴西限他 24 小时离境,他不走。被警方从旅馆的地下室带走了。"

"人呢? 上飞机回巴黎了? "

"能让他被带走吗?又被及时赶到来保护他的与会代表给保护回来了。"

从消息来源看, 我们这个 APM 网络和博维恐怕算不上是同谋,至少也是同道。皮埃尔是不是也掺和了呢? 可是看他这几天都在石书上泡着的专注样,还会有时间和博维行动?

我们小组的组长约瑟夫是世贸问题专家。和皮埃尔一样,他对中国的感情比较特别。隔壁讨论转基因小组人满为患,我们小组只占了教室的三分之一, 还可容纳两倍的人。阿尔诺为此和他开玩笑,约瑟夫却得意地回答:"给我一个教堂的人我也不要。我只要中国就够了。"其实,我们中间,还有委内瑞拉、巴西、印度、墨西哥和法国人。从 26 日到 29 日,每天下午在一起讨论。

小组讨论中,我们关注的问题有:中国参加世贸组织在农业上能采取哪些防护措施?中国进入世贸组织的利弊?法国发展农业的经验,法国发展小城镇的经验,转基因可能带来的新型垄断,美国几个大公司对世界的垄断,转基因工业对农业的全面垄断将有可能导致文明的基础——农业消失等问题。中国代表冯治教授和林焕军作了主题发言。冯治教授是江苏行政学院研究农民问题的专家。天气炎热,头顶上六个风扇同时飞转,方能给我们一点风的感觉。

29 日下午,小组讨论结束。我问约瑟夫:世界农业是不是因此有了希望?约瑟夫笑了:"世界上丢钱的途径有三:最痛快的是赌博;最不知不觉的是搞女人;最确定无疑的是搞农业。"

他和世界网络的所有努力,走的正是这确定无疑的途径。知不可为而为之,没有比这更有悲剧感了。

此次会议选择在波尔图－阿莱阁开,不是偶然的。该城市作为省会,是巴西劳动党的根据地,劳动党在该地区努力推行社区民主,并使当地的社区民主运动与世界接轨。社会管理的主要方法是通过社区公民的讨论,一个街区一个街区地广泛征求意见,来决定财务及政务。这一方法在巴西其他地方也逐渐开始推广,当然是在劳动党执政的地区。2000 年的地方选举中,劳动党获得巴西大部分重要城市的领导权,包括圣－保罗。因此,在这个有着丰富社会运动经验的城市举行国际社会论坛会议, 氛围和组织机制都比较理想。

巴西会议的宗旨是给世界的社会公民提供一个表达的空间,而不是搞一个政治宣言或计划。它在各种意义上都可以说是同达沃斯世界经济首脑论坛相抗衡的,它有许多目前看来近乎是乌托邦的诉求。它每天上午举行十个大型讲座,及记者招待会。下午有近四百个小组讨论,也就是有近四百个小论坛同时进行。在城市另一端的和谐公园(Harmonia),还有两千多名年轻人与七百多名土著会聚在一起举行国际青年夏令营。这样的规模,这样没有中心议题没有总结没有文件不解决某一个具体问题的论坛,对于很多人,包括与会者,这种经历都是第一次。1 月 27 日法国贸易部长赶到巴西,在国际社会论坛发表讲话,强调保护文化多元化的立场。法国前国防和内政部长让·皮埃尔·谢维尼蒙也来到国际社会论坛。1 月 28 日下午,巴西国际社会论坛的代表还与达沃斯世界经济首脑论坛的代表直接通过电话进行对话,表述各自的立场。所有这些都表明,社会公民空间及其力量正在形成,并开始引起当权者们的注意。

会议在 30 日上午举行闭幕式,地点仍然是举行开幕式的那个大厅。仍然由甘地多主持。中国的石书最招人,成为入选上台参加闭幕式的九块石头之一。摄影记者对着它大照特照。我们等在台侧,准备举石头上场。忽然会场一阵骚动:"领袖来了!"不知谁调侃一句。是博维！所有的镜头和眼神都对向他。和开幕式不同，这次他的周围有几个"保镖"，都是妇女，不准别人靠近。我心里明白：他受到同志们严密的保护。

闭幕式有四项内容：一、歌舞开场，二、甘地多讲话，三、世界各国代表（包括日本劳工组织）着民族服装上台依次说一分钟话（日本代表还是那股劲，举着拳头，闭眼大吼一阵，谁也不懂，没有日文翻译），第四，就是皮埃尔的石书展示，九块石头由九个代表举着上场，念文字，翻译。"这次会议最闪亮的要算石书了。"小华说。

是的，不过还有歌舞。载歌载舞闹革命，在我的记忆里，是第一次。以前很难想像，带有诉求的社会运动，这么严肃的事情怎么会和歌舞这么轻松愉悦的情绪连在一起？对于我，这是一种陌生的社会运动模式。

论坛决定明年在此时此地召开第二届会议。

2001 年 2 月 1 日于巴黎

42

关于普世伦理的笔谈

普世伦理与道德文化的多元视景

万俊人

1. 全景与视点

　　普世伦理正吸引着当代越来越多的伦理学家的视线，成为了一个具有跨世纪跨文化意义的理论课题。但是，比确认这一课题更为重要的，是展开这一课题研究所采取的学理方式或学术立场。毫无疑问，普世伦理所承诺的全球性人类道德问题本身，要求人们必须首先找到一种具有普遍合理性的理论方法，在此意义上，普世伦理的寻求首先是一种普遍性学术立场的寻求。显然，这一学术立场不可能是某种文化特殊主义或地域主义的，它必须具有全球性或世界性的理论视景，也就是说，它必须先建立一种世界多元文化和多种道德传统的全景式视阈。

　　确立一种世界性的理论视景并不意味着取消某种基本的道德观点，恰恰相反，它需要某种确定的道德观点作为展开其理论视野的"视点"。道德观点是每一位真正的伦理学家乃至每一个人所形成的观察世界、观察社会和人生、判断行为好坏，进而作出恰当道德行为选择的基本价值立场。因此,每一个人、每一个群体或社会、每一个民族和国家都有其特殊的道德观点,其间的差异甚至对立是不可避免的。然而,如同任何一种文化价值观念一样,人们的道德观点也是可以分享的,分享的基本条件是基本价值立场的一致或接近。当人们形成一种人类存在共同体和命运共同体的全球意识时,就有可能和必要达成全球性价值立场的相对一致,从而形成某种程度上共享的人类全体道德观。这种人类全体的道德观点正是我们确立一种普世伦理的世界性视景的基础。

普世伦理的世界性视景作为一种世界多元文明和多元道德文化传统的全景式视阈,具有三个基本的向度,其一是人类多元道德文化的历史性向度,即真诚而平等对待人类各种道德文化传统的生成史和发展史;其二是人类道德生活现实的事实性向度,即全面而理性地看待现时代人类世界的道德现实和道德境况;其三是多元整合的道德理论向度,亦即合理而宽容地对待各种合理有效的特殊伦理学理论。三个基本向度的交叠核心即是"多元文化论"(multiculturalism)基础上的道德观念整合或普遍化。在这样一种世界性视景内,每一种合乎理性的道德理论或观念都是值得尊重的,但在普世伦理的框架里却只能被看作是不充分的、开放的、需要整合的。同样,每一个民族或社群既定的道德文化传统都享有平等的地位,也都将得到尊重。但任何一种独特的民族性道德文化都不能单独作为普世伦理的理念基础,而只能作为普世伦理的道德文化资源。人类道德生活的现实是普世伦理所关注的基本道德事实,或者换句话说,普世伦理的现实生活基础,在根本上说正是人类所面临的现实的道德问题,和由此所产生的对整个人类普遍性伦理的内在需求。

需要指出的是,普世伦理的世界性视景不仅包含着对人类多元道德文化传统、多样性伦理思想或伦理学理论、以及人类复杂的道德现实的关注,而且也包括对现代世界经济发展、政治格局、现代人类复杂的文化(特别是宗教文化)和心理变化的关注。这些因素不单构成了人类现代文明的基本方面,也构成了我们构思普世伦理所必须注意的现代文明背景和可能性条件。如果说,在某一特殊的区域或民族国家范围内,由于道德文化自身生长的独特惯性和传统力量所致,使社会的政治、经济和其他文化因素对其道德文化的影响在很大程度上可能表现出较弱或较为间接的特点的话(如,在当今阿拉伯国家),那么,由于普世伦理所负有的全球普遍化价值承诺;由于国际政治、经济和文化所存在的地区或民族性差异;还由于国际政治、经济和文化的构成性分化和实际操作的不确定性等原因所致,普世伦理理念的形成对国际政治、经济和其他文化因素的依赖性则要强得多、紧密得多。这一点不仅极大地加重了建构普世伦理的理论难度,而且也决定了普世伦理本身(如果可能的话)受国际政治、经济和其他文化因素的影响程度,要大大超过某一民族或社群范围内的伦理理念对其所直接关联的政治、经济和文化因素的依赖性。正因为如此,普世伦理理念的形成不单需要巨大的理论探究勇气,也需要各种人类文明成因的背景支持,在某种意义上说,还需要国际政治、经济和其他文化方面的必要条件和积极配应,否则,就只能是一种新的人类道德乌托邦设想。能够使我们在很大程度上减少甚或消除这一担忧的充分理由是,当代人类的普世伦理意识已经由于其所面临的空前严重的全球性道德问题而得到了空前强化,这是我们赖以寻求普世伦理的坚实基础和充足理由。

在这里,需要特别强调一点,由于道德与宗教文化所享有的特别深刻而复杂的文化亲缘关系①——道德与宗教之间的这种亲缘

---

① 对此,包括哲学家、伦理学家、心理学家和社会人类学家在内的绝大部分人文社会科学学者都有过十分明确而一致的看法。康德之所以将他通过"纯粹理性批判""杀死"(马克思语)的上帝重新请进其"实践理性"(伦理学)领域,以"自由、灵魂不朽和上帝"三种假设的形式为上帝的进入打开后门,是因为他深刻地意识到,没有宗教的伦理无法升华到"绝对"理想的权威境界。这一观点同样为詹姆斯所分享。他写到:"'人类宗教'和有神论一样都为伦理学提供了一个基础。"(詹姆斯:《道德哲学家与道德生活》,收入万俊人、陈亚军编:《詹姆斯集》,上海远东出版社1997年版,第318页)弗洛伊德在其《图腾与禁忌》一书中,曾经把图腾崇拜看作是人类"原始的宗教形式",把禁忌看作是人类"原始的道德形式",认为两者共同构成人类早期社会生活的基本调节规范形式。其中所包含的理论旨意亦与康德和詹姆斯类似。马克斯·韦伯的《新教伦理与资本主义精神》一书从"目的理性"与"工具理性"之内在关系的角度更深刻而具体地揭示了宗教与道德之间的这种"亲缘关系"。另外,诸如泰纳谢、米德等人类学家也以他们自身的研究证实了这一判断。比较明确的论述可详见[罗马尼亚]亚·泰纳谢著:《文化与宗教》一书的中译本,中国社会科学出版社1984年版。

关系在某个时期（如欧洲中世纪）、某一地域或民族（如阿拉伯伊斯兰世界）表现得如此密不可分，以至于我们简直无法将它们明确地区分开来，如何消弭各主要宗教文化传统之间因信仰的差异乃至对立所带来的道德价值观念的分歧与对峙，将构成普世伦理探究所不得不面对的最大挑战，能否成功地应付这一挑战，在很大程度上决定了普世伦理能否最终成为现代人类的道德现实。人类文明史清楚地表明，宗教本身不仅负有着深厚的道德文化使命，使宗教与道德常常具有相互替代的文化功能（这一点同样可以在欧洲中世纪和当今的阿拉伯伊斯兰世界找到证明），而且带有极强的社会意识形态诉求，因而极大地左右着人类道德观念的生长和变化，这一点虽然在现代化民主国家或现代文化条件下已经有了很大的改变，但其中的精神文化作用仍然值得仔细深究。考虑到这些因素，世界各种宗教文化传统（至少是最主要的宗教文化传统）将作为普世伦理探究所必须优先考虑的背景和资源。然而必须始终明白的是，这种优先性考虑决不意味着宗教享有任何道德价值的优越性，无论某一种宗教在现代人类文化话语中具有多么强大的话语权威和话语力量。一种根本的不可动摇的道德观点是人类共同的道德观点，它优于一切特殊的道德价值观念。没有这一基本的理论立场，也就不可能有真正的普世伦理。就此而论，**普世伦理的言述确实既不能是上帝的声音或耶稣基督的声音，也不能是真主的声音，亦不是佛祖的声音，当然也不能是苏格拉底或柏拉图、孔子或老子、洛克或康德或密尔或罗尔斯的声音，而只能是他们大家的声音，或者更准确地说是我们人类共同的声音。**

2. 谱系·类型·整合

了解普世伦理所秉持的人类道德观，就不难理解人类各种分殊自立的道德文化传统及其它们之间的可能性沟通对话所应取的基本方式。

如前所述，我们是在一种强现实问题感和一种弱逻辑要求的意义上来谈论普世伦理的可能性建构的。这意味着，我们的理论尝试从一开始便具有一种内在的思想张力：一方面，现代人类共同面临的全球性道德伦理问题，迫使我们不能不着手考虑一种新的伦理解决方式，因之也需要有一种新的伦理学理论解释方式，具体地说，就是一种不同于过去和现在所具有的各道德谱系各自为战的分散性解释的共享式普遍解释方式。另一方面，这种共享的普遍解释方式在理论上又面临着多元文化并存互异的实际限制，因而要使其可能共享的理念基础获得充分合理的逻辑论证往往十分困难，尤其难以确立一种公认无疑的前提性理论预制或论理的逻辑起点。

然而，无论我们从哪一个方面或角度来预期普世伦理的可能性，都需要有一种理论前提预制。尼采曾经写到："严格地说，世上根本就不存在一种'不设前提'的科学，那样一种科学是不能想像、不合逻辑的。总是先需要有一种哲学，一种'信仰'，从而使科学能从中获得一个方向、一种意义、一个界限、一种方法、一种存在的权利。"①在尼采的部分用意上说，我们确立普世伦理的理论前提，首先是为了明确一个人类共享道德观念的方向，一种普遍的人类道德价值意义，从而为普世伦理的确立和存在找到一种尽可能充分正当的理由。

很显然，在现代世界性视景观照下所可能找到的前提性理论预制，必须先寻求多元道德文化价值观念的可公度性，至少是多元道德文化价值系统或传统之间的相容性基础。前已备述，每一种成熟的道德文化传统都具有其一定限度的合理性，都是一个相对自足的具有独立人文精神构成的价值系统，有其独特的道德基本理念、价值尺度、道德推理逻辑和道德话语方式，因之也都构成了独立自衍的道德文化谱系。在某种相对合理性的意义上，每一种道德文化传统都可以被看作是一个独自展开着衍生着的道德谱系。

"道德谱系"是尼采使用的一个重要的伦理学概念。但尼采的道德谱系学虽然有着文化考古学的用意，但他首先且根本上是在

---

① 尼采著：《论道德的谱系》，周红译，(北京)三联书店1992年版，第126页。

一种严格的价值等级划分(即他所谓的"价值档次"①)意义上来使用的,有着过于强烈的价值精英论色彩,甚至是某种不平等的人种学设定。这种以人种、民族或国家的优劣等级结构预定来划分道德谱系之高低优劣的作法,与现代民主平等的普遍性价值取向多有抵牾,受到诸多批评。②尽管如此,其道德谱系学方法的类型学意义仍然是有学理启发的,尤其是当我们面临着如何打通多元道德文化传统之间的对话、并进一步从它们的对话中寻求某种道德共识的理论任务时。

在此,我愿意借用尼采的道德谱系概念,并在一种文化多元主义和伦理普遍主义的意义上,赋予它一种客观描述的文化类型学意义。在此意义上,道德的谱系学具有两种基本的含义:一是文化叙述的历史意义,即将之作为一个叙述各主要道德文化传统的框架性概念;二是文化类型比较的解释意义,即通过对各道德文化传统的历史叙述,呈显它们各自的历史语境和语意,从而揭示它们之于普世伦理的资源性意义。第二种意义显然要强于第一种意义,两者间有着某种目的与手段的理论联系。按照这样一种概念理解,我们将把几种主要的道德文化传统看作是各自独立却又可以相互比照的道德谱系。

与之类似,我将以一种"伦理类型学"③概念作为我重新解释现行几种主要的伦理学理论的基本概念框架,目的在于较为准确地描述各主要伦理学类型的差异和特征。伦理学的类型与道德的谱系是两个既有某种内涵对应、又有描述方式和层次之不同的理论概念。具体地说,虽然两者都立足于"多元"因素之间的差异分别,但前者偏重于观念化的道德理论分别;而后者则更偏于综合性文化传统的对比。但是,尽管两者的描述层次有所不同,却并不是

---

① 参见同上书,第二章等处。

② 当然,一个越来越明显的事实是,这种理论批评本身也因为现代社会对民主和平等价值的简单"平均化"或"平整化"理解而应当受到进一步的批评反省。但这是另一个问题,在此暂不予深究。

③ "伦理类型学"是我在新近提出的"道德类型学"概念基础上演绎出来一个解释性学理概念,有关"道德类型学"概念的基本理解,可详见拙文:《道德类型学及其文化比较视景》,刊于《北京大学学报》(哲学社会科学版),1995年第五期。

两个毫不相干的概念系统。在普世伦理的理论框架内，两者间是相互映显、相互补充的。两者共同的目标都是为了通过学理的分辨，寻求可分享的普遍价值意义。

以道德谱系学的方式，我将系统地刻画三种主要的宗教道德文化传统，和两种最为成熟突出的世俗道德文化传统。这三种主要的宗教道德文化传统是，西方基督教道德传统；以印度为主体的佛教道德文化传统；以阿拉伯世界为主体的伊斯兰教道德文化传统。两种世俗道德文化传统是，古希腊道德文化传统和中国儒家道德文化传统。需要说明的是，这种实例选择的标准不是价值判断意义上的，毋宁说，它仅仅是文化史学意义上的。其次，这种选择本身虽然有明确的普遍代表性追求，但它显然只能是相对的。最后，为了叙述的方便和清晰，我在此基础上对上述道德谱系作了更抽象的类型学概括，将三种主要的宗教道德传统归于信念伦理的范畴，而将两种世俗道德文化传统归于美德伦理的范畴。

以伦理类型学的方式，我将集中对几种现代性伦理学理论进行一种类型学的分辨和比较，从道德观点和伦理学方法的角度，揭示它们各自的理论贡献和局限，以证明普世伦理的普遍优先性。其中，对规范伦理的批判性反省将集中于现代几种不同道德观点的分析；而对元伦理学的批判性反省则主要指向现代性伦理的方法论问题。

事实上，对各道德谱系和伦理学类型的分辨性刻画与解释，只是一种理论预备性工作，其全部意义都在于，为我们探询各道德谱系和伦理学类型之间整合的可能及其限度铺垫必要的学理条件。对普世伦理的基本确信，使我们有理由认为，无论各种道德谱系和伦理学类型之间存在多大差异，也无论是作为历史传统的道德文化，还是作为现代伦理学形态的理论方法，都具有其作为普世伦理的思想资源或理论参照的积极意义，尽管它们各自显示的资源意义有可能存在广度与深度的不同。

需要慎重指出的是，**普世伦理的整合努力决不是、也不能是某种新的世界性道德意识形态的单一化企图，而毋宁是在保持和尊重道德多元性的基础上，寻求一种道德共识**。整合不是总体化、单一化,而是某一层面的普遍化。这种普遍化既不排除其他层面或方面的特殊性,也不谋求对其他特殊层面或方面的强制性统合。具体言之,这种整合体现在四个基本方面:第一,它只要求在全球性道德问题上寻求道德共识,从而对全球性道德问题达成共享性的道德观点,对于其他道德问题则采取多元宽容的态度,由各种不同的道德文化谱系和伦理学理论作出自己的合理性解释和解决。第二,它要求在业已形成的道德共识的基础上,进一步达成某些最基本的道德规范或制度化道德规则,从而形成一种具有普遍约束力的普世伦理的规导系统。相对于各特殊道德文化规范或伦理学的原则系统,这一规导系统具有其价值优先性和实践普遍性。第三,为确保这种价值优先性和实践普遍性本身的合理有效,由之形成全球性道德共识和达成普世伦理规范的基本立场必须是中立的、客观的和真正普遍的。普世伦理规范的价值优先性不是、也决不能是某种特殊道德文化价值的权威或强制性结果。如果说,一种伦理规范的普遍性首先要通过道德话语霸权的确立,或实际表现为这种道德话语的权威性力量的话,那么,这种道德话语的霸权及其权威性力量也决不是由任何特殊化的、地域性的道德话语来单独实现的,更不能借助于某种特殊的社会或集团的政治势力、经济势力和军事势力来获取,而只能通过文化的平等对话和理解来实现。只有这样,它才可能获得真正的价值普遍性,也才能真正成为具有广泛可接受性和正当合理性基础的有效规范系统。

从普遍性的角度看"全球伦理"

何怀宏

一

"普遍"或"普遍性"(universality)在现代是一个容易引起疑虑

乃至受到攻击的字眼：它是否会因强求一律而泯灭文明差异？它是否隐含着某种强势文化的霸权？抑或也能用来表达一种弱势文化一厢情愿的夜郎自大？近代以来的思想学术有一种质疑和消解"普遍性"的强烈趋势，在社会实践的领域内则有另一种情况出现，"普遍性"有时被推到了全权主义（totalitarianism）或扩张主义的地步，变成了一种极其压制人的东西，于是，这种"普遍性"持续一个时期也就崩裂了。

然而，在这一人们的价值观念趋于歧异化的现代，有鉴于二十世纪发生的战争、民族冲突等巨大人为灾难，对于某种"普遍性"和"人类共识"的寻求又是迫切的，有时甚至可以说是生死攸关的。

所以，如果不想寻求任何"普遍"和"共识"自然另当别论，如果要寻求和坚持某种"普遍性"，并使之确实具有实际意义和有效，恰当地界定这种"普遍性"的范围和含义就是很有必要的了，今天，在听到任何对"普遍"的诉诸时，我们确实有必要首先问一下：这究竟是在什么范围内的"普遍"，是在什么意义上的"普遍"？

"普遍性"首先可以是一种"事实的普遍性"，它是可以通过经验的观察和归纳来验证的。普遍性的等级会有差别，比方说"人皆有一死"就比"人是有理性的动物"及"人是两足无毛的动物"具有更大的普遍性，因为还有天生智力有缺陷，不能进行推理的人，有无足和长毛的人，但这些稀少的例外和反常一般还是不影响我们同意后两个命题的普遍性。这里所说的"普遍性"实际是一种"真实性"，陈述这种普遍性也就是在陈述一种真相、一个事实。

其次，"普遍性"可以是一种"义务的普遍性"或者说"直接规范的普遍性"，所谓"义务的"的普遍性，是指它不是要说明"什么是普遍的"，而是要说明"什么应当是普遍的"，前一种普遍性的要义是事实，其生命力就系于事实，如果在现实生活中有例外，其命题就要受到挑战，这些例外达到一定程度它就完全不能够成立，而后者却不必是事实，或不必是现实，其命题的基本性质不是对事实的陈述，而是诫规和命令，所以，现实生活中的例外就不能够推翻它，比方说，现实生活中即使有大量严重的欺诈行为，也不能够推翻"每个人都不应当说谎"的普遍命题。甚至我们可以说,"应当"正是因为现实生活中有例外,乃至总是有例外才作为命令提出来的。

那么,是不是所有的人都可以任意提出这种命令呢?比方说一个人提出"每个人都应优先追求自己的利益",另一个人提出"任何人都要先人后己"。它们在形式上都是普遍命令的,但是,哪一个命题是具有真正的普遍性从而确实具有一种强制性呢?抑或两者都不是?有没有真正的"义务的普遍性"?或者说,怎样理解"义务的普遍性"?既然"义务的普遍性"不是靠事实来证明的,那它究竟可以用什么来证明它的"普遍性"呢?我们在这里似乎要陷入一种众说纷纭、各执一词的局面,康德提出的义务的"可普遍化原则"也许能对我们有所助益,这一原则虽然仍旧不能够从正面说明只要具备了那些条件,一个义务命题就能作为真正的普遍命题而成立,但它却能够把那些明显的、其特殊命题与普遍命题自相矛盾、两者不能够同时成立的判断排除在义务之外,而这对道德来说就具有十分重要的意义。"义务的普遍性"虽然不能像"事实的普遍性"那样被经验地证明,但它现在确实有了一个衡量自身的标准。在此,这种"义务的普遍性"实际上应理解为是一种逻辑的普遍性,一种形式的普遍性,即它的准则是否能从特殊的命题引申到普遍的命题而不自相矛盾,自我拆台。这种逻辑上是否能普遍化的原则就可以成为衡量一个义务命题是否能够成立的必要标准。义务判断如果不能够合乎逻辑地普遍化,或者说,我们不能够不自相矛盾地意欲其普遍化的形式,那它就不能够成立。简单地说,"可普遍化原则"对义务命题的要求就是:如果一个人在某种情况下应当这样做,那么所有的人在类似的情况下都可以这样做。

最后,"普遍性"可以是一种"价值的普遍性"或"理想、目的、可欲事物的普遍性"(我在这里所使用的"价值"是与义务相对而言的"价值",是狭义的"价值",广义的"价值"也可以把义务包括在内,但在现代伦理学中,价值与义务一般是被区分开来探讨的,前者用"好 good"表示,后者用"正当 right、应当 ought"表示),也许,正是在价值领域,我们才看到最多的、各种各样的普遍命题,正是在这里,普遍命题的提出才最自由、最不受拘束。有关事实的普遍性命题要受到事实的限制而有可能被经验证伪;有关义务的普遍性命题要受到形式的可普遍化原则的限制而有可能被这一原则排除;而有关价值的普遍性命题则看来并不受到这两方面——无论是事实内容还是形式原则的限制。人们对什么是自己所认为的"好"有着相当不同的看法,而这并不妨碍他们常常把他们个人的看法表述为一种普遍命题。一些人可以把一种最具精神性的,同时也是实际生活中少数人追求的价值表述为一种具有最大普遍性的价值。同样,似乎也不能阻止另一些人把另一种最具肉欲性的、同时也是少数人实际追求的价值表述为一种普遍价值。在此是否有衡量各种有关价值普遍命题是否真正具有普遍性的标准,或者说,有没有能够排列它们的高下或者次序的标准,这是一些十分复杂的问题,我们无法在此详讨。无论如何,"价值的普遍性"确实是不好证实,甚至是不好证伪的。目前我们所看到的许多"价值的普遍性"命题常常是一种"表述的普遍性"。这里有着最多的随意性,一个人几乎对任何现象都可以使用一种全称判断,提出一个普遍性的价值命题,而不管这一价值是否真的具有普遍可欲性或应当具有普遍可欲性。价值的普遍性命题毕竟不是直接的行为规范,不是直接针对和约束行为的。所以,在这个意义上说,也确实可以允许有较大的价值选择的空间。相形之下,"义务的普遍性"就是某种具有强制含义的普遍性了,因而义务的范围也必须随着这种强制性而相应予以严格的限定。义务的形式"可普遍化原则"实际上有两方面的功能:一方面它使义务通过普遍化原则增加了一种强制性,使义务确实在性质上成为绝对命令;另一方面它又使义务通过普遍化原则而限定了自己的范围,使义务确实能够成为普遍命令。

二

借助上面的分析,在我看来,我们现在要讨论的"普遍伦理"就既不是指"事实的普遍性"、也不是指"价值的普遍性",而是指"义务的普遍性"，这种"义务的普遍性"既非陈述一个事实，也非表达一种神圣的理想性，而只是指：这些义务普遍地适应于所有人，要求每个人都无条件地履行它们。

但是，在上述具有强制涵义的"普遍伦理"中把狭义的"价值good"排除出去，可能要遭到一些反对，我想我们在此也许有必要区别"伦理"或者"道德"两个层面的含义：一个是它的行为规范的层面，应用的范围主要是社会制度和作为社会成员、人类一员的人，具体表现为社会正义和人的义务或者说基本约束的问题；另一个层面则涉及到价值、理想以及终极关切的层面，应用的范围主要是个人的生活、私人关系，同时也反映出民族、文明自身的特异之点。在我看来，现代社会的伦理越来越只是在前一种意义上使用，它也有不能不如此的形势所迫。后一个层面的问题则交由专门的人生哲学或宗教信仰去处理。

于是，至少在可以看到的将来，具有实际意义的"普遍伦理"只能在前一个层面成立，"普遍伦理"只有在前一种范围内才有可能，并且，在这一范围内，它主要涉及的也只是一些最基本的制度原则和行为规范，也就是说，"普遍伦理"必须同时也是一种"底线伦理"。

一种普遍主义的底线伦理学亦即一种试图阐述现代社会所有成员都应遵守的基本义务之内容、范围和根据的伦理学。"底线"是一个比喻，意思是说这里所讲的"伦理"并非人生的全部，也不是人生的最高理想，而只是下面的基础，但这种基础又极其重要，拥有一种相对于价值理想的优先性；伦理并不涉及人们的所有行为，甚至人们在大多数情况下的大多数行为都不会感觉到伦理的约束，但人们的行为还是有一些最起码的界限。人不能够完全为所欲为，而是总要有所不为。道德"底线"虽然只是一种基础性的东西，却具有一种逻辑的优先性：盖一栋房子，你必须先从基础开始。并且，这一基础应当是可以为有各种合理生活计划的人普遍共享的，而不宜从一种特殊式样的房子来规定一切，从一种特殊的价值和生活体系引申出所有人的道德规范。

于是,当考虑"普遍伦理"时,行为规范无疑就应比价值体系得到更为优先的地位。在此,我们有必要区分底线伦理规则和可以支持它们的各种宗教伦理精神和价值体系,前者是可望达成共识的,后者则是应当允许保留合理的差异的。也就是说,在某种意义上,我们所优先努力的方向应当是求同存异、求低存高、求用存本,然后才是至高价值精神方面的对话交流和相融互补。

道德的底线与人生、宗教的理想确实可以互补:严守道德底线需要得到人生理想、宗教精神的支持,而去实现任何人生理想也要受到道德底线的限制。但两者又有区分:底线可以说是一个单数,底线只是一个,并不是说对不同的人有不同的标准,它是对全社会的,它对所有人都是同等要求的,并且它在某些范围内还可以有某种法律和舆论的强制;而今天人们的生活理想却可以说是趋向于一个复数,人们的价值追求和终极关切是不一样的,它们也是属于个人自愿的选择。现在优先的问题是需要如此阐述一种底线伦理,以使它得到不是一种人生理想与价值体系的独断的支持和阐释,而是得到各种合理的人生理想的共同支持,得到各个文明、各个民族的特有精神和价值体系的共同支持。在我看来,"普遍伦理"首先和主要的含义就是说它平等地要求所有个人、所有民族,没有那一个个体或集体可以例外;其次,我们也可以说它寻求所有人的赞同、所有人的共识。而要如此,它不可能不是一种最低限度和最少具体内容的底线伦理。

三

下面我即以此认识来观察人们在临近一个千年的世纪末的时候所提出的对于"全球伦理"的诉求。1993 年世界宗教大会提出的《世界伦理宣言》认为:在各种宗教之间已经有一种共同之处,它可以成为一种全球伦理的基础——即一种关于有约束力的价值观、不可或缺的标准以及根本的道德态度的最低限度的基本共识。不同的宗教和伦理传统之间的严重分歧不应阻碍人们公开宣布这样一些东西,这些东西是人们已经共同拥有并共同肯定的,虽然其中每一样东西都有各自的宗教或伦理根据。所以,宣言特别强调:在此所说的"全球伦理",并不是指一种全球的意识形态,也不是指超越一切现存宗教的一种单一的统一的宗教,更不是指用一种宗教来支配所有别的宗教,而只是指对一些最基本的价值,标准和态度的共识,是要展示世界诸宗教在伦理方面现在已有的最低限度的共同点。

具体来说,《世界伦理宣言》认为:数千年以来,人类的许多宗教和伦理传统都具有并一直维系着这样一条原则:"己所不欲,勿施于人。"或者换用肯定的措词说:"你希望别人怎样待你,你也要怎样待别人。"以上是分别用肯定和否定形式表述的两个基本的原则要求(实为一个),然后则是四条更为具体的道德禁令:"不可杀人、不可偷盗、不可说谎、不可奸淫。"

显而易见,"全球伦理"的基本内容是一种最低限度的"底线伦理",也正是在这一底线上,才有可能争取达成最大范围的人们的共识。我们对其基本的原则要求和规范,尤其是对其中所表现出来的一种悲悯和行动的精神不能不予赞同并表示钦佩。

我可能不会完全同意《世界伦理宣言》所作的一些引申性推论,尤其是一些在我看来过于具体、积极的推论,并且还希望着有更为确切、更能兼容各民族特点的陈述。我也希望更为谨慎地使用"价值"一词,把普遍性的要求更明确地集中于行为规范的领域。我主张整个"普遍伦理"计划的一种有限目的,不要试图在"全球伦理"的范围内解决人类的所有重大问题,或所有全球性的问题,我更倾向于认为这只是解决问题的一个开端:我们必须首先确定任何试图解决问题的行动所不能逾越的道德界限,普遍地明确并努力坚持民族与民族之间、个人与个人之间的基本交往规则,否则,并不是没有这样一种危险的:就是使用不正确的手段来解决问题,反而有可能带来比本欲解决的问题更为严重的问题。

这一见解可能被指称为一种底线的或最少主义(minimalism)的立场。它容易遭到的一个批评是说它"空洞"、"空疏",但是,我们如果观察一下二十世纪，即以"不可杀人"的古老诫命为例，在二十世纪发生了两次世界大战，还有许多次局部战争，杀死了数以十亿计的人，人为地流了比任何一个世纪都更多的血，这难道不让人惊心动魄？二十世纪也发生了最大规模的财产关系的变动。这里可能更值得注意的是作为行为主体的群体，而不仅仅是个人；是那些提出了各种吸引和打动人的"理由"乃至"理论"的大规模暴力流血行为，而不仅仅是简单直接的、旨在报复和谋利的杀人越货，后者是比较明确地被各国法律所禁止的，前者则往往众说纷纭。今天我们如果想尽可能广泛持久地在人们中间确立对一些基本道德约束的共识，就有必要仔细地考察和反省这些"理由"和"理论"。底线伦理并不妨碍人们去具体深入地探讨各种社会与人生问题，但它要求人们首先注意那些对于人类来说最紧迫和最严重的问题。

"世界伦理"构想的宗教背景及其问题

杨慧林

从"世界伦理"（或"全球伦理"）构想①的提出，到 1991 年"世界伦理基金会"成立、1993 年世界宗教大会通过"世界伦理宣言"、1997 年互促委员会（Inter Action Council）通过"人类责任宣言"、乃至不久以前为 2001 年中西学者关于"世界伦理"之对话举办的筹备会议②，宗教学学者以及宗教界本身对"世界伦理"问题的促动和参与，都是极为引人注目的。担任着"世界伦理基金会"主席的天主教学者汉斯昆，更是其中最主要的倡导者。为什么"世界伦理"的命题是从基督教思想界肇始？基于宗教经验的伦理理想会在现实

① 汉斯昆最初使用的概念是"世界伦理"（World Ethic），及至他成立基金会和起草世界宗教大会的宣言以后，才开始将"世界伦理"与"全球伦理"（Global Ethic）并用。

② 2001 年 10 月，中国人民大学佛教与宗教学理论研究基地和中国人民大学基督教文化研究所将在北京举办"中国传统伦理与世界伦理"国际学术研讨会；2000 年 9 月 24 日，中国人民大学基督教文化研究所为汉斯昆教授来访召开了一次小型会议，邀请了 20 位宗教学和伦理学学者参加讨论。

世界中遇到何种问题? 要将这样的讨论引向深入, 也许必须关注汉斯昆的两部代表性著作:《全球的责任:寻求新的世界伦理》①以及《全球政治和经济的全球伦理》②。

一、理性的有限性与"无条件的伦理责任": "世界伦理"构想的宗教依据

汉斯昆《全球的责任》一书的首句和末句, 都落在他的三个基本论题之上:没有世界伦理就没有人类的生存,没有宗教和平就没有世界和平,没有宗教对话就没有宗教和平。而这一论题的起点,是在于文化范式的现代转换 (paradigm shift) 格外鲜明地凸显出世俗手段、世俗价值的有限性及其自相矛盾③。

通过解析 1918 年以来各种意识形态和社会生活领域的变化,汉斯昆表达了对于既有文化和价值系统的根本批判。在他看来,社会主义、新资本主义或者东亚模式(日本模式),都"已经不再有未来"④;这就是他所谓的"现代意识形态的终结"、"历史的终结"、以及"无限发展"和"不断进步"的"神话的消解"。⑤无论我们能否同意这种多少带有另一层意识形态味道的判断, 或许都可以理解作为宗教思想者的汉斯昆试图超越世俗局限、重建"终极理想"的努力。如他所说:"18 世纪以来,对于贵族与教会、国家与宗教的启蒙理性之批判当然是必要的, 这最终也导致了康德对理性本身的批判。但是当它日益绝对化、并且迫使一切都以之为标准的时候,理性便也……摧毁了它自己。……甚至在自然科学方面,……也已经建立了一种全面的思维方式;……人类不再是主宰自然,却是与自

---

①   Hans Kung, *Global Responsibility: in Search of a New World Ethic*, translated by John Bowden, London: SCM Press Ltd.,1991.

②   Hans Kung, *A Global Ethic for Global Politics and Economics*, translated by John Bowden London: SCM Press Ltd.,1997.

③   Hans Kung, *Global Responsibility: in Search of a New World Ethic*, p. 2 – 18.

④   Hans Kung, *Global Responsibility: in Search of a New World Ethic*, p. 6 – 11.

⑤   Hans Kung, *Global Responsibility: in Search of a New World Ethic*, p. 12.

然达成'新约'。……就原则而论，没有人会真的'反对进步'，成为问题的是：……美国、日本和欧洲的技术进步和工业进步，已经变成大众予以无条件信奉的绝对价值和偶像。"因此要"寻求进步的意义、科学技术的意义、经济与社会的意义，就必须超越现有的系统。"①

汉斯昆对世俗社会的"现有系统"之不屑，植根于一种关于人类"自义"(self righteousness)的否定性评价②；这与另一位基督教思想家莱因霍尔德·尼布尔的"自义"之说颇为相似③。其中更直接的针对性，显然是希望摆脱通常的意识形态偏见，指向普遍意义上的"绝对伦理准则的毁灭"、"目标的缺失"和"权威与传统的……失效"。④所以汉斯昆特别指出："西方面临着意义、价值和准则的真空，……问题并不在于西方是否最终战胜了社会主义的东方，而在于西方能否应付它自身产生的经济、社会、生态、政治和道德方面的困难。"⑤这种困难首先被他概括为四个方面：第一，科学，而缺乏避免滥用科学研究的智慧；第二，技术，而缺乏控制高技术中不可预见之危险的精神能力；第三，工业，而缺乏抵御经济过度膨胀的生态学；第四，民主，而缺乏制约强势个人或群体的道德。⑥这后来又成为他对甘地所说的"当今世界七大重罪"的重述："有财富而没有劳作，有享乐而没有良知，有知识而没有个性，有商业而没有道德，有科学而没有人性，有宗教而没有牺牲，有政治而没有原则。"⑦

对理性的世俗结果持有如此否定的评价，当然只能"超越现有

① Hans Kung, *Global Responsibility: in Search of a New World Ethic*, p. 13 – 14.

② Hans Kung, *Global Responsibility: in Search of a New World Ethic*, p. 9, p23.

③ 即："将基督教道德的超验理想变成历史进程的内在可能性"和"寄希望于出现某种历史的奇迹而最终建立一种理想的社会秩序"。尼布尔《基督教伦理学诠释》，台湾：桂冠图书股份有限公司，1995，6页，11 – 12页；尼布尔《人的本性与命运》，香港：基督教文艺出版社，1989，186 – 187页。

④ Hans Kung, *Global Responsibility: in Search of a New World Ethic*, p. 9.

⑤ Hans Kung, *Global Responsibility: in Search of a New World Ethic*, p. 9 – 10.

⑥ Hans Kung, *Global Responsibility: in Search of a New World Ethic*, p. 12.

⑦ Hans Kung, *A Global Ethic for Global Politics and Economics*, p. 261.

的系统"才有望落实"无条件的伦理责任"。而沿着汉斯昆的思路，这一"超越"必然要导向宗教信仰："伦理要求不能建基于有限的人类，只能建基于无限者……即一种绝对"，因为"只有不能被理性所证明的、终极的、最高的真实，才能被理性的信念所接纳——无论它在不同的宗教中如何被命名、理解和阐释。"①

值得注意的是：汉斯昆确实通过"理性的有限性"推演出一切既有文化模式都"不再有未来"的结论，从而将他的伦理构想"建基于"以宗教为载体的"无限者"；但是与此同时，他对宗教本身也有同样的惊人之语："坦率地说，无论基督教、伊斯兰教还是犹太教，……任何试图回复、试图强制的宗教，都不会有长久的未来。"②所谓"再造基督教的欧洲"、"欧洲的再度福音化"等等说辞，也被他指斥为"牧师的幻想"。③因此尽管汉斯昆的"世界伦理"构想具有明确的宗教背景和宗教依据，他却从未希冀某种单一的宗教价值重新主宰世界。④

二、现实宗教的两面性与"可能的伦理基础"： "底线"上的宗教合一

汉斯昆多次讨论到宗教的两面性(two faces of religion)以及在宗教旗号下的种种罪恶，⑤他还特别例数了其他宗教对基督教的批判："基督教强调爱与和平的伦理，却常常是排他的、不宽容的、咄咄逼人的；……基督教几乎是病态地夸大人对罪的意识，……以便突出人们悔改和求得恩典的必要性；……基督教最大的虚妄在

---

① Hans Kung, *Global Responsibility: in Search of a New World Ethic*, p. 53.

② Hans Kung, *Global Responsibility: in Search of a New World Ethic*, p. 23.

③ Hans Kung, *Global Responsibility: in Search of a New World Ethic*, p. 23.

④ 汉斯昆在不久前接受中国记者的采访时再次重申了这一点。请参阅韩松《汉斯昆教授访谈录》，《基督教文化学刊》2000 年第四辑，中国人民大学基督教文化研究所主编，人民日报出版社出版。

⑤ Hans Kung, *Global Responsibility: in Search of a New World Ethic*, P. 72–75; Hans Kung, *A Global Ethic for Global Politics and Economics*, p. 126–127, p. 150–151.

于它的基督论，……耶稣的形象似乎总是能在其他宗教中得到证明，从而成为独一的神圣。同时人们还会问：基督教一连几个世纪在亚洲进行了极其密集的传教活动，亚洲的人口占整个世界的三分之二，而基督教仅仅征服了大约百分之五的亚洲人，这难道只是历史的偶然吗？"①这种"自我批判"②的结论在于："没有无罪的宗教，所有的宗教都既有正号、也有负号。"③

宗教既然如此不堪，又何以成为"可能的伦理基础"④呢？汉斯昆清楚地意识到："至少在20世纪末，我们已经不可能从'天'、'道'、圣经或者其他圣书当中获得明确的道德决断。这并非是反对圣经、古兰经以及印度教、佛教经典中的……道德命令；但是首先必须承认：……根据所有历史学的研究，各大宗教中具体的伦理准则、价值、洞见和关键概念，都是在极为复杂的社会和动态过程中形成的。……因此圣经所宣称的上帝的命令，在古代的巴比伦法典和汉谟拉比法典中也可以找到——而这些法典是在基督降临的一千八百年到一千七百年之前。"⑤此外，宗教伦理还需要处理另一种困难，即：与各种问题相关的道德决断，都只能是在尘世完成，"无论是犹太教徒、基督徒、穆斯林还是印度教、中国宗教或者日本宗教的信徒，人们都要为具体的道德养成承担责任。"⑥在这样的困境中，宗教要成为"可能的伦理基础"，必须分别从两个方面证明自己或者限定自己。

汉斯昆对宗教的证明，大致体现为宗教的四种基本功能。第一，宗教即使面对痛苦、不公正、罪愆、无意义，也可以显示一种最后的意义；第二，宗教可以保证终极的价值、绝对的准则、深层的道德动机和最高的理想；第三，通过象征、仪式和宗教体验，宗教可以创造一种信任感和安全感；第四，对"全然的他者"(the wholly Oth-

---

①　Hans Kung, *Global Responsibility: in Search of a New World Ethic*, p. 82 - 83.

②　Hans Kung, *Global Responsibility: in Search of a New World Ethic*, p. 81.

③　Hans Kung, *Global Responsibility: in Search of a New World Ethic*, p. 83.

④　Hans Kung, *Global Responsibility: in Search of a New World Ethic*, p. 51.

⑤　Hans Kung, *Global Responsibility: in Search of a New World Ethic*, p. 48.

⑥　Hans Kung, *Global Responsibility: in Search of a New World Ethic*, p. 49.

er)之渴望,使宗教可以提供反抗非正义的力量。①对不同的信仰传统而言,这似乎不仅是功能层面、更是思维方式上的"底线"。

至于宗教的自我限定,实际上就是排除教义、传统、习俗、仪式甚至信仰理念方面的一切差异, 去考察各大宗教是否还具有共同点。汉斯昆认为,各大宗教的共同点就在于六种观念,即:关注人类的安宁,无条件地确认最基本的人性原则,遵行中庸之道,信奉"金律",确立一种道德榜样,期待意义和目的。②这正是后来有关"世界伦理"的一系列文献的基础,由此也引申出两项基本原则和四项"不可或缺的承诺"。③相对于汉斯昆对宗教功能的证明,可以说这些共同点是各个宗教的"伦理的底线"。这样,被汉斯昆证明和限定后的宗教,是因其在思维方式的"底线"或者伦理"底线"上的合一,而成为"可能的伦理基础"。但是恰好是由于这一点,又使"世界伦理"的构想在诉诸实践的时候不得不接受尖锐的挑战。

三、"世界伦理"构想的悖论式循环: 尚待解决的三个问题

当代西方的种种阐释神学、政治神学、伦理神学、以及所谓的"后现代主义神学"等等,都体现着基督教思想界对于社会实际发展的关注。④其中肇始于西方宗教界的"世界伦理"构想,或许是一个最突出的例证。

但是如同我们从汉斯昆的论说中所看到的:从宗教的初衷建构"世界"的"伦理",必须作出极大的妥协。妥协至思维方式上的"底线",则宗教(也许特别是基督教)必须承受被哲学消解的危险;因为以汉斯昆所说的四种基本功能而论,各宗教之间的冲突虽然

---

① Hans Kung, *Global Responsibility: in Search of a New World Ethic*, p. 54.

② Hans Kung, *Global Responsibility: in Search of a New World Ethic*, p. 56 - 60.

③ 请参阅杨慧林《追问"上帝":信仰与理性的辩难》,北京教育出版社,1999,214 - 215 页。

④ 其中特别值得提到的著作如:特雷西《诠释学、宗教、希望》,香港汉语基督教文化研究所,1995;Don S. Browning 等主编, *Habermas, Modernity and Pubic Theology*, New York: Crossroad, 1994。

弥合了，宗教似乎也与一种形而上学的精神无异。妥协至伦理的"底线"，作为"伦理基础"的宗教则只剩下汉斯昆所归纳的五条：不杀人,不说谎,不偷盗,不做非道德的事,尊老爱幼。①这固然"可以获得一切宗教的肯定，也可以获得非信徒的支持"②，不过它与世俗伦理的区别又在何处？

另一方面，如果宗教伦理不肯妥协，显然无法避免"大神学解释学"（macro theoloical hermeneutics）③的思路，即：将反思人类文明的宗教视角重新夸大为统领一切的力量，从而使宗教伦理落入新的权力模式。

因此，"世界伦理"构想的妥协中潜在着一种悖论式的循环。其中至少有三个问题尚未得到有效的解决。

第一，"世界伦理"是以一种低调、弱势的姿态换取最大限度的"普世性"和可接受性，所以它不得不排除各种信仰中的核心理念，不得不强调"世界各种信仰的合一远远多于它们的相异,……世界伦理是为共同的价值、标准和基本态度提供一种必要的最低限度"④。汉斯昆之所以要以宗教作为"可能的伦理基础"，首先是希望借助信仰为"无条件的伦理责任"提供合法性的说明。但是如果简化到"敬老爱幼"的"底线"还可以同"宗教依据"相关，恐怕会有太多的世俗欲望也同样能通过"信仰"获得合法性。

第二，"世界伦理"的"普世性"在相当程度上已经被转换为一种世俗性。而伦理的世俗依据只是利益的平衡，它所追求的相对合理往往受制于道德主体的不同出发点，那么其中不可避免的悖论又如何解决？这一点其实在汉斯昆本人的《全球政治与经济的全球

① Hans Kung, *Global Responsibility: in Search of a New World Ethic*, p. 57.
② 互促委员会维也纳会议高级专家组 1996 年 3 月起草的《关于"寻求世界伦理标准"的结论与建议》，见杨慧林《追问"上帝"：信仰与理性的辩难》,214 页。
③ Werner G. Jeanrond, *Theololgical Hermeneutics: Development and Significance*, London: Macmillan, 1991, p. 8.
④ 互促委员会维也纳会议高级专家组 1996 年 3 月起草的《关于"寻求世界伦理标准"的结论与建议》，见杨慧林《追问"上帝"：信仰与理性的辩难》,214 页。

伦理》一书中亦有所体现。当他试图以"伦理责任"介入西方的现实主义政治传统时，其例证之一在于"西方的决心……和伦理意志的缺乏，……助长了塞尔维亚军队对克罗地亚、斯洛文尼亚和波斯尼亚的入侵"，如果更"及时地予以经济制裁和武力威胁（不动用地面部队，而只用强大的北约空军进攻其空军基地、军营、兵工厂和具有战略意义的桥梁），本来是可以制止入侵的"。①即使这些"手段"最终要合成一种道德的目的，它同"绝对的道德命令"之间仍然存在着一层听凭道德主体进行解释的空白地带。而一旦留有空白，人类几乎可以为任何野蛮的行为找到足够的辩护理由。

第三，不仅"底线的"、甚至是"高线的"伦理准则，其实在各大文化传统和信仰资源中都从不缺乏，更关键的问题是这些准则何以不能产生实际的约束力？《世界伦理宣言》在导言中提出："在各种宗教的教义中存在着一套共同的核心价值，……然而……真理已被知晓，还有待落实于心性和行为。"②《关于"寻求世界伦理标准"的结论与建议》则承认："主权国家仍然是基本的变革工具，……世界宗教领袖们……可以敦促主权国家及其领导人、教育机构、大众传媒……以及各种可能的手段，采纳并倡导一种世界伦理的共识。"③如果是通过这样的途径完成"世界伦理"准则的"有待落实"，那么它的支撑点仍然是世俗伦理的逻辑预设，仍然是寄希望于人类自我约束和自我拯救的可能性；而宗教伦理的基础，却正是对这一预设和这种可能性的质疑。

以上问题或有苛求之嫌，但是问题终究是无法回避的。"世界伦理"的构想立身于理性的人类所应当承担的基本责任，同时又力图使"责任"超越世俗意义上的"道德正当"和相对的"合理性"，在更深的层次上获得稳定的信念支持。这其中确实存在着难以克服的悖论，然而它毕竟是要用"旷野的呼告"表达人类的希望。希望的

---

① HansKung, *A Global Ethic for Global Politcs and Economics*, p. 122 - 123.

② 《世界伦理宣言·导言》，见杨慧林《追问"上帝"：信仰与理性的辩难》，210页。

③ 互促委员会维也纳会议高级专家组1996年3月起草的《关于"寻求世界伦理标准"的结论与建议》，见杨慧林《追问"上帝"：信仰与理性的辩难》，212—213页。

意义,首先在于不放弃希望——这对基督教学者的"世界伦理"论说本应具有更直接的启示,即:神学的(或者更广义之宗教的)伦理思考;也许还是要持守它与现实之间的张力。

老子之自然与全球伦理
——兼评霍布斯的自然状态

[新加坡]刘笑敢

一 需要与局限

上一个世纪初,章太炎曾提出著名的俱分进化论,认为人类文明之进化"非由一方直进,而必由双方并进,专举一方,惟言智识进化可尔。若以道德言,则善亦进化,恶亦进化;若以生计言,则乐亦进化,苦亦进化。双方并进,如影之随形,如罔两之逐影,非有他也。智识愈高,虽欲举一废一而不可得。"①要之,人类为善的能力不断提高,而为恶的能力也与日俱增;人类享乐的程度和方式日益发达,而受苦的危险和程度也日益严重。章氏所言是耶,非耶?

回顾二十世纪,特别是近几十年的历史,我们不能不说,章氏所言确实为历史事实所验证,人类在享受文明进步的成果时,也不得不面对一系列已经浮现或将要出现的危险或麻烦。人类无法摆脱"善恶苦乐"同时进化的困境,这一点随着科学技术的加速度的发展,其征兆和趋势也越来越明显,也困扰着越来越多的关心人类未来的人们。全球化、一体化与地方化、分裂性两种趋势并存激荡,高速发展与生态破坏与时共进,生物医学为人类生育带来福音的同时也带来传统家庭伦理的难题,生物复制是科学的新成就,却也从根本上威胁着人类基本的繁衍方式和家庭制度。在这高歌猛进和困扰频仍的时代,全球伦理的课题应运而生。毫无疑问,今天的人类社会仍然需要一定的伦理道德来维系人际关系与家庭和谐,

---

① 《章太炎全集》(四),上海人民出版社,1985。页386。

同时,国家与国家、民族与民族、地区与地区、团体与团体之间也需要统一的或特殊的道德原则来调整相互关系。因此,讨论伦理的课题,包括全球伦理的课题是绝对需要、绝对有意义的。

然而,是不是有一个全球性的共同伦理,是不是可以创造一个有指导性、制约性的全球伦理,宗教领袖和伦理学者共同制定和认可的最低限度的共同伦理是否可以有效地改善现代人类所面对的困难,对这些问题还不能马上作出肯定的有说服力的回答。如果说,传统的伦理道德,如基督教伦理、犹太教伦理、伊斯兰教伦理、儒家伦理没有能够阻止现代社会问题的出现,那么,建立在这些伦理基础之上的最低的共同伦理有什么神威可以救治已经出现的问题呢?对这个问题显然需要严肃的思考,但是这并不等于我们不应该探求全球伦理的课题,而是要避免简单的乐观主义,并进行更严肃的探讨。

显然,我们需要一些有指导性、制约性的全球化的行为原则来改善现代世界的现状,但是,需要并不等于可能或有效。因此,要建立和维护新的世界秩序,确立人与人、人与自然的新的关系,我们就需要新的思考角度、新的思想资源、新的探索,而不能仅仅沿着传统的宗教伦理或其他既有伦理资源寻找最大公约数。在这方面,道家的精神资源也可以提供有价值的参照系和思路,因此本文集中探讨老子之自然在现代社会可能产生的积极意义,及其与全球伦理的关系。这当然不是说,其他伦理体系都无效,只有道家思想才可以拯救现代社会,事实是道家思想的本来的可能的积极意义被广泛误解了,忽略了。因此,在讨论全球伦理等课题时,许多学者、思想家的视野都延续着传统的盲点和偏见,不能涵盖和利用道家思想的积极资源,这是现代社会的损失和遗憾。本文则试图以老子之自然为例来纠正这种偏向。①

---

① 关于老子之自然,笔者曾经发表过不少文章。同过去的文章和书相比,本文的论证相当简略,但在某些方面,特别是关于自然的四个理论命题以及在现代社会的意义有一些修正和发展。有兴趣的读者可参看刘笑敢《〈老子〉(年代新考与思想新诠)》(台北:东大图书公司,1997),英文论文可见"On the Concept of Naturalness(ziran) in Laozi's Philosophy," *Journal of Chinese Philosophy*, vol. 25, No. 4(December, 1998), pp. 423 – 446. 或者"Naturalness(tzu – jan), the Core Value in Taoism: Its Ancient Meaning and Significance Today," in *Lao - tzu and Tao - te - ching*, eds. Livia Kohn and Michael La Fargue, Albany, NY: State University of New York Press, 1998. pp. 211 – 228.

二 自然的本义

自然本是道家首创的独特概念,早期的古代典籍,大多没有提到自然一词。①自然最先出现在《老子》中,战国中期以后使用渐多。自然一词的意义常被误解。最常见的误解是把自然当作自然界,这是把自然的现代意义当作了古代意义。自然的本义就是自己如此。"自"就是"自己","然"就是"如此"。"自然"的原始意义就是自然而然,没有外力的强制作用,没有突然的改变。把自然当作自然界,则老子所说"道法自然"就成了最早的生态保护的理论,然而这并不符合自然一词的古义,这样解释自然一词,貌似提高、实则限制和贬低了老子哲学的现代意义。老子对大自然的尊重,主要体现在"人法地,地法天"的陈述之中,而不是"道法自然"一句。在先秦时期,代表大自然的词汇主要就是天、地、万物。以自然指代自然界是很晚的事。②

与此相关的另一种误解就是认为道家讲自然,必然会排斥人为,结果就是无所事事。这也是对老子的无为的错误理解。③其实,老子所讲的自然恰恰是人类社会中的自然,是人类行为中的自然而然的状态。提倡自然是对人类社会行为提出一种方向和理想,而不是提倡不做事。老子说"功成事遂,百姓皆谓我自然。"(十七章)"功成事遂"就是做事的结果,不是无所事事的结果。可见,自然是一种高超的境界,是"功成事遂"而又没有对百姓造成骚扰和压迫的表现,也就是自然而然的功成事遂,是没有勉强的、没有造成冲突的、没有突然变化的、没有引起压迫感的建立功业的过程和结

---

① 如《尚书》、《诗经》、《易经》、《左传》、《国语》、《论语》、《孟子》。

② 张岱年师认为以自然为自然界始于阮籍《达庄论》"天地生于自然",见所著《中国古典哲学范畴要论》,(中国社会科学出版社,1989 年)页 81。戴琏璋认为此处阮籍"并非说自然是一至大的集合体",见戴著《阮籍的自然观》,《中国文哲研究集刊》第三期,1983 年,页 30。这一问题还需要更深入的研究。

③ 老子反复讲到"为天下式"、"为天下正"、"为天下王"、"取天下"、"为而不恃"、"自胜者强"等等,这些都说明老子所提倡的自然、无为并不是无所事事。

果。反之，强迫的、引起剧烈变化的、造成冲突的功业就是非自然的。以历史事实来说，秦始皇通过焚书坑儒而达到的成就是非自然的，而汉初效法黄老之学的文景之治则是比较自然的，而文景之治的时候也不是大家都不做事。

所以，老子之自然不是平时所说的没有人类文明的自然状态，不是与人类或人为相对的概念，而是与勉强、紧张、压迫、冲突相对立的概念，是一种值得追求、向往的状态，也就是一种价值。老子在第十七章中曾经把社会的管理者或统治者分为四类，第一类的是理想的社会管理者，由于有这样的社会管理者，百姓各自安居乐业，只是知道最高统治者的存在而已，并没有明显感到他的威望的影响或支配作用，这就是"太上，下知有之"。第二类的管理者是一般人或儒家所推崇的贤明的君王，由于他的清明有效的施政风格，百姓不仅得其恩惠，而且情不自禁地或出于某种需要地歌颂他，这就是"其次，亲而誉之"。第三类统治者很有威严，其管理的目的与百姓利益相悖，其管理的方式令百姓害怕，这就是"其次畏之"。最后的一类不仅令百姓害怕，而且令百姓愤恨，以致于要奋起反抗，所以说"其次侮之"。可见，老子所推重的是对百姓影响最小、小到连歌颂都不需要，而百姓又能自得其乐的社会管理方式，其结果就是"功成事遂，百姓皆谓我自然。"这是百姓对圣人的管理方式的最高赞赏。此外，老子说"希言自然"（二十三章），又说"道之尊、德之贵，夫莫之命而常自然"（五十一章），这些都是把自然当作一种正面价值来肯定和提倡的。至于老子二十五章说"人法地，地法天，天法道，道法自然"更把自然的价值推到了最高的地位。因为道是老子哲学的最高最根本的概念，道是宇宙万物、社会人生的总根源和总根据，而道以"自然"为效法、实践的原则，可见自然在老子哲学中占有中心价值或最高价值的地位。

如果我们能够认识到，老子之道不同于柏拉图的理念、不同于亚理士多德的形式、不同于黑格尔的绝对精神，不是一个纯粹的与现实世界无关的形而上学的概念，而是与社会人生有密切关系的最高原则的体现，那么道所体现的最高原则就值得特别的注意，而这就是自然的价值,也就是"道法自然"所要传达的根本讯息。在二十五章中的"人—地—天—道—自然"的序列中,中间的几项具有铺排过渡的意义,其最根本的用意则在于强调人要效法自然的原则,实践自然的价值,实质是在人类社会生活中实现自然的秩序和自然的和谐。值得注意的是,尽管自然界的秩序比较符合老子所说的自然而然的原则,但是老子的"道法自然"并不是说人要效法自然界或大自然的原则。把老子之自然误解为没有人类、没有人为努力、没有文化的原始野蛮的状态,是对老子之自然的最大误解,是把老子之自然与霍布斯所讲的自然状态混淆起来了。

三 自然的理论意含

以上我们主要是就老子原文对自然的本义及其在老子思想中的地位作一提纲挈领式的概括。现在我们再来对自然一词的理论意含作一深入的分析。上文是就文献直接反映的自然的原意及老子思想的中心价值为重点,这里则是就自然的概念本身作更深入细致的分析。如上文所分析的,自然的最基本的、字面的意含就是自己如此。然而,一个概念形成之后,必然会产生更复杂的意含,表达更丰富的思想,因此,对自然这一概念的诠释就不能局限于字面意含。事实上,自然一词在实际运用中往往表达了或隐含着更丰富的意义。

首先,自然的概念涉及了存在状态或方式,即一个事物、一个社会群体存在的状态或方式的问题。从表面来看,自然的状态应该是平稳的,没有剧烈冲突的,剧烈变化的事物显然不能算作自然的。深入来看,自然的概念强调自己如此,这就涉及主体或个体与外界的关系问题。自己如此的事物,或自然而然的事物,其存在的根据、发展的动因必定是内在的,或者严格地说,主要是内在的,而不是外在的,更不能是外在力量强加的。一个人类群体,比如一个国家,如果是由外在力量支配的,那么就是不自然或不够自然的;如果它的发展演变不是来自内在的需要和动力,而是由外来力量强迫的,那么也显然是不自然的。由此我们可以推出,自然的一个必要条件就是动因的内在性。"道之尊、德之贵,夫莫之命而常自然。""道之尊、德之贵"之所以可以称为自然,就在于"莫之命",即不是外在的赐予,而是自身本来如此。这就是动因的内在性。

然而,任何事物、群体都不可能是孤立存在的,必定要受到或多或少的外在因素、外来力量的影响,那么,在外力无可避免的情况下,什么样的状况才可以称为自然的呢?显然,一个事物所受到的外在因素的影响越少,其作用越缓和、越间接,该事物存在的状况越可以称为自然的,或者说,该事物的自然的程度越高;相反,如果这个事物受到的外在因素的影响很大,很直接,很强烈,则该事物的存在状态就是不自然的。对于这一点,我们可以称之为外在作用的间接性或辅助性。外在作用的间接性或辅助性是对发展动因的内在性的一个补充说明。老子六十四章说:"(圣人)以辅万物之自然,而不敢为。"①这里的"辅"一方面说明老子的无为或这里的"不敢为"并不是完全不做事,另一方面则说明老子注重事物自身的发展,外在的作用只是辅助而已。"辅"是外在作用的间接性,"万物之自然"则是事物发展动因的内在性。"辅万物之自然"则是以内在动因为主和以外在影响为辅的统一。

以上发展动因的内在性和外在作用的间接性都是就共时性来说的,是"自己如此"所应当包含的内容,还没有考虑到自然的概念在历时性方面的意义。如果考虑到任何事物都不可能一成不变,那么所谓自然的事物也不可能没有发展变化,那么,什么样的发展变化才可以称为自然的,什么样的则不可以称为自然的呢?老子说过"道之尊、德之贵,夫莫之命而常自然。"这里的"常"字用得十分贴切,非由外力所决定的事物本来的状态就是常态,是稳定的状态。也就是说,自然的状态就是大体恒常的稳定的状态。从当下的情况

---

① 本文所引老子原文皆据通行本,因此只注明章节以便查找,不注版本,不作文本的考证。这句话在郭店楚简中有两个不同的版本,分别作"是故圣人能辅万物之自然,而弗能为"和"是以能辅万物之自然,而弗敢为"。竹简本多一"能"字,说明辅万物之自然不是普通的简单的事情。

来看，自然的状态也就是"通常如此"的状态，而由现在的"通常如此"向回追溯，从该事物的最初状态来看，应该是没有根本性变化的，因此可称为"本来如此"。由现在的状态向未来推测，自然的状态应该是很少突变的可能的，如果一个事物充满意外变化的可能性，那就很难称为自然的，因此，我们可以推论出，自然的事物在未来的趋向是"势当如此"。这样，我们可以得出这样的结论，从历时性的过程来看，从事物的过去、现在与未来来看，自然的事物大体上应该是"本来如此"、"通常如此"、"势当如此"，这样的过程也可以表现为发展轨迹的平稳性，即没有突然的中断，也没有突然的急剧的方向性改变。这一点对于动因的内在性和外力的辅助性是一个限定和补充。如果一个事物的突变不是在外力干预下进行的，但引起了事物发展轨迹的突然中断或急剧的方向性改变，也不能看作是自然的。

发展轨迹的平稳性是一种长过程的外部描述。这种描述会引起一种误解，以为自然的原则反对任何质变，反对根本性的进步。为了防止这种误解，我们还要从内部的质变的角度对自然的原则作一补充说明。自然的状态在漫长的演变中也会发生质的变化，不过这种变化是渐进的，逐步的，是可以预测的。因此，我们在讲到发展轨迹的平稳性时，并不排除事物质变的可能性。一个农业国家发展为工业国家，可以说是发生了某种质变，但只要这个过程没有引起激烈的冲突，或者说这种变化不是在尖锐化的冲突中完成的，我们就仍然倾向于把它看作是自然的或比较自然的。因此我们应该在强调"通常如此"或发展轨迹的平稳性时，需要为事物的质变留下空间，只要事物的由演化而引起的质变没有造成或伴随剧烈的冲突，这个事物的状态就仍然可以看作是自然的。强调质变的渐进特点，是对发展轨迹的平稳性的一种内在描述，同时也是对事物"自己如此"或动因的内在性的限定和补充。如果一个事物的突变主要不是外力干预所引起的，却是内部激烈冲突斗争的结果，那么这种变化也是不能称为自然的。因此，我们需要强调质变过程中的渐进性。这种质变的渐进性有两方面的意义。一方面是承认自然的发展也会引起质变，另一方面是强调不仅外力引起的剧变是不自然的，内部冲突而引起的巨变也是不自然的。

总括上文，我们可以把自然的理论意义归纳为四个特点或四个命题。一、自然意味着动因的内在性，这是自然的最原始、最基本的意含；二、自然意味着外力的辅助性，这是对动因的内在性的一个补充说明；三、自然意味着发展轨迹的平稳性，这是从事物的发展的历时性过程进行的外在描述，是对前两个命题的必要补充和限定；四、自然意味着质变的渐进性，这是强调质变的可能性以及渐进的必要性。这是对第三个命题的必要补充，也是对第一和第二两个命题的限定。这四个命题也可以概括为总体状态的和谐性，或者说，动因的内在性、外力的辅助性、发展轨迹的平稳性、以及质变的渐进性都是为了实现总体状态的和谐性。所以，总体状态的和谐性可以看作是关于自然的总命题。根据有关自然的四个分命题和一个总命题，我们就可以把似乎很模糊的自然的原则运用到现代社会来。

四 自然的现代意义

现代大工业的全球化的社会距离老子的小国寡民的小农社会已经有两千多年了，老子所推重的自然仍然有价值吗？自然的原则还适用于现代社会吗？

实际上，在日常生活的范围中，在很多不很自觉的情况下，自然仍然是一种正面的价值。戏剧演员的表演当然以自然生动为标准，以生硬造作为禁忌；书法艺术也以浑朴自然为境界，以刻意模仿为初阶；社会以自然的演化痛苦较少，结果也比较稳定；顺民意潮流而自然获得的权力较为稳固，较少得而复失的担忧；人与人的关系也以自然相契为佳话，以刻意维护为累赘；国与国的关系也是以自然形成的友谊为可贵，以勉强维护的关系为脆弱。一切事物都在变化之中，但自然的变化往往代价较低，痛苦较少，结果较好；而冲突斗争引起的变化往往后患隐伏不绝。从道德情操的角度来说，艰苦奋斗取得的成绩当然值得赞佩，但从实际的角度考虑，我们还是希望获得比较自然、代价较少或不太勉强的成功。

这些实例都说明，自然在现代的实际生活中仍然是一种价值，但是，第一，在很多情况下，人们只是不自觉地把自然当作一种价值；第二，人们往往是在较低的层次运用自然的原则，而没有在较高的、重大领域中运用自然的原则；第三，人们往往是分散地在各自的领域遵循自然的原则，而没有讨论过自然作为一种价值是否具有普遍性意义、是否可以广泛地运用于不同领域的问题；第四，自然作为价值有越来越消弱的趋势，道家思想在古代社会没有取得主流地位，在激烈竞争的现代社会，似乎更难以为人们普遍接受。本文的目的之一，就是试图说明，自然在现代社会可以而且应该取得普遍性价值的地位，这对于改善现代社会的整体状况，改善国与国、民族与民族的关系，改善现代社会的生存环境都"可能"有积极的意义。这里强调的是可能性，不是必然性。因为许多价值是否有意义，是否有实际效果，都取决于人们是否真的把它们当作价值。笔者决不认为自然是一种灵丹妙药，事实上，灵丹妙药只存在于神话传说中，我们根本不能指望发现什么神奇的办法可以包医百病，也不能以灵丹妙药的标准来要求道家之自然或其他任何价值原则。

这里我们要再次强调，根据我们对老子原文的分析，老子之自然所提倡的不是没有人类活动的原始状态，而是人类社会生活中自然的秩序和自然的演变；老子所反对的不是人类的文化、文明，或社会活动，而是没有节制的欲望追求和无谓的好胜心。不过，老子哲学与一般宗教传统、伦理体系或禁欲主张所不同的是，老子的主要出发点不是道德原则或个人的利益，而是人类社会的总体状态和命运，是每个行为个体的生存状态。自然不是具体的道德原则，而是更为一般化、普遍化的价值。一般的伦理规范着眼于约束个人的相关行为，自然的价值和原则却着眼于相互关系和动态变化中的效果。

自然的秩序、自然的和谐所反对的，首先是强迫的秩序，其次是混乱无序的状态。自然不是无序。道家从来没有赞同过混乱无序的无政府主义。老子主张"太上，下知有之"，这并非反对一切形式的权威；老子提倡"战胜以丧礼处之"，绝对反对暴力；老子主张"胜己"、"自知"、"不自见"、"不自贵"，这是反对个体的绝对权力。因此，不能把老子的自然的原则混同于一般的无政府主义。

自然是一个一般性的概念，不是具体的伦理规范，着眼点不限于个人的行为，而是适用于一切行为主体。一个人应该就是一个行为个体。同样，一个家庭、一个群体、一个学校、一个公司、一个民族、一个地区、一个国家等，只要没有严重的分裂和对立，都可以看作是一个统一的行为个体，也就是一个行为主体。如果有了分裂，那就变成了两个或若干个行为主体。任何行为主体内部、以及内外关系都有一个自然或不自然的问题。一般说来，我们的潜意识中都希望自己的家庭、群体、部门、地区、国家的秩序是自然而然的，或者说，我们都希望生活在自然的和谐之中，而不是生活在受外力的约束或压迫之中。如果我们是自愿遵守某种原则的，那就是自然的，就不会有痛苦的感觉。如果是不得不遵守某种秩序或原则，那么就会有不愉快、不自然的感觉。当然，我们喜欢自然的秩序并不等于我们喜欢混乱无序的状态，除非是忍受了太多的压迫而产生了非理性的反弹。

现在我们就尝试以自然的原则来分析一些社会现象，藉以说明自然的价值原则在现代社会可能产生的重要意义。根据自然的原则，自发的秩序与和谐，根源于内在动因的秩序与和谐就是比较自然的，反之就是不自然或不够自然的。在一个家庭中，父母爱子女，子女尊敬父母，子女与家长有相互的尊重或服从，家庭作为一个统一的行为个体，其气氛就可能是和谐的，自然的。如果全家在一个威严的家长控制之下，全家人都惧怕一个严厉的家长，这样的家庭就形成了控制者和被控制者两个行为个体，被控制者惧于家长的权威而遵守家庭秩序，这样的家庭气氛就可能是不够自然或完全不自然的。一个国家，或者因为外国强权的压迫，或者内部分裂成压迫者和被压迫者两个行为主体，一方控制另一方，一方惧怕另一方，那么这样的国家的秩序就是紧张的，就是不自然或不够自然的。以经济发展来说，一个国家认识到自身的落后，主动向发达国家学习，引进发达国家的技术与管理方法，这种"现代化"的过程就是比较自然的，反之，在发达的外国强权的坚船利炮的逼迫下而接受所谓先进的生产方式就是不自然的，甚至是痛苦的，就必然伴随反弹、反抗以及破坏性冲突。

以国际关系来说，某些国家以正义的化身自居，以威势或暴力强迫别人接受自己的价值观念和政治原则，就是不自然的，即使这些国家真的代表了正义，真的要伸张正义，也不利于正义原则的传播与实现。当然，在国际生活中，某些大国有较大的影响，发挥较大的作用，承担较多的责任，这是很自然的。但是如果这样的国家自认为永远代表正义而有权以武力惩罚其他国家，这样的国际关系就绝对是不自然的。事实上，在现实的国际冲突中，除了反抗侵略以外，很难找到绝对正确的一方。令人尴尬的是，对立的双方都不难找到正义的、道德的，或正确的、神圣的旗帜为自己的立场辩护。一方可以是正义与人权，另一方可以是民族尊严和国家主权，而双方冲突较量的结果往往不是道德或正义的胜利，而是军事力量的胜利，是暴力的胜利。而依傍暴力的正义很难取得正义本身应有的地位，很可能损害了正义本身的价值形象。

事实上，除了百分之百的自卫战争在道德上是无可厚非的，其他各种长期的血与火的交战，双方牺牲的都是无辜的百姓，无数血肉之躯变成了政治领袖的政治资本，甚至是谈判桌上交换条件的筹码。战争和暴力把正义与邪恶、善良与残忍、尊严与卑下搅成血肉的混沌，是对人性最粗暴的践踏，即使是胜利者也会面临失败者的命运，因为历史上没有永远的胜利者。这里正义的原则不但不能制止暴力和强权，反而可能成为残暴的遮羞布和野心家的工具。正义、神圣、正确、道德等等概念都可能成为冲突、战争、暴力的旗号，成为以暴易暴的历史循环的催化剂，而自然的原则则不可能成为暴力和强权的工具。自然的原则反对扛着正义的旗帜，把导弹打到人家家里去"主持正义"的国际强权主义，也反对以"民族大义"或任何借口镇压多数人或少数人的内部的强权主义。如果自然的原则成为一种公认的价值，那么任何发动战争、实施暴力的人都会多一分顾忌，少一分借口。自然的原则在国际事务或重大政治事件中能否发挥制止战争冲突和暴力的作用，取决于有多少人、在多大程度上承认自然的原则是一种应该遵守的价值，所以我们应该提倡自然的价值原则。事实上，自然的原则不仅可以避免冲突，而且可以把政治领袖的才能从战场引导到客厅，从暴力的较量引导到智慧的追求，从而有利于实现总体状态的和谐。①

五 关于霍布斯的自然状态

对于受西方文化影响较深的读者来说，接受自然的价值会比一般的东方读者困难得多。这当然有长期的历史文化的原因，其中，霍布斯 (1588—1679) 关于自然状态的理论可能有更为直接的影响。一些研究者也把老子的自然的概念与霍布斯的自然状态的概念相比较，因此，我们有必要重温一下霍布斯的理论，并将二者的概念和理论作一简要的比较和梳理。②

霍布斯关于自然状态的理论是他的全部政治哲学体系的一个

---

① 这一部分讨论的仅仅是关于自然的前两个命题。即动因的内在性和外力的辅助性。限于篇幅，另外两个命题，即发展轨迹的平稳性和质变的渐进性在现代的运用没有展开讨论，笔者将在适当的机会发展这一方面的论证。实际上，关于自然的概念本身也还有许多值得讨论之处，如自然与竞争、自然与法律、自然民主和自由、个体自由与整体和谐的关系等，这些问题有些在我的其他书和文章中有所涉及，有些则需要在今后进一步研究。

② 笔者早已注意到一般人关于霍布斯的自然状态与老子之自然相混淆的问题，并且收集了一些资料，但没有时间动笔写作。这次蒙汤一介和乐黛云教授的约稿，才对这一问题作了一个初步的研究。更专门的讨论还得等待来日。本文关于霍布斯的理论的概述是个人的理解，主要依据是 Thomas Hobbes: *Leviathan*(London: Penguin Books, 1985)，其中 C. B. Macpherson 为该书所写的长篇导言对笔者帮助最大；此外还有 E. J. E. Woodbridge 所编的 *Hobbes: Selections*(New York: Charles Scribner's Sons, 1958)；Edwin Curley: "Reflections on Hobbes: Recent Work on His Moral and Political Philosophy," *Journal of Philosophical Research*, Vol. XV, 1989 - 90. pp. 169 - 250.

理论起点，一个假设的前提条件。霍布斯所说的自然的状态（the state of nature），是他所假设的没有国家、法律或公共权力的情况。在这种情况下，每个人都有自己获得权力的欲望和逃避危险的本能。这是每个人行动的基本目的，而直接的行为动机和决定则来自于为了实现这些目的而进行的更审慎的思考。尽管每个人先天的强弱有所不同，但是这不妨碍一个体弱的人有能力杀死一个强壮的人，因此，每个人都想得到比别人更大的力量或权利来防备或制服别人。当大家都想获得更多的权利时，必然会发生冲突和斗争，在这种情况下，每个人的生命都会受到威胁。而维护生命的安全是人们的自然欲望和权利，因此，每个人都会为了保护自己的生命而把别人当成敌人。这就构成了每一个人对每一个人的战争，或者是所有人对所有人的战争，这样每一个人的安全都在危险的威胁之中。幸好，这些"自然状态"的人并不是原始社会的人，他们都有足够的高度理性和自制力。为了自身的安全，他们可以达成一个共同的契约，即每个人都把自己的自然权力交出来，由一个或一些人组成最高权力替大家行使权力，保护每一个人的安全。每个人的权利一旦交出，就不能随意收回。因此最高政权的权力是绝对的，它可以自己决定自己的继承人。最高权力不是契约的一方，而是制定契约的所有人自愿把权力交给它作它的臣民。臣民不能随意撤消这个契约，而且只要这个最高政权还可以保护大家的生命，每个人就必须服从它，而不能反叛。反叛就要受到惩罚。

显然，霍布斯的所说的自然状态并不是历史上的原始社会或野蛮阶段，并不是任何实际存在过的社会状态。人类学家至今没有发现任何人群存在过"所有人对所有人的战争"这种"自然状态"。在所谓原初社会的部落中，并没有这种每一个人对每一个人的战争关系。相反，这些部落之所以能够生存都是因为有一定的组织形式以维持合作的关系。很多原始部落的社会生活要比所谓文明社会更为和谐。不过，我们并不想以此来反驳霍布斯的自然状态理论，因为霍布斯自己并没有说他的自然状态是实际存在过的社会生活形式。他提出自然状态的概念纯粹是"科学式"推论的需要，是为了论证专制制度的合理性和必要性。其推论方法受几何学和伽利略的物理学影响很深，因此要寻求一个不证自明的公理作为推论的起点。他所找到的就是人要趋利避害的本能和共性，这就是他所说的自然状态下的人性。事实上，这种所谓的自然状态的人也不是真的纯粹的数学式的抽象，而是奠基于并渗透了他对同时代的资产阶级的竞争状态的观察。正如 Macpherson 所说，不管霍布斯自己是否意识到，他的权利的等价交换理论反映的正是资产阶级的自由竞争、自由交换的市场社会的现实。他的理论不是对"自然状态"的人所说的，而是对一个不理想的、不能充分保障人们安全的政治社会中的人所说的。①因此，霍布斯的所谓自然状态既不是野蛮人的原始社会，也不是纯粹的理论抽象和想像，而是对资本主义社会的自由竞争和等价交换原则的曲折反映，是抽象化的映象。

所以，霍布斯的自然状态和老子的自然的原则相去甚远，完全没有什么相关性，很多人按照霍布斯的自然状态来批评老子的自然，完全是不着边际的。这里，我们还有必要进一步作一些对比的分析来澄清这种混淆。

首先，老子所说的自然是对现实生活的一种可能的状态的提升，霍布斯的自然状态则是一种纯粹的理论假设。如果说老子的自然间接地反映了早期农业社会的最高社会理想，霍布斯的自然状态则隐晦地反映了他对资本主义早期生活的观察。老子的自然是一种值得追求的目标，霍布斯的自然状态则是一种引导读者接受其结论的可怕的预想。虽然说，老子向往的自然而然的和谐的社会生活似乎离我们越来越遥远，但是，直到今天，我们还是可以发现，某个家庭、某个学府、某个公司、某个地区、某个国家的社会氛围比其他地方更为自然，较少压迫感，较少强制性，也就是较符合自然而然的价值原则。因此，似乎高不可攀的自然的价值理想是可以在一个地方、一个时期、一定程度上实现的。只要我们都认识到这种

---

① "Introduction" to *Leviathan*, pp. 38 – 62. 详见上注。

78

价值的意义和实现的可能性,那么,只要把一个局部、一个时期的自然氛围作为理想状态扩展开来,那么,在较大范围、较长时期实现自然的秩序也不是不可想像的,而人类总体的生存状态就会有所改善。不过,霍布斯的可怕的自然状态虽非事实的描述,也部分地反映了近代资本主义社会的真相,是值得现代人警惕的,而道家哲学正是对霍布斯所害怕的自然状态的一种预防和纠正。

其次,和老子追求自然的社会秩序相反,霍布斯追求的是强制的秩序,因为他偏重于资产阶级作为个体人的自由竞争带来的问题,而没有看到资产阶级也有共同的利益和团结的可能性。也就是说,他只强调了问题的一个方面,而没有看到另一个方面。他只看到强制的秩序对保护自由竞争的意义,却没有看到强制的秩序和绝对的权力也可能破坏自由竞争的环境。老子哲学认为,自然的秩序高于强制的秩序。事实上,正常人无不喜欢自然的和谐,没有人愿意到一个强制性社会框架中生活,也就是说,自然的秩序更符合人的自然本性。人们常常误以为老子讲自然的秩序,必然反对法律、反对竞争。事实上,从上文所说的关于自然的四个分命题和一个总命题来看,动因的内在性、外力的辅助性、发展轨迹的平稳性、质变的渐进性,以及总体状态的和谐性,与法律控制、自由竞争都是可以并行不悖的,适当的法律制度更是自然秩序的必要条件,而合理的自由竞争也是自然的秩序下的必然的结果。好的法律制度可以实现和维护自然的秩序和良性竞争,而坏的法律则可能破坏自然的秩序,引起社会不安,甚至激起社会动乱。这样的实例是不难发现的。

第三,霍布斯的全部理论以利己主义人性的假设为论证前提,对这种利己主义起调解作用的则是理性和利益的判断。老子则完全没有涉及人性问题。推断起来,老子似乎应该赞成人性善,但不是必须如此。自然的秩序不以人人为尧舜为前提。自然的秩序是普通人所向往的秩序,所以"百姓皆谓我自然"。老子似乎确信,自然的价值符合人的本性的需要。根据庄子外杂篇,道家的人性理论应该是超越善恶之分的。所以,能否以自然为中心价值与人性善恶的假设没有必然的关系。

第四，如上文所说，霍布斯的自然状态只是理论论证的需要，是推论的前提，虽然不是可有可无的，却决不是论证的中心或主要结论。老子则把自然作为道所传达的讯息，是最高的价值，在他的思想中占有中心地位。老子之道以自然为最高原则，老子之无为以此为最终目标。霍布斯的自然状态和老子的自然在各自思想体系中的地位是完全不同的。

第五，霍布斯和老子都注重个体的自主和整体秩序之间的平衡。不过，霍布斯的个体自主是以邻为壑的竞争，而平衡的维持靠至高无上的权力。老子的个体的自主性则表现为"自富""自均""自化"，而平衡的维持是靠"自知""胜己"，社会管理者的角色只是"辅万物之自然而不敢为"。在老子看来，在上位的过多的控制和过繁的法律规定可能正是社会动乱的根源。无论怎样，实现自然的秩序都是个体的主动性和自我的约束的结合，其结果则是既能保障个体的自主性和生机勃勃的发展，又能维持整体的和谐。在现代社会，要维持自然的秩序，法律是绝不可少的，然而，法律的功能对多数人来说，可能只是虚悬一格，如果人人每天都感到法律的约束和控制，其社会秩序就不能称之为自然了。

本文开篇提到章太炎的俱分进化论，提出人类文明进化过程中苦乐、善恶一起进化的问题。其实，老子的自然无为针对的正是这种文明进化中的二律背反或吊诡现象。自然的原则可以缓解人类文明发展过程中的副作用，这一点在科学技术、商业竞争日趋激烈的今天尤为重要。原子能的发现是科学的巨大突破，但核武器却使人类面临着整体覆灭的危险；没有核武器的国家白白受到有核国家的威胁，如果大家都来造核武器就会酿成更大的危险和困境。大工业生产廉价的汽车，造福于无数的人，却引出了大气污染和噪音的问题；谁也没有权力禁止落后国家大量生产或使用汽车，如果世界各国都达到一户一辆汽车，大气的污染程度就更难设想、更难改善。抗菌素的广泛使用拯救了无数人的生命，却同时提高了病菌对药物的抵抗力,引发了更难消灭的变异的新病菌,对人类造成新的威胁;化肥有效地提高了农产品的产量,却严重破坏了土壤原有的有机结构,造成土地根本性的退化;农药保障了农产品的丰收,却给人类健康带来威胁;体外受精、借腹怀孕、无性生殖、人体复制都是科学的重大进步,却给人类社会的伦理原则造成巨大冲击和挑战。可见,现代人类面临的两难局面比老子的时代更为复杂、多变。这些问题或许可以通过科学技术的提高有所克服,但是要根本摆脱这种二律背反,恐怕是相当困难或不可能的。而自然的原则则可以在一定程度上缓解这种矛盾和恶性循环。因此,自然的价值在现代社会尤其值得重视。

自然在现代社会中到底是不是一种价值? 自然的价值在现代社会是否有效?对这一问题的回答,端赖人类自身的价值取向。每个人都可以问一问自己,是喜欢自然和谐的环境,还是喜欢有压迫感的生活?如果是前者,我们就有理由把自然的价值和原则列入全球伦理的讨论课题中,并尝试去追求、建立比较自然的生活。

法国当代著名作家
远近丛书作者之一

多米尼克·费尔南代访沪

　　"远近丛书"《美丑》一书法国作者多米尼克·费尔南代于2001年3月9日下午访问了上海文化出版社,并与编辑人员就文学、艺术等有兴趣的问题进行了座谈。

　　当晚,多米尼克·费尔南代又来到上海法语培训中心,向在沪工作、生活的法国人士及上海的法语专业的教师、学生作了美与艺术的专题演讲。近两个小时的交流,听众反响热烈,会场气氛活跃。

　　　　　　　　　　　　——李国强摄影报道

让"他者"的感觉升华　构筑中西对话的桥梁

[法]程艾兰/钱林森

程艾兰女士(Anne Cheng)系法籍华人知名学者、诗人程抱一先生之女,1955年生于巴黎,自幼受到严格的法国教育和东方文化的训练。1975年入著名的巴黎高等师范学校,并受业于谢和耐、桀溺、王德迈、侯思孟等法国汉学家。1982年获汉学博士学位。现为巴黎东方语言文化学院教授,中文系副系主任,专事中国哲学的教学和研究。1997年她发表了《中国思想史》(Histoire de lapensée chinoise),法国汉学界的专家和知名学者如谢和耐、桀溺、谭霞克都在报纸杂志上撰文,给予高度评价。1999年2月14日我在巴黎都德大街其寓所拜访她之际,正值其著作相继获得法国政治伦理科学院的布韦雷(Dagnan-Bouveret)奖和法国金石和美文学科学院的儒莲(Stanislas Julien)奖的时候。我们的话题自然围绕她的《中国思想史》的撰写和中国文明在法国传播与接受等跨文化交流和研究的内容展开。后来我据那次晤谈手记整理出若干问题于去年四、五月多次和她讨论。她据此进行了认真思考,后用她更得心应手的法语书面回答了我的提问,并邀请复旦大学诸孝泉教授译成了中文。现整理成篇,以飨读者。(钱林森,2001年1月16日,南京大学)

钱林森（以下简称钱）：Seuil 出版社出版了你的著作《中国思想史》，反响极大。前不久我在拜访你父亲程抱一先生时，他谦虚而又认真地对我说："我不是汉学家，不是纯粹意义上的学者，真正的汉学家是桀溺教授，是我女儿程艾兰教授，她最近发表的《中国思想史》才是严格意义上的汉学著作。"后来我在拜访桀溺教授和Seuil 出版社负责人时，他们也极力向我推荐你这部书。我想知道，这是一部什么性质的书？你是出于何种考虑要撰写这部著作的？你是在什么文化背景下写这部书的？

程艾兰（以下简称程）：一切都从家史开始：我出生于巴黎，父母都是中国人。他们相识于巴黎（她去巴黎学绘画，而他是学声乐的），然而到了"理智的岁月"时，两人之间就产生了裂痕。分居多年之后，母亲回到了中国（那是六十年代中期，"文化大革命"刚开始。在随后的十年文革中我们天各一方，音信全无），而父亲决定"与法国联姻"（从严格的字面意义上来说）。对于随后的孤独的青春，我该怎么说呢？那些年月全用于累积无可挑剔的学校成绩，但学业的成功只是掩饰了创伤，给人以一个诸事顺遂的幻像。

质疑本性的时刻（即美国人称为"种族意识"的阶段）最后还是来到了，这正是延长了的少女时代的特色。我是谁？我该置身何处（"where do I belong"）。到香港和台湾的短暂旅行只是使我更加不安，倒是在大陆的第一次长期居留使我明白了本性的问题是个假问题。真正的问题不是置身于何处，而是如何安身立命。说到底，要紧的不是选择哪个阵营或者遗弃哪个阵营，而是要由这个两重性出发来做些什么，要让永远是"某个的他者"的感觉升华。我是"他者"，因为在法国我太不一样，总是不被接受为法国人，而在中国则因为太西方化而不被看作是中国人。归根到底就应该下决心吸取这两个世界的优势。正是在这个时候我的入学高师起了决定性的作用。作为一个永远的优等生，我仿佛是命定要进入高师，仿佛从幼儿园开始我就上了通向高师的轨道。尽管我以前从来就没有想过自己会有一天进入这个专为国家精英所设的学院，对它我一点也没有亲近感。然而，一旦进入高师，在我面前展开了一片精神园地。在那儿我可以在一种批判精神的氛围中生平第一次自己选择，自己进取，这种精神构成了我在共和国学校里受到的最好的教育。换句话说，高师不只是优等生的必然归宿（在这方面法国的大学制度正体现了拿破仑对中国科举制的借鉴），而且还让人进入独立自主和好奇心智的新天地。简言之，这是一次真正的解放经历。我亦可以继续研究欧洲文学，但是从中学会考起我已经决定好了，我要投身于我先祖的文化中。这个"回归根源"的决心可能是与无所不在的我父亲对我的影响有关。但这个决定也（或者说特别）显示了要与我父亲分道的意愿。如果说从一开始我就有意于从历史角度研究儒家，这可能就是因为我拒绝走诗情的道路。这条道路富有浪漫色彩，为诗意的和审美的概念所主宰。我父亲正是成功于对这些概念的运用。在这方面，我在高师的经历以及我在这段时间频繁的出国游学使我能自由翱翔。我一边完成五年的学业，一边有机会攻读汉学，甚至还能在准备博士论文的时候在上海复旦大学留学一年（顺便提一下，上海是我母亲的出生地，也是我多年后所嫁的那位先生的家乡）。

这样，关键的问题就是：怎么运用这个令人痛苦的混杂，当一座桥梁？当然，我总可以献身于翻译，而且我也确实干过，结果是我发表了一部《论语》的法译本。但是更可做的是建立一个对话，不仅是与我自己的经历的对话，而且是在中国文化的历史和我生活其中的西方之间的对话。我必得凝聚我的存在，我必得从一直将我撕裂的我的两个根源中做出些什么来。这种必要性以一本书的形式出现，那就是《中国思想史》。我孕育这部著作长达十年之久（它几乎与我的孩子同龄，她们伴随着它，也因为它而受罪）。这十年的艰辛工作，无论如何，在我学业以及我个人生活的这个阶段我必须完成它。

钱：写中国思想史、哲学史的人，海内外有不少：中国大陆有吕振羽、侯外庐的《中国思想史》、《中国政治思想史》，有冯友兰的、任继愈的、张岱年的《中国哲学史》，特别是冯的著作还有英译本在西方流行；在法国，二十世纪上半叶就出版过大汉学家葛兰言

（Marchel Granet）的《中国思想》，闻名遐迩。你的著作和这些前辈学者的著作有些什么不同呢？我是想问，与前辈著作相比，你的书有些什么新的特点，以致引起法国读书界和学术界的广泛兴趣？还有，你的这部书旨在向西方读者展示中国思想、中国哲学几个世纪的流变与发展，你的书以什么为依据来确立全书框架结构的？你在自己的著作中谈的是中国哲学，甚至是中国非常古老的哲学，为什么书名要叫《中国思想史》，而不称《中国哲学史》？

程：这部著作是在大学中讲授中国思想的可贵经验的一个结果。它肇始于一个空缺，因为在这个领域中没有法语著作，甚至没有欧洲语言的著作。这方面的经典是冯友兰的《中国哲学史》，出版于三十年代。当时中国的知识分子中思潮激荡，他们以证明中国思想也可与西方哲学媲美为己任。他们要证明中国也有自己的逻辑，也有自己的认识论等等。靠着德克·卜德在五十年代的英文全译本，这部经典在中国以外广泛流布。中文写成的其他巨著没有这个好运并都带有浓重的意识形态色彩（大陆中国遵循马克思主义，台湾则反之）。在欧洲语言中（主要是法语、英语和德语）确有一些著述，但它们或者有些陈旧（许多写成于三十年代）或者只限于一个时代或一部典籍。在法语中除了葛兰言 1924 年的《中国思想》、卡尔登马克在《我知道什么》丛书中的小册子以及实在太简略的冯友兰的节译本，在这个领域里确实没有很多著作。

我的著作的对象是学生、所有对中国或多或少有兴趣的人以及所有意识到我们的世界是个多元世界的诚笃之士。因此我的著作本质上是教学式的，它一步一步地引导读者，决不让他们迷失在晦涩深奥的理论中。我不想证明什么理论，我不以演绎推理为目标，而只以如实显示为己愿。我热切地希望读者分享我诵读典籍所得的愉悦，所以我尽力为读者着想让各个作者自己讲而不由我来代言。我努力让读者拥有信息量最大和最新的材料（参考书目，当前正展开的汉学讨论等），以便读者自己能做出判断。我想避免的是强加给读者一个最终的真理或把意义限制在一个惟一的解释之中。

关于我的著作所经常提出的问题涉及到它的题目。许多人责备我不敢用"哲学"这个词而安于用平凡的"思想"一词，但我认为在这上面其实没有什么可争辩的，这至多只是那场三十年代的论争的尾声。那时冯友兰撰写他的史书，用了新创造的词"哲学"。在今天新的形势下这个论争早已过时了。今天我们可以看到的是一个奇异的交错，正当西方穷尽了人文科学的所有可能性而转而承认有别于它的别的（特别是中国的）学术传统的合法性，而中国人却对自己的传统不感兴趣，反而对西方自五六十年代以来建立起来的方法论入了迷。他们满口的结构主义和解构主义！当然在某些（自称的）职业哲学家眼里，惟有希腊传统具有哲学话语，哲学就是希腊（哲学讲的是希腊语，发生了希腊奇迹，等等）。从这一观点看来，以中国的"不同性"和"相异性"为口实，中国事实上是被贬为一种非论述性的智慧而只起到衬托作用，言下之意是说（从一种继承于黑格尔主义的观点看来）中国思想缺少哲学论述的严谨性。人们老是喜欢说中国思想并不着眼于"限定"事物，并不努力于界定对象和概念，相反它寻求的是表达未定的和无定的。以此为由，甚至讲这是一种"模糊"的思想，是一种"模糊"的语言。但是，如果仔细想一想就会明白，只有一种非常精细而微妙的语言才能表达不可言喻的事物。比起描述思想自己构筑的对象，这是一个更加难以处理需要更多手段的任务。

再说，如果我们转换一下说法，我们相反不去以哲学为尺度来衡量思想，"思想不是哲学"的说法就会有另一层意思：思想可以与现实保持联系，可以处于生活的运动之中，因此它就可以表述出其丰富性、多产性和创造性。而哲学则必定迟早会脱离生活，从生活中抽象出来，对很多人来说必定是悬空在空气稀薄的"观念的层次"上。中国思想并不能被归结为一组论题，它永远在扩展，因为从其本质上来说它是诗意的（从其词源意义上来说），是能产的和创意的，因为它是纯粹的气，是纯粹的生命活力。

钱：中国思想的发展经历了漫长的历程，博大精深。你出身在中国高级知识分子家庭，家学深厚，又去过中国著名的复旦大学专修中国文化和历史；你生在巴黎，曾以第一名的成绩考入巴黎高师，受过系统良好的西学教育，你具备驾驭中国文化的优势条件。请问：对源远流长的中国思想史，你是怎样划分其发展阶段的？你在梳理中国思想或中国哲学时，采取何种方法和视角？是否也如你父亲所说的那样，是以双重的眼光来审视中国哲学、中国思想的发展？

程：尽管我开始没觉察到，事实上这部史著不是一项纯粹学术性事业的一部分，我投身于汉学研究也不类同于一个以中国为对象的专家。我常说，就像幼年时曾掉进神药汤里的奥贝利克斯一样，我并没有选择。说到底，我要说这部史著我是以我的全部生命来写成的，是以我理解和感受中国文化的个人方式来写成的。它就是我的形象：不是纯粹中国式的，也不是纯粹法国式的。醉心于纯粹的人或许会断定这部著作是个混杂的产物，可我完全认可这个文化的杂交。因为我深信我们将要生活在一个越来越多元化的世界里。只要我们拒绝接受"文化战争"的逻辑，我们并无其他的替代。正是这种既在内又在外的立场，这种既在边缘又出自中心的立场决定了我的著作的视野。说到方法，依我看来必须避开两个障碍，一是沉溺于西方学术风尚所特有的方法论话语之中，一是摆出固守本性的僵硬姿态。或许因为我缺乏这份能力，但更是出于疑虑，我总是不去运用社会科学的那些繁复的工具。在我的著作中，我特别注意不专用某一个方法原则，也就是说不囿于某个单一的解释手段，如比较方法、结构主义、解构主义等。从根本上讲，为了避免将这些分析工具机械地"强加"到中文材料上，或者说为了避免常见的那样为某种学术恐怖主义服务，最好是遵循庄子的古老格言"得鱼忘筌"。

在另一方面我也同样警觉，不能堕落到另一个偏颇中去。好几代的中国知识分子（包括我父亲的那一代）都有这个倾向，他们或明或暗地试图证明：中国式思想比西方哲学更高明，至少在人性价值和存在经验方面更高出西方。与他们相比，我试图保持一种流通性，试图保持一种由另一种观点所提供的恒常的可用性。

对于法国读者,我觉得还要防备另一种性质的双重危险。一方面要抵制猎奇的诱惑,这种猎奇的渴望长期以来将中国变成一幅巨大的屏幕,在这屏幕上人人都可以投射出自己最疯狂的奇思异想;另一方面也不能将自己封闭在过于深奥过于专门的语言中,以至于吓跑那些好奇而善意的读者。

　　我的工作就是要以一种既是历史的又是主题的方法来叙述一个长达数千年之久的精神历程。它起始于公元前二千年出现的经典而下溯到1919年的"打倒一切"。从那时就开始了在二十世纪中震撼整个中国的那一系列革命。这整个体制和学术的历史都是由外来和内在因素导致的种种变迁和激烈变革而塑成。面对这样一个历史,我们如何可以谈论一个哲学观点而不顾及它在各个时期和各场论战中的演变?我们如何可以再轻信那种"永恒的中国"或不变的"中央之国"的烂调。

　　在这个复杂的整体中凸现出几个惊人的时刻。上古时代的了不起的多元化(由孔子,以及庄子、老子、阴阳家和极权主义理论家们为代表)。随后是秦始皇建立的并在汉代得到巩固的集权的和官僚的帝国。在基督纪元之后开始了吸收佛教的漫长过程。这个过程在八-九世纪的唐朝达到高峰。到了公元千年左右开始了以"新儒家"形式出现的中国传统对自己彻底反省的巨大努力。

　　正值佛教已被完全吸收之际,从十六世纪开始中国思想又与更加陌生的东西相遇:基督教和欧洲科学。它们最初是通过传教士的中介而来,随后是在十九世纪的越来越频繁的接触,一直发展到西方列强的入侵。到了二十世纪初中国承受到了巨大断裂,一边是传统的重负,一边是必须回应的西方的空前挑战,这个挑战被理解为就是现代性的挑战。1919年的破坏偶像的五四运动成了我的论述的象征性边际。因为它给到那时为止没有中断的传统划了个句号,并开创了一个新的时代,构成这个时代的矛盾和冲突至今还远没有得到解决。

　　这个累积型的传统是以层积的方式而不是辩证的方式发展,是在一个盘旋而非直线的路程上"原地打转"。因此比较起历史的追溯来它更适宜于作一个主题的分析。在这些"内在对话"的织体上我们确实最终可以看到贯穿全景的红线。如果我们用音乐的比喻，我们可以听到再现的主题。它被处理成变奏，但连成整体时就组成一个有和弦及不和谐音的交响曲。这样，我的著作是围绕着一些"症结"或论辩而构筑起来的。这些论辩引导着世世代代的讨论。

钱：中国传统的思想和哲学，有其传统的话语和概念，如"道"、"气"、"理"等等，这些话语和概念，在其发展流程中，本身又不断丰富和变化，因而在本土文化中产生不同的阐释和界定，众说纷纭，如何准确地把握这些传统的话语和概念，是一切治中国哲学的学者的难题。据我所知，从十七世纪法国传教士介绍中国思想时，就碰到这个难题，直至近代，仍需花大力气弄清这些话语和概念的含义，连一些大师也不例外，如葛兰言在其大著《中国思想》中就花了不少笔墨对中国哲学中的一些重要概念进行阐释。请问：你在自己大著中是如何处理这个难题的？你以为用非汉语的西方语言如法语能对传统的中国哲学话语进行转换吗？能把中国独有的哲学概念说清楚吗？

程：在中国人的表述中占主导位置的是建立一种与文字的紧密关系，这就是为什么我坚持要在一些关键概念旁注上汉字，尽管我知道我的读者不一定是汉学专家，因为常常是在术语的形体中涵含着它们的原初意义，再说中国的思想家们也从来都乐于有意识地在他们所用的文字形态的组合中做文章。人所共知，在汉语文化中常谈到"道"（路途）。思想首先是路程，它从来就是在一定的情景中并是在动态中的。就如绘画中的等距投影一样，它并无一定的理想视点，却是随着在空间内部的视点而转移。以思想为道，就意味着不将思想只用于描写、分析、立论，而是用于伴随和维持生命的运动。这不那么与我们在欧洲想像的哲学家的孤独的思维有关，而更与教化人有关。重要的不是能宣布存在为真理，而是要把存在在它的真理中建立起来，也就是说建立在它真实的素质上。

换句话说，应该用气、变易和关系的概念来从整体上思考活的存在。气的思想，或者说思想——气，它不是在变易中把握现实，而是把现实当作变易来把握。它不追求确定概念，而是努力熔入到现实的运动本身。这样一个思想所瞩目的对象不是本性（西方哲学太清楚关于同一和他者的问题了）而是关系，即两者间所发生的，也就是中国思想家用"中庸"的观念所指称的东西。

钱：你父亲在巴黎东方语言文化学院执教时最叫座的课是唐诗，他的《中国诗语言》在巴黎几乎成为家喻户晓的读物，中国学者特别敬佩他的是，通过西方语言把中国文学精髓确切地传递给普通的西方读者，让他们知晓，让他们着迷。而你的中国思想课在现时也成为学院最受欢迎的一门课，使深奥的中国哲学为普通的并不了解中国的异国学生理解，真是一件不容易的事，是对中法文化交流的一大贡献，也让人起敬。我想问，你是怎么能让法国学生明白中国思想的？你觉得西方人能够理解中国古代思想、古代哲学吗？能够在这方面沟通吗？

程：要将中国思想传播到那些不习惯于这样看事物的人的头脑里，除了翻译的努力之外，这恐怕还需要使接受的语言有弹性（就像使皮革有弹性一样），甚至需要创造一种新的语言。这是一个非常诗意化的工作，又是非常哲学化的工作。只要我们不沉溺于一种伪哲学的呓语里，或者不热衷于技术语言所提供的陈词滥调，要知道创造一种新语言并不就意味着讲行话。寻找一种不拘于线性的和理性的语言的努力可见于中国古代所有典籍，比如说追求"不言之言"的老子所用的那种隐密的韵律文体，深入揭示了语言机制奥妙的庄子，以及探索了形象和组合语言的种种可能性的易经。

对我来说我深信所有的人在根基上是相近的。尽管有文化的重负，只要富有人性就可以理解中国思想。中国古代的思想家早就意识到了两相对峙的两重性是闭塞的，他们发现如果将两看作是阴阳的交替就更富有意义，就像老子所言，创造性的交替"生三"而从三就通向了无尽的"万物"……

钱：你的《中国思想史》出版后，在法国学界产生很大反响，舆论普遍认为，这是一部非常出色的著作，因而获得了大奖。对这些评价,你有何想法?

程:在前面我曾不指明地将我的著作比作一个孩子,而孩子是个永不会完成的成果,他总是在生长。我从来不曾把这部著作当作是一个终极的作品,我总以一种佛教式的精神对我的学生讲(他们已经开始把它当作圣经,这真是错了)应该把这部书看作是"过渡之物",它在没有其他更好的东西时可以被用作拐杖。但是一旦你有能力在你的道中独自前进了,你就可以扔开它。我并不在乎那些专家,他们把它当作是普及性作品而作出不屑样子;我也不在乎那些外行,他们总留恋于普及性作品目的是保持他们那些最糟糕的偏见。我只想为所有那些想理解的读者而写。他们或许不能花大力气来直接读汉语经典的原文(尽管我极力建议他们要这样做)。我这是以我的方式来破除那个作为差异作为绝对他者的中国形象。这种形象被种种猎奇者所利用,更经常的是为那些我称之为"法师"式的话语所利用,尽管那是隐藏在学术的外表之下的。这一类的偏见在许多中国知识分子中也是很顽固地存在着,他们死死地抓住这样一个想法:西方人永远无法理解他们的传统。

建筑文化与地区建筑学

吴良镛

繁荣建筑创作,这是全社会普遍关心的课题,鉴于建筑本身的综合性,其实现途径也应是多方面的,可以说"条条道路通罗马"。本文试从建筑文化研究,加强建筑创作的文化内涵问题谈起,对如何发展地区建筑问题略陈管见。

一 研究建筑文化,繁荣建筑创作

1 史无前例的建筑高潮与建筑创作的贫困

中国城市化进入了高潮,1995 年城市化水平为 28.85% ,按美国城市地理学家诺瑟姆(R. M. Northam)对城市化过程的划分,这已进入了"加速阶段";城镇建设,无论其规模还是速度,都可以说史无前例,这种现象还会持续相当长的时期。然而,在这令人眼花缭乱的建设中,尽管各方面成绩很大,原有城市的特色却在逐渐消失。宜人的环境,十分满意的优秀作品,并不多见,这是当今普遍存在的问题。

为什么会有上述现象?原因固然很多,例如正值我国社会经济文化的变化、转折时期,其对建筑事业的要求也错综复杂,各方面都在探索前进,城市的规划设计工作尚难全然适应要求;另一方面尽管改革开放以来,通过信息媒介,种种建筑理论与作品杂然纷陈,但是对新时代中国建筑的发展道路却莫衷一是,它说明了当前建筑与城市规划设计还远未构成自己的体系，而建筑哲学与创作的贫困不能不说是一个更深层次的原因。这表现在对中国建筑与城市文化的遗产缺少切实的研究，甚至认为中国城市空间形态仅仅是西方城市空间理论的一个特例，而未关注触及东西方文化体系的差异与融合；对于中国古代建筑的研究偏重于个体，而对建筑群体，乃至城市空间环境创造的整体研究，则显得远远不够；并且对中国城市建筑的研究，多从建筑领域出发，缺乏多学科的思考，尤其是缺乏从文化角度的探索，等等。显然，如何摆脱建筑理论与哲学的困境，繁荣建筑艺术创作，提高创作水平，已经历史地提到议事日程上来，这需要广泛的探索。令人高兴的是历时四届的建筑与文化学术讨论会已开始从这方面努力，并且已取得一定的进展。

2　发掘文化蕴涵是繁荣建筑创作的途径之一

尽管建筑功能多样，建筑创作需要满足不同的要求，建筑的手段、技术等也如此繁复，但最终仍要落实到建筑与空间形象的创造上来，包括运用结构形式与建筑布局等种种手段，创造适宜的、美的环境。宗白华讲："一切艺术综合于建筑，而礼乐诗歌舞剧之表演，亦与建筑背景协调成为一片美的生活。所以每一文化的强盛时代，莫不有伟大建筑计划以容纳和表现这一丰富的生命。"芒福德讲："每一时代都在它所创造的建筑上写下它的自传。"他们都说明了：第一，建筑具有艺术性；第二，建筑是综合的艺术；第三，它同生活密不可分，而生活是文化的源泉。因此，建筑最终是艺术，是文化表现。要繁荣建筑艺术创作，就不能忽视对建筑文化的研究与追求。

3　发挥地区性的文化特点

每一区域，每一城市都存在着深层次的文化差异，谈地区文化，城市文化是对建筑文化高层次的追求。发挥地区文化特点是近代学者关注的课题之一，所谓"未来城市的职责是充分发展地区的、文化的和个人的多样性和个性，这些是互为补充的目的；要不然，势必像现在这样机械地把大地的风光和人的个性都折磨掉"。

94

说的也是这个意思。

中国传统城市与建筑文化内容丰富,自成一格。研究中国的建筑文化,首先要对其源流有一个系统的了解,整理中国建筑发展的历史,探讨其体系。对此我们的先驱者及广大建筑工作者,付出了大量的劳动,作出了贡献。然而,我国幅员广大,各地区的地理条件、人口分布、经济文化发展状况、建筑条件、历史传统等因素又千差万别,我们必须承认城市建设与建筑文化的地区性有其内在的规律,它是多种文化源流的综合构成,必须重视,正是这种各具特色的地区建筑文化共同显现了中国传统建筑文化丰富多彩、风格各异的整体特征。因此,我们应更积极地开展地区建筑文化的研究,探索其特殊的规律,通过特殊认识一般,从而为建筑创作提供更为广阔的意蕴。

二 探讨地区建筑文化的基本规律与特点
——以江南建筑文化为例

对地区建筑文化,各地学者已经开始做了有价值的工作,发表了重要的论著,例如对"湖南传统建筑""楚国的城市与建筑"都作了有益的整理与探索。这些年来,我也曾就江南建筑文化作了一些思考。

1 江南建筑文化发展的过程

同其他地区一样,江南也有一个地域开拓——经济发展——文化提高——建筑文化繁荣的过程。秦汉以来,江南逐步得到开发;中唐时其经济鼎盛,"赋出于天下,江南居十九";南宋时江南文化后来居上,所谓"江浙人文数";明清时期,江南小城镇又普遍繁盛。凡此社会经济文化的发展都促进了城市建设与建筑文化的繁荣。

2 江南建筑的文化特征

江南建筑的文化特征是多方面的,以下两点更富特色。

第一是建筑结合自然。江南建筑密切地结合地区丘陵、水网的自然特征,依山傍水,建筑与自然和谐一致,形成了典型的"水乡文化"特色。南京、苏州、杭州、绍兴、无锡、镇江、常熟等地的建筑都千姿百态,各有千秋,其中不乏建筑契合自然山水的杰作。

第二是生态与文态的统一。长期以来,人们对自然环境的巧为借取、利用和惨淡经营,渐渐地赋予其丰富的文化内涵,人文附丽则使江南城市建筑之生态与文态相辅相成,相得益彰,终而成为了有机整体。

3　江南建筑文化的整体个性

在上述基础上所形成的江南建筑文化可视为色彩绚丽的文化结晶。从多区域的开拓到城市的缔造,到园林名胜的经营,再到建筑群体、各类建筑的构成,直至建筑小品的点缀、建筑细部的刻画等等,都是建筑与诗词绘画艺术等多种文化融合的结晶,都是城市规划、城市设计、园林设计、建筑设计等多学科的综合创造,我们应以一种广义的建筑设计观来体会江南建筑文化的绝妙佳作。

一方面,江南"城市——园林——建筑"融而为一,蔚成体系;另一方面,每一城市及其园林、建筑等艺术创造又有悠久的历史渊源,各富特色个性。这是颇值得我们深入探索和仔细玩味的重要的文化现象,可惜现代一些新建筑,规划与设计每每脱节,且构图手法习惯于生搬硬套西方的作法,不研究中国自身系统的特性,不结合当代环境特点加以灵活创造,使得新建筑与所在环境格格不入,这样既缺乏整体性又缺乏个性,以至整个江南地区原有的文化韵味正在渐渐失去。当代的建筑师应该追寻这一源远流长的优秀思想与原则,并在新的条件下创造性地发扬。

4　江南建筑匠师与江南建筑思想制度

旧云"三分匠,七分主人",从事江南建筑的"匠"和"主人"往往都有深厚的传统文化根底,他们不仅有丰富的实践经验,而且逐步将之总结提高,形成制度,如《鲁班经》、《营造法式》、《营造法原》等。另外有学者还提炼升华、凝聚为江南建筑文化的理论,如《园冶》、《长物志》、《闲情偶寄》等。又据《哲匠录》所载,隋唐以降江南建筑匠师的数量越来越多,其在全国占比重也逐渐增加。所以可毫不夸张地说,该地区在历史上已形成了江南建筑学派。

我出生江南,浪迹巴蜀、云贵,复又寄居燕赵,漫游齐鲁、中州、三秦、岭南……年逾七十而各地心影犹存,特别是以空间为主体的地域文化,如一些典型的城市、建筑园林的遗存以至山川形胜,更在我心目中闪烁出异样的灵光。不难设想,对于江南以外的各地区只要勤于观察探索,当也可寻找到其特有的艺术创造的神韵与规律。

三 探索地区新的建筑文化,发展地区建筑学

然而,发展地区建筑学绝非轻而易举,尚待作如下深入细致的研究。

1 要发展地看待地区建筑文化

古往今来,地区建筑文化有其历史辉煌,毋庸置疑,但也有时代的局限。由于时代变迁,社会经济结构、科学技术水平、人们的生活需要和价值观念等都发生了巨大变化,无论城市原貌还是传统建筑等都有不适应新的生活需要的方面,这说明我们要从生活中了解地区特色,在新的时期需要创造新的地区建筑文化,探索新的发展道路,绝不能固步自封,停滞不前。

历史上民族间交往的频繁往往会带来文化的发达,可以说地区文化也不例外。如唐代长安与西域文化的交流活跃了盛唐的城市文化;又如,在特定的历史地理条件下,当西方列强把上海作为控制中国的经济据点时,上海具有了可以在多种文化并存与展示中进行比较、选择以及综合的可能性。于是近代海派文化兴起,即以上海里弄建筑来说,在太平天国起义期间,江南一些富贵人家纷纷赴沪"避难",上海房地产业大兴,为了在有限土地上安排更多的住户,既有联排式住房的借鉴,又有传统建筑的因袭,于是出现"石库门""里弄住宅"的建筑类型,这可谓当时的新的地区建筑的形式。值得一提的是,时至今天,它的"原型"仍给我们以启发,这一点不难从1996年上海"2000年住宅设计"遴选的优秀建筑方案中得到说明。这就启示我们,在创造新的地区建筑文化时,既要从地区

建筑传统中发掘有益的文化"基因"与文化的深层结构,也要吸取外来文化的营养,为我所用。

2 整体地分析与创造地区建筑文化

就方法论来说,我们要整体地分析地区建筑文化。例如,既然如前所述江南建筑文化是"城市——园林——建筑"作为一个体系的综合创造,新时期的地区文化的创造就不妨从多方面去寻"根",找规律,找启发,并在新的相互结合上下功夫,综合分析融会贯通:如传统建筑与城市设计结合紧密,建筑群的组合形式多样,且平原、山地各有特色。可惜这些基本原则在当代建筑创作中似乎被遗忘了。浩大的三峡工程居民区的建设、设计者把山地夷为台地,沿用在"平地上建高楼"的习惯作法,费而不惠,不能不令人遗憾,为什么不借鉴相邻的沿山筑城,依山而立的山地建筑模式发挥创造呢?在三峡沿岸的古代城镇中,就有不少优秀的城市设计的遗产,其内在规律可供发掘。因此,我们需要整体地研究地区建筑学,而不是仅就建筑论建筑,"吊死在一棵树上"。实际上,不仅三峡工程如此,其他一些地区的住宅建设也缺乏创造性,甚至历史文化名城北京旧城区的住宅也忽视"城市肌理"的存在,也一律"小区"模式,无非塔式、点式、板式住宅的排列组合,创造性哪里去了?仅仅在琐琐碎碎的细部上玩弄一点小花样,管用吗?这是当前建筑研究与创作思想十分平庸的重要原因之一。

3 现代建筑理论与地区建筑学的结合

如果仅仅从地区原有建筑出发,作为创作的惟一源泉或途径,这也有局限,其结果必然流于保守,止步不前。在全球化(Globalization)的今天,一方面,我们必须面对全球的潮流,关注世界文化的发展,注意东西跨文化体系的碰撞与交融,因此设计者还有必要从国际建筑考察新思想、发展动向、技术进展等,有选择地从外来文化,包括对国外优秀作品的分析、借鉴中获得启发,概括地说,即将现代建筑的一些理论原则和地区建筑学的具体历史、理论、技术相结合;另一方面,我们建筑师要逐步认识到城市建设必须保护城市文化遗产,保持地方特色、城市特色、建筑特色,塑造新的形式,赋以新的"意义",形成新的"场所",表达新的时代精神。换言之,当代建筑发展的两个重要趋势,即全球文化的交流与寻找并发扬建筑的地区性,有人说这是一个硬币的两面,相辅相成,于是提出"全球的地方建筑论"(Glocal architecture, glo 是 global 的缩写,指全球;cal 是 local 的缩写,指地方),认为应当既是全球的建筑也是具备地方特色的新建筑。它的积极意义在于,对世界文化的吸取和对地区文化的追求与创造,两者辩证地统一起来,统一而不可偏执一端。请注意,切莫将未来建筑理解为就像将两杯不同颜色的水加以搀和,而是两种色度不一彩色的镶嵌,所谓"色度不一",表明建筑的个性所在。

4　可持续发展的城市、建筑与地方建筑

二十世纪发展的后半期,人类对工业革命后只顾经济发展而不顾环境状况以及向自然界巧取豪夺所带来的问题开始逐渐觉醒,自 1987 年联合国环境委员会提出"我们共同的未来"报告,1992 年的世界首脑会议后,可持续发展战略开始得到较普遍的承认,并认为是人类发展的共同道路,是二十一世纪全球发展的普遍原则。我国政府也将它与"科教兴国"一起定为国家的基本发展战略。

可持续发展的意义在于:第一,人类在发展;第二,发展要有限度,不能危及后代人的发展,因此要保护环境,要节约资源,要以提高生活质量为目标,要提倡公平,要同社会进步相适应……。它将涉及各个方面,包括对如何建造可持续发展的城市与建筑,在国际建筑界引起了强烈的反响。人们开始对现代建筑的发展进行反思,已认识到流行的建筑方式,如摩天高楼、玻璃幕墙等等的铺张豪华、耗费能源、破坏自然等是不可持续的,必须改弦易辙。对此,国外学术思想的进展甚快,如"绿色建筑"(Green architecture)和各种节能建筑途径的探讨,已从建筑物理的研究深入到建筑设计的创作中来,并与新建筑形式创造结合起来,出现了不少优秀的建筑作品,这是值得重视的动向。

我认为,可持续发展与地方建筑学是一个很值得深入研究的

课题。中国传统就有朴素的可持续发展的思想,如《孟子》反对"竭泽而渔"、《管子》"童山竭泽者君智不足也"、《商君书·徕民》指出了区域的各类用地比例与生态环境的保护、《管子·乘马》"因天材,就地利"的选地与城市设计原则等等。说明古代城市规划与设计包括建筑群设计结合地理、地形条件是一项重要原则。再从城市建设实践看,城垣多临水靠山,特别西南山地多临山筑城,因此这些城市一般虽是不规划的,但是城市与地理环境浑然一体,堪称佳作。又如南方"廊房"建筑(或名骑楼)雨天可以避雨,炎夏可以遮阳,建筑争取街道空间,凡此都符合可持续发展原则。最近我考察梅州客家住房,多处于山麓而不占农田。广西桂北民居多建于山坡,占天不占地,让开良田沃壤;广州的一些旧式住宅,非常讲求通风,夏季并不需要空调;新疆干热地区如吐鲁番常设地下室及葡萄棚的院落以抗炎热等等。这些都是利用自然条件,既满足生活需要又不破坏环境的做法,应该说有很高的"科技含量"和审美价值,可谓具有地区特色的可持续发展的具体途径,我们不能丢掉这些地区建筑的内在的逻辑与朴素的可持续发展思想的精粹。对此,我国学者并不是没有研究,而是综合科学分析不够,建筑设计者利用研究成果、运用这些朴素的原则和现代科学技术新的成就相结合发挥新的创造不够。一般习惯于选择某些传统细部,作为"符号",聊以点缀。形式的探讨不是不可以,而且也很重要。但是,如果仅停留在形式的追求就未免舍本逐末了。

四 小 结

(1)要注视一个时期以来,建筑创造与哲学思考的贫困现象,从设计的误区中走出来,深入文化研究,这不失为繁荣建筑创作的途径之一。

(2)建筑文化研究要从多方面入手,如文化继承性、生态环境观、人文环境观以及建筑的地区性等。已有的和即将取得的研究成果,将有利于创作水平的提高。

（3）地区建筑学不是作为一个流派而提出的,而应视为一种普遍存在的现象和规律。这在我国文化史、城市史、建筑史、园林史以及工艺美术史等中都是一个毋庸置疑的事实。从广义建筑学的角度来理解,它也是建筑发展的必由之路。

（4）重视地区建筑学的建设,其目的不仅仅赋予建筑形象以一定的地区特色,更重要的是对地方传统建筑的科学的整理与发扬,对设计原理深层次的追求。在城市与建筑领域推行可持续发展战略中,它有深刻的内涵并有宽广的创造天地。

（5）研究地区建筑,从文化中找基因,进行科学的探索,已属不易,而创造既有时代精神又有地区(乡土)特色的建筑,在艺术创造上,独辟蹊径,不流于一般,这更是非常困难的工作。艺术的高下,终在境界,一旦历经艰辛越过高坡,便可达新的境界。

地区建筑学是一开放的系统,它有待于建筑学人去耕耘,去创作、去发展,其广阔天地大有可为。可以预见,中华大地地区建筑繁荣之日,也是我国建筑百花园中繁花盛开之时。

两种不同的景观形态

——中法古典园林比较

宋征时

中国古典园林和法国古典园林都以其高度的艺术成就在世界园林史上享有盛誉；两者同时又各以其迥异于对方的景观形态，在世界园林的艺术风格谱带上构成了遥相辉映的两极。

对这两个园林体系作双方互为参照系的比较研究，其基本意义无非是揭示并研究它们的共同点和不同点。揭示两者之间的共同点，无疑有益于我们探索园林艺术的普遍规律；研究两者之间的不同点，则会有助于我们深化对其风格特征的认识，从而更全面地把握其艺术构成的特殊规律。

在对中法两国有代表性的一批古典园林实例作初步考察之后便会发现，这一比较还应涉及其他一些国家和地区。因为中国始终是东方园林的重心所在，而中国园林几乎是在中国文化的单一背景下发展起来的。除园林建筑中的塔来源于印度，外来影响就总体而言并不显著。法国园林则截然不同，由于地理幅员和历史渊源，它所蕴含的外来文化成分要丰富得多。如法国古典园林在不少方面直接师承意大利文艺复兴园林；而其艺术传统的源头也往往要上溯到希腊、罗马时代，甚至古埃及和巴比伦。因此，不从跨文化的角度鸟瞰整个西方园林史，研究法国古典园林常会无从着手。

园林作为一种艺术，是在特定的历史条件和文化背景下产生并发展起来的。所以，园林与历史文化的众多联系，还有园林与其他艺术的交互影响，园林艺术本身的综合性特点，等等，又对这一比较提出了跨学科的研究要求。

理论著述：各展千秋

中法两国的古典园林艺术都是在丰富的实践基础上，经过理论总结，才臻于成熟、形成体系的。因此，比较两国园林的理论著述，便构成了这一比较研究中必不可少的一环。两个园林体系最有代表性的著述大都成书于十七世纪。

中国古典园林理论要著：

计成（1582－？）：《园冶》（1634）

文震亨（1585－1645）：《长物志》（1644年前）

李渔（1611－1680）：《闲情偶寄》（1671）

王象晋（1561？－1653）：《群芳谱》（1621）

陈扶瑶（陈淏子，1611－？）：《花镜》（1688）

法国古典园林理论要著：

德扎利埃·达让维勒（Joseph DEZALLIER d'ARGENVILLE，1680－1765）；

《园林的理论与实践》》（La Théorie et la pratique du Jardinage；1709[第二版1713年]）

布瓦索（Jacques BOYCEAU，？－1635？）：

《论根据自然和艺术的原理造园》（Traité du Jardinage selon les Raisons de la Nature et de I'Art；1638）

克·摩雷（Claude MOLLET，1563－1650）；

《植物及园艺的构景》（Théâtre des Plantes et Jardinages；1652）

安·摩雷（André MOLLET，？－1665）；

《观赏园林》（Le Jardin de Plaisir；1651）；

巴利西（Bernard PALISSY，1510－1590）；

《真实的验方》（Recepte véritable；1563）；

德·赛尔（Olivier de SERRES，1539－1619）；

《农艺园景》(Le Théâtre d'Agriculture;1600)

研读这些著作为主干的古代文献是把握两个理论体系的基础性作业之一。中文为本文作者的母语,中国古典园林著作的研读相对难度较低。至于法国古典园林著作,为了更有利于把握其理论体系,本文作者全部选用其原版(大部分为第一版),借助古法文辞典进行研读。纵观上述著作,两个体系的区别性特征十分鲜明:

内容上,法国古典园林著述以皇家造园为主旨,中国古典园林著述则取私家造园为论题。究其因,造园家个人经历与之有很大相关性。上述法国作者几乎都是皇家园林师,甚至担任皇家园林总管(如布瓦索)。而中国作者则大都有弃仕退隐的经历。历代隐退之士所建构的文人园林每每先是成为私家园林的精华和代表,继而又成为皇家园林搜摹的范本。由私家园林而非皇家园林来主导风格和理论的潮流走向,这不仅是中国园林史的一大特色,也是世界园林史上一个罕见的特例。

语言上,法国作者倾心于科学化的行文,体现了一种几何学所具有的严谨。中国作者的语言则比较文学化,甚至用韵文,流溢诗意。这也与作者个人经历相关:法国作者多经几何、建筑等学科培训造就;中国作者则多文人、画家的切身体验。

论述上,法国作者先列举各园林要素,进而阐述其间的艺术联系;中国作者则常在阐述这些联系的同时,将有关要素一一涉及。思维方式的不同在这方面也体现得非常鲜明。

布局:几何王国与美的混沌

园林都需要占据一定的土地面积,因此我们先从二维平面空间的角度来分析园林布局。

法国古典园林,无论是皇家园林如凡尔赛(Versailles)、土伊勒里(lesTuileries)、枫丹白露(Fontainebleau),还是私家园林如维扬德里(Villandry),其布局几乎全都由几何板块构成,其草坪、花坛、水体、林木分布都呈方、圆、三角等状;而且中轴线纵贯全园,两侧布局乃至景物往往呈轴对称状。园林理论著作亦谈方论圆,测股定弦,俨然将人引入一个几何王国。

中国古典园林又是另一番景象:山重而路蜿蜒,水复而岸曲折,"树无行次,石无位置"。无论是皇家园林如北京的颐和园、承德的避暑山庄,还是私家园林如苏州的拙政园、残粒园,其布局都顺乎自然,呈不规则状或非几何状。园林著述所论亦然。传教士王致诚(Jean - Denis ATTIRET, 1702 - 1768)对这种布局印象深刻。1743 年 11 月 1 日,他在一封由北京寄往法国的信中写道:中国园林"几乎到处都由一种美的混沌、一种非对称(布局)所主导"。

这种区别涉及园林与其他艺术门类的相关程度,而这种门类及程度又由于文化背景的不同而不同。几何形的规则布局源于西方建筑的悠久传统,非几何形的不规则布局则受到中国绘画的深刻影响。

法国古典园林线条简练、布局规则、构图明快、效果强烈,大量采用了古希腊建筑的艺术表现手法,因而素有"绿色建筑"("Architecture verte")之称。因此,杜·赛索(Androuet du CERCEAU, 1520 - 1584?)的《法国最出色的城堡》(Les plus excellente bâtiments de France; 1576 - 1579)一类的建筑学著作历来是园林家们最重要的参考文献。

中国古典园林素来追求"诗情画意"的艺术效果。作为空间艺术,园林要处理大量的线条、构图等问题,因而"画意"与其布局的关系往往更为密切。因此我们不难理解何以李渔长于论园又善于论画,何以郭熙(1020? - 1090?)的画论《林泉高致》中所阐述的绘画构图与园林布局如此契合。同样,我们也不难理解何以画坛名家石涛(1640 - 1718?)亦为叠山好手,何以叠山名匠张涟(张南垣,1587 - ?)曾始于绘事。

地表形态:平坦开阔与起伏开合

在分析中法两国古典园林的平面布局后,我们再从三维空间的角度来分析其地表处理。

两个园林在景观上的最大区别大概要算地貌了:法国古典园林地表平坦开阔,中国古典园林地表起伏崎岖。不同的景观形态要求不同的地表处理,不同的地表处理又需要不同的选择园址的标准。"相地合宜,构园得体。"(计成语)

计成在《园冶》一书《相地》篇中将造园基址分为六类:山木地、城市地、村庄地、郊野地、傍宅地、江湖地。其中"惟山林地最胜,有高有凹,有曲而深,有峻而悬,有平而坦,自成天然之趣,不烦人事之工。"郊野地造园要"谅地势之崎岖"。城市地、村庄地、傍宅地往往地势低平,于是靠营造假山来增加地表起伏,使景致有开有合。江湖地园内如无法造山,也最好有"澹澹云山"之类的远景可借。

德扎利埃在其著作《园林的理论与实践》中根据地貌将园林分为三类:平地园、缓坡园、台地园。这三类园林的理想基址分别为平原地、缓坡地、山地。法国古典园林除圣-克鲁(Saint-Cloud)依山而建,一般皆为平地园。所以平原地最为作者所称道。其他法国园林家亦然。不过德扎利埃在指出后两类园林基址施工(造平地园)土方过大之弊的同时,也指出了其利:山地丘陵往往多泉水;而大量水源正是法国式园林中构成喷泉景观所最迫切需要的。因此,另一园林家巴利西在其《真实的验方》一书中曾主张在山麓平原选址造园,是为一举两得的折衷方案。

由此可见,"山"往往与"水"密切相关。无怪乎中国古典园林家们在造园实践中,常以取之于开池理水的土方,用之于堆造假山,使山景、水景同步形成。汉语中"山水"一词的构成也多少体现了两者的互相联系。

中国园林的地表处理为"高阜可培,低方宜挖"(计成语);法国园林的地表处理则可以相应地概括为"高阜可平,低洼宜填"。一追求平坦,一追求崎岖,体现了两种截然不同的景观美学和造园构思。但两者却同样讲究施工效率和遵循经济原则,即追求最小工程土方。由此可以在理解何以计成认为"惟山林地最胜"的同时,更好地理解何以德扎利埃倾心于平原地;反之亦然。

法国平地园直接承袭了中世纪修道院园林地表处理的传统,

其渊源则要远溯古埃及。但西方园林史上不乏其山,巴比伦空中花园就是在人工堆就的山体上建成的。罗马园林及意大利文艺复兴园林也都以台地园最领风骚。只是自十六世纪起,平地园才在法国占了压倒优势,并于十七、十八世纪伴随着法国古典园林的造园实践和理论著作的传播而风靡欧洲,影响全球。比较例外的是德·赛尔《农艺园景》中论及的圆形假山(la Montagnette ronde),其山体为规则的圆锥(台)形,一条螺旋形山路盘旋而上。今天这类假山仍可见于巴伽代尔(Bagatelle)和巴黎植物园(前皇家植物园)。

中国园林的地表起伏因由假山,而假山建造则取法于造台。商纣王的鹿台、周文王的灵台,已谱下假山工程之序曲。岛型假山滥觞于秦代宫苑(上林苑蓬莱山)。非岛型假山发轫更早,但大量流行则始于汉代私园。在技术上,先秦时人们以土堆山,自汉代起才进而以石缀山。魏晋六朝,以奇峰怪石而别具风格的假山已成为园林景观中不可或缺的构成部分。北宋宫苑内的艮岳,更是中国园林史上假山艺术的最高成就。明清两代,掇造假山已成为一种专门技艺和职业。如此长期、丰富的实践积累,才使中国园林家有可能对之作理论上的总结。计成《园冶》一书列举了十七种假山或与山体有关的景观,李渔在《闲情偶寄》中总结了五种营造山景的技术法则。掇山要选石用石,"石论"因"山论"的发展而发展。除园林著述大量论及假山用石,还出现了有关专著如杜绾的《云林石谱》、林有麟的《素园石谱》等。假山,从此成为中国园林最具象征性的景观要素。

十六至十八世纪法国造园的"平地热",中国造园经久不衰的"山地热",都植根于其历史、文化的深厚背景。

构成"山地热"的众多原因中,首推魏晋以来受道教、佛教影响而形成的隐居文化。王象晋的《群芳谱》开篇第一章《往哲芳踪》就是三十二位隐者生平的汇编。其他园林论著也每每提及隐居深山的历代名人。由此可见中国园林的一大特色。

"平地热"则涉及法国当时的社会心理,国王路易十四(1643 – 1715 在位) 个人的审美偏好及游园习惯,皇家园林集中分布的卢瓦尔河沿岸一带和以巴黎为中心的法兰西岛地区的地理环境，还有基督教文化影响所要求的园林中心纵横轴(或为园路或为河渠)相交的十字布局不致受山体遮挡而影响视觉效果,等等。

水体:"灵魂"与"血脉"

水是园林艺术中又一富于魅力的主题。中法两国的古典园林理论都十分强调其重要性。克·摩雷在其《植物及园艺的构景》一书中将水誉为"园林的灵魂"。德扎利埃亦持此说。文震亨对园林理水另有见地:"石令人古,水令人远。园林水石,最不可无。"郭熙则如是论及水的构景作用:"山以水为血脉,以草木为毛发,以烟云为神采。"比较中法古典园林的水景,可以发现两者之间至少有三大不同:水体形状的几何化与非几何化;水体的间断分布与连续分布;喷泉构景的有与无。

在法国古典园林中,水池、河道等各种水体都呈方、圆、八角形等规则的几何形状。在中国古典园林里,水流曲折,水面开合多变,各种水体都呈非几何化的不规则状。这一不同取决于水面形状,水面形状又取决于水岸处理。诚如陈从周《说园》所言:"水本无形,因岸成之"。

法国式园林水岸多用各种规格的石料依墨线准绳砌就,故其水体表面成几何形。该类园林理水的原型为各种人工水体如运河、水库、城市广场水池、鱼塘等。这一传统自古埃及迄今几千年,始终是西方园林理水的主流。

中国式园林理水以各种自然水体为原型,一如天然的河、湖、溪、泉。至于水岸处理,中国园林多用天然岩石,岸因岩曲折,水因岸回环。"虽由人作,宛自天开"(计成语)。柳宗元(773—819)的散文如《至小丘西小石潭记》所描绘的岩礁岸矶,实堪为中国园林理水之蓝本。

水体的间断分布与连续分布,为中法两国园林的另一大不同。

漫步于法国古典园林中,不时会看到各类水体或于草坪路心倒映白云蓝天,或于花丛树荫闪烁粼粼波光。孚·勒·维贡(Vaux le Vicomte) 是法国著名园林家勒·诺特尔 (André le NÔTRE, 1613—1700)的成名作,该园中水体数以十计。勒·诺特尔的最大杰作凡尔赛,更拥有大小水体逾百。但无论是面积达 29.5 公顷的十字大河渠,还是仅三五平方米的喷泉小池,几乎所有水体都是间断分布的,彼此之间互不相通。除受其原型——人工水体分布特点的一定影响外,这一理水方式致力于表现的是每个水体自身形状的几何美。所以各水体彼此间隔,自成一体,独立地展示其个体美。

中国古典园林的水体则连续分布,互相贯通。如西苑的北海、中海、南海三海相连,颐和园里水波浩淼的昆明湖和流水蜿蜒的苏州河前后合抱万寿山,圆明园内近百个大小水面由回环萦绕的河道一一连接,都旨在构成一个全园性的水系。这一理水方式着眼于使众多水体彼此联系,形成一体,从而一气呵成地表现其群体美。

喷泉构景的有与无也是两大园林体系的一大区别。中国园林追求自然美,喷泉之所以没有得到发展,其人工味过浓显然是原因之一。相反,法国园林推崇人工美,喷泉发展得尤为充分,并与中国园林的假山一样,形成了一种专门技艺和职业。凡尔赛园林中上千喷泉,以墨绿的林荫为背景,与洁白的大理石雕相映衬,跳珠喷玉,散琼扬雪,涌银柱于清池,挥白练于碧空,蔚然成其水景大观,并创下世界园林史上最大喷泉集群的纪录。尤其值得一提的是,乾隆(1736 – 1795 在位) 于圆明园内营造欧式宫苑西洋楼时,最为倾心者莫过于人工喷泉。而差不多同一时期(十八世纪下半叶)风靡欧洲园林的"中国热"中,最受青睐的则莫过于形无定制而宛如天成的假山。由是观之,"取己所无"当为文化交流的规律之一。

植物配置:造型与色彩的交响诗

植物是有生命的造园材料。园林的生态效益绝大部分来源于植物,园林的审美效果很大程度上取决于植物,园林与其他艺术最大的不同也在于生机盎然的植物。

园林植物形态之丰富犹如交响乐,其语汇可谓多姿多彩:木本的与草本的,针叶的与阔叶的,显花的与隐花的,常绿的与落叶的,一年生的与多年生的,由此而论,花草树木、竹藤苔藓,皆可为音符、节奏、旋律,而园林大师们,则是交响乐的谱写者与演奏家。

中法两国古典园林的花木配置,就是世界园林史上的两部著名乐章。两者在主题、风格、表现手法上都各有千秋。

法国古典园林的树木都是规则式或行列式种植,花卉亦成行栽植于花坛;灌木(甚至乔木树冠)都修剪成各种几何形状如球形、半球形、棱柱形、圆锥形、金字塔形等;丛植的植物群体或园艺群落往往由单一的或有限的几种植物构成;大面积的草坪为频繁运用的表现手法……

中国古典园林的树木都是自然式种植,无需成型式修剪,其形态如文震亨所言,"枝叶扶疏,位置疏密。或水边石际,横偃斜披;或一望成林,或孤枝独秀。""草花不可繁杂,随处植之,取其四时不断,皆入图画。"园艺群落以多种植物混合配置为多。草坪极其罕见。

对这两部植物交响诗作进一步的乐理分析,我们可以发现,中国园林的乐章是以画论为参照而创作的,法国园林的乐章则是根据建筑学原理谱写的。

法国园林的理论基础、艺术参照系都来自建筑学,园林、园艺的很多专业词汇直接取自建筑学。树木的规则式种植、几何形修剪,正是为了构成"绿色建筑"的规则造型。单一植物品种丛植能使整个群落在形状、色彩、季相变化、生长速度等方面保持一致,从而保证"绿色建筑"的稳定性。平坦的草坪不仅有利于烘托各"绿色建筑"群的鲜明轮廓,其本身也是"绿色广场"。在理论上,法国园林家们强调树木胜过花卉。因为后者不过是"绿色建筑"的装饰部分或美化手段而已。

中国园林植物交响诗的技巧、章法来源于画论。一如营造山水之理每与中国山水画契合,花木配置之法亦常与中国花鸟画贯通。不同于法国园林理论先"木"而后"花",中国园林理论先"花"而后"木"，正如汉语"花木"一词结构。这一点于陈扶瑶《花镜》、王象晋《群芳谱》等书名亦可见一斑。与建筑相比，绘画更重色彩。"花"胜于"木"，首先就是取其色彩；当然芬芳、姿态、季相变化明显，也是重要因素。陈扶瑶曰："随其花之时候，配其色之深浅，多方巧搭(……)使四时有不谢之花，方不愧'名园'二字。"中国园林没有保证"绿色建筑"稳定性之类的技术需要，花木配置采取自然式种植。多品种混植群落在形状、色彩、生长速度、花期等方面参差不齐，时间上有利于表现"二十四番花信风"之类的季候变化；空间上可以丰富景观的构图层次：树木绿意如泻，多屏陈于后而供远观；花卉绚丽多彩，常纷呈于前而供近赏。规则式种植、几何形修剪则因其不具自然之趣，故不见于中国园林。

园林建筑：石砌木构皆为景

建筑是园林艺术中最具人工意味的要素。园林建筑同其他类型的建筑一样，都呈几何形状。因此，中法两国园林最基本的美学区别——几何化与非几何化，虽然遍及布局、地表整治、理水、植物配置，却并不体现于园林建筑。

园林建筑具有双重属性：它既是园林艺术的组成部分，又是建筑体系中的一个特殊类型。因此，我们不妨先看一下东西方建筑的宏观背景，而后再着手分析两国的园林建筑。

东西方古代建筑技术上最大的分野在于石砌与木构之区别。西方建筑以石结构为主流。古代西方世界七大奇迹有四个纯属建筑，它们都是石结构的。东方建筑以木结构为各类建筑的骨架或框架，中国建筑便历来有"土木工程"之称。

西方建筑最重要的风格特征为柱式，以古希腊建筑的三种柱式(多利克式、爱奥尼亚式、科林斯式)为圭臬。中国建筑最典型的风格标志则是屋顶，其造型屋脊高耸，屋面内曲，屋檐翼展，"如鸟斯革，如翚斯飞"(《诗经·小雅·斯干》)。

石结构与木结构，柱式与屋顶构成了两国园林建筑的背景性区别。而两国古典园林建筑本身，至少还有三个不同点：有墙与无墙，雄伟与小巧，主控与从属。

法国园林建筑有墙者多，无墙者少。中国园林建筑则相反，有墙者少，无墙者多。这一区别首先取决于建筑技术。前者多为石结构的砌造体系，墙体承受屋顶或上部结构的重量，是不可缺少的构成部分。后者多为木结构的构造体系，墙体的主要功能不是承重而是围合，因此无墙并不影响建筑整体结构的稳定性。

这一区别当然并非仅仅出于建筑技术的原因。法国古典园林，特别是皇家园林，一般都面积很大。中国古典园林，尤其是主导风格的私家园林，面积通常比较狭小。因此取消墙体、打破园林建筑内外空间的界限，便成了扩大视野、开拓构景空间的重要手段。故计成《园冶》书曰："处处邻虚，方方侧景"；韩愈(768—824)《渚亭》诗云："莫教安四壁，面面看荷花"。

相对而言，法国古典园林建筑一般体量较大，形制雄伟；中国古典园林建筑通常体量不大，形制小巧。

法国园林建筑是为宫廷活动而设计的。法国艺术理论家丹纳(Hippolyte Adolphe TAINE，1828—1893)这样概括当时的宫廷生活："路易十四全年每天八小时生活于公众间；这个公众包括法国的所有大贵族。他拥有露天的大厅；这个大厅就是凡尔赛园林。"君臣们终日宴游和彻夜狂欢，需要大面积的室外空间，也需要近在咫尺、便于转换活动内容的大面积室内空间。很多园林建筑为此服务，其体量之大是很自然的。

中国园林建筑与隐居文化相关，不少建筑类型取隐士们构筑于林泉之间的茅屋草堂、斗室书斋为原型，所以形制以小巧玲珑见长。皇家园林虽然要炫耀皇家气派，却总免不了要靠众多小型建筑如"静清斋"、"濠濮间"之类来营造幽隐氛围。

造园观念上，"亭台楼阁"为中国园林建筑的代名词，以体量最小的亭为第一。至于法国园林建筑，法国人首先提到的一般是城堡式宫殿，其体量居各类园林建筑之首。

这种体量上的区别也与功能上的区别有关。

中国私家园林通常相对独立于日常居住的主要建筑，皇家园林也每每与宫殿分置或隔离，园林建筑基本上是观赏性的，因此其体量宜小不宜大。"花间隐榭，水际安亭"，"竹里通幽，松寮隐僻"（计成语），各类园林建筑"因境而成"，从属山水，点缀风景，体现了"山水为主，建筑是从"（冯钟平：《中国园林建筑》；1988）的总体格局和构景原则。

　　法国园林则与宫殿或城堡紧密相连。从园林史角度看，中世纪的城堡及文艺复兴时代兴起的城堡式宫殿还是法国园林的起点。园林最初为宫殿和城堡的附属部分，后来以正门前道路为轴线而扩展、延伸。随着园林面积的扩大和园林艺术的日趋精湛，约十六世纪初法国宫苑已完全具备了与宫殿同等的重要性。这一历史痕迹在园林的总体格局中体现得格外鲜明：宫殿主控园林的轴线，轴线制约全园的布局。这一构景原则正如安·摩雷在其《观赏园林》中所说的："宫殿应坐落在一个最有利的位置上，以便能使所有收入眼底的景物都为之装点、美化。"

两种景观形态与"全球园林"观

　　通过对各大景观要素的系列比较，我们不仅得出结论：法国古典园林的景观形态所体现的是一种建筑美；中国古典园林的景观形态所体现的则是一种绘画美。前者诉诸于简明、规则的几何图案，后者诉诸于丰富多变的不规则线条。正是这个最基本的不同点，形成了两种风格特征、美学观念、艺术手法、造园构思的区别。人们常将法国式园林比喻为"绿色建筑"、把中国式园林称作"天然图画"。这实在是对两种景观形态的确切概括。从文化背景上看，"天然图画"与道家思想有较多渊源；"绿色建筑"的思想营养则来源于古希腊哲学。

　　研究和比较两国古典园林的不同点，也促进了我们对其共同点、乃至对园林艺术普遍规律的认识。在此不妨对园林下一个初步的定义："园林是人类为美化环境而根据其理想中的景观在特定地理范围内所创造的生态艺术氛围。"这一定义产生于中法两国古典园林的双边比较；两者的理论和实践的双重检验表明这一定义可以成立。诚然，一个定义的最终确立有赖于其普遍性，换言之，要经世界各园林体系的理论和实践的检验；所以这一定义还只能算是初步的。但从另一方面看，既然中法两国古典园林在相当程度上代表着十八世纪工业革命前世界园林艺术的最高成就，既然至今两个园林体系仍为世界园林艺术风格谱带上相距最远的两极，那么，其代表性和涵盖度就显然具有不同于其他园林体系的意义。

两个园林体系之间的交流至少有两个多世纪之久。无论是圆明园的西洋楼，还是十八世纪风靡法国的"英中式园林"（"les jardins anglo – chinois"），都为之提供了历史的见证。然而，上述交流毕竟局限于实践方面。有关理论方面的交流，则明显滞后。仅以理论著作的翻译为例：二十世纪初，陈扶瑶的《花镜》有过一个若干章节的法文节译本（1900）；二十世纪末，计成的《园冶》才有了法文全译本（1997）。中国古典园林理论著作的法文译本目前仅限于此。至于法国古典园林理论著作的中文译本，至今仍告阙如。

理论交流之所以在今天更具有其意义，是因为现实提出了新的课题。第二次世界大战后，许多国家以园林（尤其是古典园林）为起点，结合风景区、城市绿地、国家公园、自然保护区、防护林带等的建设，制订了以完成美化国土为目标的长远规划。一些法国学者甚至提出了"全球园林"（"le Jardin planétaire"）的观点（参见 Claude EVENO & Cilles CLEMENT: Le Jardin planétaire, 1997），认为人类不仅应当保护全球的环境以改善其生态质量，还应该美化全球的景观以提高其美学质量。

"全球园林"的建设需要以整个人类文明为背景，需要综合所有园林体系的成就作为基础。因为从更宏观的角度看，园林不仅是这类规划的地理起点，也是人类改善和美化环境的历史起点。在这一意义上，两个园林体系间的交流，特别是理论交流，不仅有园林艺术、园林史方面的特殊价值，还会对东西方思想文化的全面交流起到一定的积极作用。

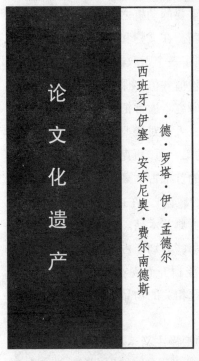

论文化遗产

〔西班牙〕伊塞·安东尼奥·费尔南德斯
·德·罗塔·伊·孟德尔

如果我们试图从文化的观点上来阐释我们的时代的话,我们往往会把自己的注意力集中在诸如技术和贸易的显著的发展,世界人口中心地区的繁盛和消费这些具有强大说服力的变化上。我们往往强调各种交流和一连串的各种网络建设的新的可能性,这些网络缩短了地域上的距离,把各种文化差异汇入"全球发达中心区"中。我们往往考虑的是障碍的惊人的重现以及它所引起的冲突和战争,这些障碍,有社会方面的,也有种族激进主义和宗教基要主义新特征方面的。所有这些,过去一直是现在仍然是学术界无穷尽的探讨争论的问题,并已成为各种复杂理论产生的源泉。

即便这样,在我们所生活的文化世界里,像这样全球性崇尚古物的特有现象还是很少见的。我们不管把"遗产"称作什么,也不管到何处去寻找,我们总会找到一些应该收存保留下来的东西。古物保护常常既有经济价值,也需巨大的花费,这说明古物是我们的一份最珍贵的财产。同时,它的象征力也展示出了它的审美价值和道德价值,从而赋予了它神圣的特性。

所有的国家都正在作出巨大的努力保护文物,国家预算拨出高额款项用于此项事业,越来越多的人从事这一工作。在这方面,被认为占有优势的国家为成为这一领域的先驱而特别感到自豪,并把此视为它们具有较大文化力量的展品。一些国家的历史被认为是某些时代和某些文化价值观念的标志,因此,这些国家便成为得天独厚的世界名胜中心。国际机构已经创立了"世界遗产"这一概念。用于保护这些遗址的金钱，是由门票收入来补偿的。选择"享受"旅行时，观看文物是旅游者最重要的动机之一。当今这类的"享受"旅行越来越多，花样也越来越新。在文物和其他一些具有吸引人的事物那里，欠发达的国家找到了一个财政收入的主要来源。

近几个世纪以来，被认为有价值并值得保护的物品的种类及数量逐渐增多。这一领域的调查研究者通常把文艺复兴时期看作新观念产生的时期。在这一时期，人们对经典文物重新产生了兴趣，掀开了现代文物古迹保护史的第一页。西克斯图斯创建的卡匹托尔博物馆的馆藏是人们常提到的首批古物藏品，不久就有了保护古迹的条文（1534年保罗三世的教谕）。在这一过程的开始，人们的想法是保护艺术品，特别是古典艺术品。在随后的几个世纪里，文化界的欣赏面拓宽了，过去那些有别于古典派的其他时期具有其他创作倾向的艺术品曾经遭受摒弃而现在却也受到了青睐，收藏品也囊括了与新趣味和新主题相关的物品，像在"古玩店"里所能找到的那些稀世珍品。

首先，十九世纪历史上出现的浪漫主义运动，对废墟遗址及其深奥价值的崇拜把欧洲以致后来欧洲之外的地区带进了一个新"保护时代"。当人们试图证明对古物进行保护的正确性的时候，历史价值本身就成了其基本的价值。艺术价值和历史价值相互混淆并且相互紧密地影响着。两者似乎都需要一种博学的知识，才能使我们认识一件艺术品的倾向、作者及其特色，认识那些涉及某一特定事件并有助于理解历史发展的价值。一种并行的民主化的变化发生了，人们的兴趣从那些带有某种贵族趣味的古物转向了那些被认为大众喜爱的古物，从稀世珍品转向了常见物品。人们越是试图把一个国家或一个民族的独特性建立在一个大众化的基础上，这种兴趣就越浓。

考虑到这些的话，应受保护的文物的范围正在惊人地扩大着。人们对自然风景和大自然的怜爱以及自然资源枯竭、毁灭的威胁开辟了一条通向公认为更近自然的古老乡村的新路。唤回古老乡村就是开始把它与大众文化一起看作人类共同之根的一个组成部分。受保护物数目的增加，对公众社会事物的益处，使参观者如临其境的便利，所有这一切都表明保护历史文化建筑群、村庄、古堡、都市群，甚至那些其生态、历史文化特色应作为一组合体受到保护的城镇地区是多么的有益。这样，古迹和自然风景之美与古迹和文化艺术品之美便结合在一起了，我们应以同样的努力，对它们加以保护。

一件物品应具有何等的艺术价值、何种历史意义、什么样的生态价值、多么久远的年代才值得考虑加以保护呢？所有这些方面的鉴定范围正在逐步扩大。由于各个国家的艺术、历史、生态方面的情况不同，因而各有各的取舍标准，这是非常自然的。然而，有些国家将范围界定得特别宽泛，大多数国家倾向于效仿这些宽泛的标准。在二十世纪初，像美国那样年轻的国家里，把维多利亚式的房屋和谷仓分类成值得或不值得保护的建筑物和场所，这是非常容易的。但是，即使在古老的欧洲大陆，此类东西也开始被人们视作值得保护的古迹了。尽管工业发展具有反美学、反生态学的消极涵义，但近来人们保护历史古迹的兴趣已拓展到了工业领域。

与这种倾向于保护文物的趋势相反，我们的文化却是以"清除文化"为特征的。工业提供给我们的短命产品的数量是巨大的，我们的活动产生的垃圾的数量是惊人的。我们的垃圾废物严重地污染了地球。战争对地球造成的破坏程度是令人难以想像的。人类自我毁灭的可能性似乎以新的证据使我们时代的人们相信：人类具有朝生暮死的本性。不仅仅是这一点，而且美学的、知识界的、思想和文化的时尚，还有政治局面的不稳定以及我们具有的历史感，所有这一切使我们产生了生活在不稳定中的感觉。在一个习惯于生活在众多用后即弃的短命物品的世界里，而这个世界又逐渐被永无穷尽的不朽物品所迷住，这仍然是个悖论。

毫无疑问，在一个处在飞速变化过程中的世界里，应当受到保护的物品组成了一个"大宇宙"，其令人眼花缭乱的进展构成了我们文化上的一个最深刻最典型的悖论。在一些国家里，人们在保护古迹上所作的努力似乎超过了在建设新事物上所付出的劳动。我们一定要无限制地扩大我们的保护范围吗？我们作出这样巨大的努力保护文物会变得不合时宜吗？古物的价值正在日益增长，面对这一情况，负责其事的人今天却忧心重重，痛苦不堪。对那些被认为富有价值的古物或建筑的保护，假如稍有几年的疏忽，就会对它们造成不可弥补的破坏。为了避免破坏古物建筑，有时需要花费一笔巨款，而对古物建筑进行加固和修复，使其成为一种收入来源，这样，最初的花费会更高。人们作出了巨大的努力，使一些文物未遭到破坏，这些文物需要一笔巨大的保护费，而且人们还要时常对它们进行特别的维修或重建。在社会各界道德良知的感召下，只要应受保护文物的范围在扩大，随着时间的推移，保护文物的困难就会越来越多。

从十五世纪始建的卡匹托尔博物馆直到今天，一个巨大的博物馆化进程已经扩展到世界各地并渗透进我们的生活。每一座城市都拥有许多特定主题的博物馆，而且每一个村庄都渴望有一座自己的博物馆。到处是无数的临时展厅，处处有巡回流动的博物馆，结果，我们的许多旅行都成了游览博物馆。古玩店、艺术品商店随处可见，还有不同层次的买卖交易。我们看到了有价值的个人收藏品，许多普通家庭都渴望把自己房屋的一部分变成一个陈列厅。有些陈列厅设在墙壁之内，有些则没有墙壁。到处都有博物馆楼、博物馆区、博物馆城，还有什么山林博物馆、生态博物馆、郡博物馆，这样的博物馆比比皆是。

现在让我们回到什么是文物保护的合适范围这个紧迫问题上，并且也让我们尽力理解它们内部的模糊性和不连贯性。当我们确定了范围保护某些古迹和区域的时候，毋庸置疑，我们与此同时也摒弃了那些范围之外的文物的价值。当我们强调某些古物、艺术品、史迹的重要性的时候，这似乎意味着那些遗漏的古物、艺术品、史迹是不值得考虑的。除了受法律保护的东西之外，那些最详细的旅行指南又添加了一些名胜旅游点，而恰恰是在这些人为的范围之外，人类历史得到了最剧烈的发展。为了寻觅历史，我们去参观广场上的古老教堂，然而我们却忽视了我们周围的东西——坐在舒适的阳光下的老人，坠入爱河中的忘情恋人，孩子们的激烈的争论——为了强调只不过是历史上的某一瞬间，我们却避开了我们周围的活生生的历史。人类生活最真切的现实面对着相对的虚假和诡计，也多次面对着我们钦慕和期待的事物的不和谐。我们今天的生活，不是没有高层次的美，而是缺乏一种古风。

事实是我们专心致志地保护和修复古迹似乎陷入了存在主义的焦虑之中，这种焦虑在各种文化中都是常见的。人类学家习惯于观察不同的葬礼仪式和祭祖仪式、祝圣典礼和葬礼艺术，并把此作为在变化的社会生活中留住永恒的方法。许多文化中都已兴起了一种热望，人们立碑纪念过去，好让个人的事件和功绩活灵活现地保存在后代的脑海里。我们保护文物的愿望无疑使我们卷入把玩时间的复杂方法之中，这些方法在其他文化中也可发现。这是实现永恒之梦的一种方式。在事物不断变化的过程中，在我们人类自身的更富戏剧性的现实变化中，把某些事物变成永恒的东西，这种方法是我们解决现存问题的一种基本方法。我们创造性地努力留住昙花一现的东西，获取时间之外的时间或者把时间间隔开来，这些就是人类宇宙哲学的基本成就。

我们在回忆过去的时代时，常常把某一古物作为这类古物的代表，并将其价值绝对化，但是，若将一件没有变化或没有负载真正历史涵义的古物，作为一种基本的典范，一件能唤起人们感情的抽象物呈现出来，就缺乏不可避免的短暂性和历史性，这也昭示出了一个贫困的人类现实。对历史的这种崇拜将历史浓缩到几件文物上，也摒弃了更近一些的历史。正像我们所看到的那样，对历史遗产的关爱使人们渐渐地对更近一些的时代产生了兴趣，并且正在意识到刚刚制作的东西同样也可值得视作遗产。即使这样，对于没有文物分量或者不具有高级艺术审美感的东西，人们仍然极力反对把其评价为遗产。一方面，人们对那些不太古老的东西不予理睬，同时也希望，如果可能的话，将其保存和修复到最初状态。两方面的考虑都不利于保存其历史真实性、发展性和变化性，而这些却正是历史文物所载有和提供给人们的。

这诸多考虑都将我们置于了遗产保护的困惑的境地。对于这样一种艰难的尝试，我们持之以恒地利用自己的理性，试图证实我们所做的带有争议的一切都是正确的。当然，笔者无意用这几页笔墨来试图解决这一错综复杂的问题，但想就最新动态发展的方向作些阐述，并就一些不可调和的对立面提出个人的解决方法。

这里列举的第一个很刺眼的场面是，在一处纪念性的墓地，有些物品和那些成组的物体都置于很分散的状态，这使得詹姆斯·布恩问道："博物馆为什么会使我感到悲哀呢？"对其他时期剥制的动物残骸的保护的问题，和第一种情况相雷同，也是很不和谐的，其保护措施试图产生出这样一种效果：时光并未失去，物体的基本而又固定的形象犹存。

人们已尝试了不同的措施去克服"悲哀感"和"静止状"。我认为，一种又一种的尝试首先应注意的是人而不是物。如果从人是最重要的这一见解出发，那么，人们就会从另一角度观察、评价事物，从而对事物作出新的理解，这与不久前人们所采用的观察、评价事物的角度是大不相同的。人与物之间这种位置的转换就是由这类动态所导致的互相联系的新概念引起的。

过去各种学科的博物馆，所具有的主要趋势包括从遥远的地方收集物品并将其放在遥远的博物馆中，加以保护。然而，博物馆最好能建在大城市中，也就是说，当旅行既昂贵又困难时，可将藏品运至一个人们非常舒适便可到达的中心地点。这一切都意味着将一藏品进行彻底孤立和静止地加以处理，而不去考虑其他的成分和藏品。因此，在巴塞罗那的大街上，我们可以看到一批从不同的教堂收集到的十二世纪的很重要的古罗马壁画，这些都是从比利牛斯山脉远道运到巴塞罗那的。

时下人们占主导地位的兴趣的走势却是反方向的。人们不应该将古罗马的绘画从贫困的山区运到富庶的巴塞罗那，这样使那里变得更加贫穷。这笔财富应保存在其诞生地，这种见解的背后意味着，人们将会更多地从城市来到风光旖旎、生态优美的山区。那些居住在山区的人们,经济拮据,他们将会为观光游客建立起旅游网络,提供信息和旅游指南手册等。这一切都会产生出财富,从而使他们能够在那些地区继续生存下去,而那些地区是不能丢弃的。

这样,由于那些物品留在了其诞生地,也就变得不会很分散。旅游者便有机会在一个拥有博物馆的县城里四处走走。这样人们看到的便不只是一个单一学科的博物馆,而能够注意到那些综合的成分和地区。这一切从许多不同的学科展现给人们一幅事物相互联系的图景。

人们领略到的不是一个孤立的物体或是互无关联的藏品的简要、静态的神圣性,而是沉浸在一个崭新但并非神圣的世界里,但这却构成了其他一些人日常生活的一个组成部分。现在的物品不应该为自己的存在而存在,而应是其他人的生活中近在咫尺而又谙熟的一些内容。

如上所述,能被视作遗产的数量在与日俱增。事实上,我们正在使之成为遗产的东西是往日和今朝的人们的日常生活,也就是我们自己和他人的生活。我们期待自己和我们的生活能成为遗产,并可以把这些提供给参观者,这样他们也会期望自己成为一份遗产,并能逐步认识我们。我们的爱好及旅游的可能性也使我们分享了他人的生活方式,以及他人的文化遗产的历史财富,我们也就成了巡回的观光游客。人们在乡下、村寨,城市或是那些充满着值得记忆和思考内容的地区,呆上几日,憩息一下,这倒是一种很理想的境界。

这同样的历史距离似乎是拉近了,并充满了新的互为相关的生机。不但是对历史的或是对过去时代的伪历史的崇拜使我们很着迷,而且那些能代表更近些的物品也总有一天会成为我们的珍品的一部分,也会使我们感到惊奇,成为沉思怀旧的一些内容。实际上,理解这一切的恰当的方式是,我们能够或是应该将社会变化转变成为遗产。

受一些常见的过火的清真主义的影响,我们便努力去发现建筑和物品的最古老的形态,从而抛开了更近些的历史时刻,但这些时刻已变成了它们的一部分或曾对其产生过一些影响。许多物品的确切的历史性，它们最后向我们展示的不同阶段的方式，人们翻来覆去对它们的修葺，去寻求新的解决方式，将其过去加以改造使其具有现代性等，也就是这一切给许多物品及建筑赋予了值得我们思考的特殊魅力。这样，我们常常能够降低清除和修复的费用，能够使古老的建筑和物品变得有用场，或许我们能够向参观者提供一笔更大的具有人文价值的财富。实际上，互为关联的发展水平能够更高些。这些新的方法和兴趣说明我们特别希望使住在县城的人们对此产生兴趣，并加入到文物保护的行列中来。遗产工程的一个重要组成部分包括有意识地使这些人积极地去参与，提高他们的收入及生活水准，并对从祖先那里承继的丰富的遗产感到自豪，而且他们会很满意地将这些展示给他人。县城居民的参与及同他们的联系才能给予这种参观以温馨的人文的互为联系的情趣。因此，有关功利的忧虑就同历史的、审美的和文化的兴趣并行不悖了。

我们不但应该记住，对于遗产的幻想所产生的基本的悖论最终是无法解决的，而且也应该记住，人们对遗产的热情变得更为强烈并仍在继续增高，这种热情包括人文的一些方面，这是意义深远的，而且形成了一种挑战，迎接这种挑战，需要一种首创精神和艺术感悟力。我们必须将文物互相关联的全部发展演变过程联系起来，在这个由思想者组成的世界上，这种联系和我们已经唤起的附近及遥远的参与者也是互为关联的。

我们不能忽视对审美，有时是对杰出人物，其他时候是对田园生活和博物学家的炽热的情感。我们不能丧失对远古时代的浪漫的呼唤及对那些虚幻生活的梦想。我们能够任我们的主观想像的翅膀自由飞翔，高涨起我们的热望，在假想中的理想之地，营造我们的理想瞬间。遗产的本质是它具有矛盾性。我们没有能力去战胜时间，所以我们只能艺术地把玩它。因此，我们不能将充满着隐喻和象征的经验泯灭掉。这种经验都是以理性和真理为武器累积起来的，但是我们能够更直接地融入人类的生活，对全人类贡献出一些道理、见解和知识。我们能够将自己的贡献变成更为丰富或更加

122

强烈地富有诗意或艺术性的成分。这些能够成为我们的崭新的隐喻和象征，对全人类的福祉及苦痛，渺小与伟大都具有更加深刻的表现力。

让我们努力使自己保护的一切都派上用场，并同我们的实用主张及功利性连同我们的记忆能够共存同在。这种扩展的问题的一个重要方面在于，我们要以适当的方法来对待遗产和自身的行为，这种方法要具有文化真实性的水准。将变化转变为遗产，其重要性何在呢？下面就让我们对此作一探讨。一些常常被摒弃的成分能够变成珍宝，这类珍宝能够诠释人类生活的全部过程：其不断的变化与取胜，悲剧与希望，具有划时代意义的重要时刻与重大决定，对更富活力的文化的思考与实践。我们对社会变化的关注使我们对周围的生活更感兴趣，也更加热爱。也只有在那种环境中，在人口密集的地区，发生过的变化的强度，丰富的阅历，重建相互关联体的可能性，才会变得最富活力。

或许我们已谈及的关于遗产及其互联的关系，可以从我们通常对记忆的运用的认识，作出范例的解释。就脑力方面而言，在我们记忆的运转过程中，我们所实行的，同我们努力保存遗产时要实现的物质目的很有相同之处。我们的记忆是一个容量，它使过去停止下来，这种过去在现在的时间中是无法存在的。我们从那些互无关联的收藏品中获得成果，把它们归档储存在我们的记忆里，就像是把它们放在博物馆中一样。诗人、科学家、政治或宗教领袖及创造者都给我们记忆中的最黑暗的角落施予了光明，拂去了被弃纪念物的尘埃，清除了往昔经历中的锈斑，使其在异地环境中熠熠生辉。这样，发明、诗歌、论点、观念就从你我的脑海中产生了出来，由彻底的孤立状态重又联系在了一起。但最初的行为是给这些成分在自身的范围内赋予了新的联系，划定了新的界限，将它们连在了一起，这样，它们便以新的方式展示出了其意义。最终，这便成了我们每日的想像力。这种想像力是创造和建构的混合体，也是我们应尽责任的新颖独到之处的源泉。

（李汝成　孔庆华　译）

真理为何要秘传?

——《灵知派经书》与隐微的教诲

刘小枫

诺斯替宗教在晚期希腊时代相当活跃,保罗和《约翰福音》的作者明显与诺斯替宗教有过瓜葛,但所谓基督教的"诺斯替"派在与教父们的激烈斗争中败北,被判为"异端"逐出教会。随后,这个教派在基督教世界中似乎消失了,除非以敌基督的面目出现。中世纪中期,基督教的"诺斯替"派又出没在如今东南欧一带,并向西移动,引发了一些新的教派运动,甚至与僧侣教团纠结在一起,但始终没有形成有组织的大教派。近代以来,灵知派似乎化为所谓诺斯替主义游魂,潜入现代思想。据说像黑格尔、谢林、诺瓦利斯、施莱尔马赫、马克思、尼采、托尔斯泰、巴特、梅烈日科夫斯基、海德格尔、施米特、布洛赫、薇依、本雅明这样一些形形色色的思想家身上,都带有诺斯替"游魂"的幽灵。

汉语学界早就耳闻"诺斯替"和"诺斯替主义"——人们在阅读西方思想文献时常常会遇到这两个术词,但全然不清楚究竟——其实,西方学界好多学者也搞不清楚究竟。"诺斯替"是希腊词 ννωσιε 的音译,汉语学界在不知其究竟时采用音译是稳妥的。ννωσιε 这个词本身不那么神秘,就是希腊人"认识你自己"中的"认识"一词。但诺斯替派恰恰对 ννωσιε 有独特的看法,而且事关灵魂和世界的得救。如今我们知道,诺斯替派的所谓 ννωσιε 是神秘、属灵的救恩知识,有别于相当实际的理知,因此当意译成"灵知"。

搞清"灵知"和"灵知主义"有什么要紧吗?

五十年代初,政治哲学家、历史思想家沃格林(Eric Voegelin)在其名噪一时的《新政治科学》中提出了一个著名论断:现代性就是灵知主义时代,其特征是:人谋杀上帝以便自己拯救自己。数年以后,当代德国大哲布鲁门贝格(Hans Blumenberg)在其如今已成为经典的《近代的正当性》中反驳沃格林:自中世纪以来,西方思想就努力要克服灵知主义,中世纪经院神学是第一次尝试,但失败了;现代性思想的兴起是克服灵知主义的再次努力,因而,现代性世界根本是反灵知主义的。这两位二十世纪大思想家关于灵知主义与现代性之关系的论争,把灵知主义问题提到了当代西方思想清单中的前列。

　　人们在说到灵知主义时,究竟有什么原始文献可以依靠?近两千年来,人们依靠的是过去正统教会的教父们反驳灵知派的护教文章,从中勾稽出知灵派的说法,谁也没有见过灵知派的“原著”。如果真有这样的宗教群体——还有那么高超的思想,肯定有“著于帛书”的文字。教父们在反驳基督教灵知派时,也提到过其论著,这些论著都到哪里去了?

　　一九四五年,埃及纳克·罕玛狄(Nag Hammadi)地区的一个阿拉伯农民到荒山里采肥料,无意中挖出一些用沥青封口的瓦罐。他以为是有人藏的偷来的金子,打开一看,不过是些蒲草纸残片。幸好他把这事告诉了人,引起盗卖文物贩子的兴趣,蒲草纸残篇几经转折进了国家博物馆,经专家鉴定,这些残片竟然是近两千年前受迫害的灵知人用的经书。

　　“纳克·罕玛狄书卷”(Nag Hammadi Library)①堪称二十世纪最重大的地下发现之一,有如中国的“郭店楚简”。这些灵知派经书主要是基督教的,也有犹太教的、希腊的、拜火教的和黑米特(Hermetic)文献。从此,人们对灵知派的认识有了第一手文献。②

---

① 中译本名为《灵知派经书》,三卷,杨克勤译,香港汉语基督教文化研究所版2000—2001。

② 参 James M. Robinson/Richard Smith,〈纳克·罕玛狄经书英译本导言〉,见《灵知派经书》卷上,同上。

《灵知派经书》引发的问题首先是：何谓"真正"的基督信仰，何谓"真正"的教会，何为"异端"，何谓"正统"。《灵知派经书》中的一些篇章同样攻击"异端"，而这些灵知派所谓的"异端"恰恰是正史上所谓的"正统"派基督徒。如果说坚持新约、跟随使徒的踪迹就算"正统"，灵知派同样从新约福音书（尤其《约翰福音》）的释经出发。如果拒绝旧约的上帝就算不"正统"，《灵知派经书》中的一些书卷又明显是从旧约出发的，以至于人们推测，基督教灵知派原本是犹太教中的一个"异端"小派。①如果灵知派成为"主流"教会，这些《灵知派经书》就可能成为犹太－基督教的正典，其中不少篇章构思之精巧、识见之高超、希腊文之典雅，都不亚于新约书卷，就神学教义之系统性和理论性而言，更不亚于教父们的护教论著。事实上，灵知派的经书同样是一种护教文。

基督教正典的形成是教派之间政治冲突的结果，情形有如汉代今古文经学两派的冲突。二世纪中叶，是基督教形成的决定性转折时期：从使徒传言的直觉形态进入理性的神学反思形态。护教者如尤斯丁（Justin）、爱任钮（Irenaeus）都懂得，如果基督教要宣称普遍性，就必须与拉比思想传统和希腊思想传统划清界限，并在理智上胜过它们，还得对付罗马国家和罗马异教对基督信仰的敌意。其时，基督教会还相当不稳定，派别众多，甚至新约的正典地位也还没有确立，基督教派群体之间出现激烈纷争是自然而然的事。所谓"正统"意味着某一教派在政治上压倒了其他教派的信仰理解，从而被赋予"护教教父"之称，其对手也就被称为"异端"。灵知派显然是当时相当重要、而且有影响的一个基督教教派。他们主要出现在犹太基督徒群体和希腊基督徒群体中，因此有显得像是犹太教小派和有希腊哲学休养、精通希腊神话的基督教灵知派（《灵知派经

① 参 Charles W. Hedrick／Robert Hodgson, Jr 编, *Hag Hammadi, Gnosticism and Early Christianity*：*Fourteen leading scholars discuss the current issues in gnostic studies*（《纳克·浮玛狄经书、灵知主义和早期基督教：十四位专家论灵知派研究中的主要论题》）, Hendrickson／Massachusetts1986; Elaine Pagels, *The Johannine Gospel in Gnostic Exegesis*（《灵知派解经中的约翰福音》）, Nashville1973。

书》中有柏拉图《理想国》的抄本残篇)。希腊以及拉丁教父们与灵知派的冲突——尤其在关于恶魔(物质)的问题上——表明,教父们代表的基督教群体与灵知派群体是当时的两个主要的基督教派别。虽然派别不同,毕竟都信仰基督的救恩,因而教父们的派别一开始仍然在一些观念上与灵知派一致,直到三世纪,教父们的神学与灵知派的神学才开始出现严重的分歧。这就是为什么,有些地道的灵知派观点也在教父著作中传衍下来。

无论如何,《灵知派经书》中有"福音书",有《使徒保罗的祈祷》、《雅各秘传》、《约翰秘传》,看起来就像《新约》别传,丝毫没有什么好奇怪。①毕竟,《灵知派经书》所反映的灵知派肯定是一种基督徒类型,虽然他们的基督徒信仰生活与后来被定义为基督教正统的教义相冲突。长期支配基督教教义正史的所谓"正统"、"异端"之分,自宗教历史学派出现以来已经开始被动摇,后来的历史——社会学的早期基督教史研究证明,当时基督徒群体正在形成,派别多样,谁是"真正"的基督教,完全是一个由谁来界定的问题,被"正统"教会当作"异端"抛弃的基督徒生活,也许不过是一种独特的基督信仰形式。②"正统"教义实际上是后来的两次订立"信经"的大公会议确定的——这让人想起汉代的石渠阁会议和白虎通会议,经义之争最终要由皇上出面调停,教派冲突终归不利于政治稳定。

为什么灵知派基督徒在各教派参与的大公会议中没有取得主流地位——没有成为基督教的"教父们"?仅仅因为其教义中有绝对的二元论?有令人难以承负的恶的学说?

如果将《灵知派经书》与《新约》书卷加以比较,可以发现论题乃至篇名的相似——比如都有以"约翰"、"雅各"为名的书卷。不同的是,在《灵知派经书》中,它们被称为"秘传"。所谓"秘传",就是仅

---

① 参 Elaine Pagels, *The Gnostic Gospels*(《灵知派的福音书》), New York 1979(此书获美国国家图书批评奖和国家图书奖,集中讨论了 Nag Hammadi 的灵知派经书与"正统"教会的信仰冲突)。

② 参 Walter Bauer, *Orthodoxy and Heresy in Earliest Christianity*(《早期基督教中的正统和异端》), Philadelphia 1971。

仅为极少数人,而不是为大众写的书。"秘传"首先得有需要"秘传"的文本,这些文本必须是那些才、学、识都极其高超,且德性超迈的人写下的。有了这样的文本,才有如何秘传的问题。

说到"秘传",人们首先想到的是:文本秘不示人,不给圈外人看——有超凡能力的大法师的文字不得轻易外传。

所谓"秘传"真的如此?就是藏匿起来,不让不相干的人看到?

中国文化的镇上一直传说陈寅恪是二十世纪中国文化思想的大法师——而且这传说老不过时。大法师当然有特别高超的(文本)功夫,但传说的大法师却并非真的有某种高超的法术,那法术总是在传说,从来没有谁亲眼见过。

文革末期,我听说五百里外的镇上有个法术家,武功超群不说,还身怀秘功。传说他可以念几句咒语就开你家的锁或一小时步行三百公里或让打他的人身上痛而他自己不痛,还可以穿草鞋从长江上走过去会朋友,不用坐船。这后一种功夫我最欣慕,于是走了三天去那镇上拜他为师。跟这法师学了四年,我真的学到五毒梅花掌一类套数和种种散打、擒拿,却从来没有见他为我们前后好几代徒弟露一下穿草鞋过长江、时行三百公里或开家锁一类秘功,更不用说让打他的人自己痛。尽管如此,镇上的人,尤其他的贴身弟子们对其秘功深信不疑。

当今传说的大法师陈寅恪与这位传说的法术家差不多。陈寅恪不是一点功夫都没有的江湖术士,确有一身绝技——比如精通史部、集部,通晓好些西域语文,而且记忆力惊人。这些功夫陈寅恪都露过,人人见得,算不上什么"秘功",倒像我学过的五毒梅花掌一类套数。据说陈大法师身上真正的秘功,并不在这里,而在于他深刻的思想——尤其深刻的政治思想、经世之道。的确,这类东西堪称"秘功",不是像精通史部、集部或通晓好些西域语文那样可以轻易习得。然而,人们从来没有见到陈大法师在这方面露过一手。他倒是说过,自己对经部、子部用力不多。传说陈大法师有精通西方思想的"秘功"的人提出的证据是,陈大法师曾游学英美德法,读过不少西书。西书就一定与西方思想——遑论政治思想相干?陈大

128

法师留学欧美时大概读了不少西人关于中亚、西亚的历史及语文的书，就像当今中国文化镇上的某位东方语文学大师留学德国长达八年之久，读的不过都是西人关于东方语文的饾饤琐屑之书，与西方历代大智慧的经典了不相干。相反，从来没有留过洋、也不通西文的梁子漱溟，对于泰西的经世之道就比他们懂。就算陈大法师读过《资本论》，也不等于习得了精通西方历代大智慧经典的秘功——《资本论》岂能算泰西"秘书"。更奇的传说是，陈寅恪还身怀自由主义秘功……证明是，一九四九年后有关当局要他进京，他偏不去，云云。难怪镇上的人们都晓得什么叫"自由主义"了。

其实，我拜师过的那个法术师和陈寅恪都从来没有说过自己身怀其弟子传说的那些秘功。陈寅恪从来没有说过他喜欢思想的事情、通晓西方各类经书或是个自由主义者。搞这类传说的人，大多是些在镇上开形形色色"学术"专门店和杂货铺的掌柜们，他们靠传说某个大法师根本就没有的秘功为生，与镇上南来北往的文化掮客用各自的传说争地盘、抢生意。

我迄今仍相信教我五毒梅花掌的那位法师身怀秘功，尽管我从没见过他的"秘功"，但我亲眼见过他的"秘书"——《黄道秘书》。"秘书"有几十页、线装，纸色发黄但纸质极有韧性。上面有开你家的锁或一小时步行三百公里或让打你的人身上痛而你自己不痛或穿草鞋从江上走过一类法术的咒语和咒符。咒语通常数十字，这些字我个个认得，但没有一字解得。那些咒符或简单或繁复，无不规规矩矩，我试图摹画下来，怎么也不成。我干脆把咒语全背下来，一位师兄悄悄告诉我：背下来没有用，不经法师点拨，仍不得其解。

这就是"秘传"。

"秘传"不是从不示人或人们传说有、实际上没有的东西，而是实实在在有、且可以公之于世的东西。真正的"秘传"是，给你看你也看不懂。"秘传"基于一种独特的写作方式，具体说来有两种技法。要么是隐秘的书写(an Esoteric Text)——复杂(或相反)中的艰深、繁冗(或相反)中的玄奥，有如我在《黄道秘书》中见过的咒符，这是为圈内人写的。要么是显白的书写(an Exoteric Text)——行文相当浅显，没有你不认识的字眼，但就是搞不懂其真实含义，有如我在《黄道秘书》中见过的咒语，这是为圈外人写的。①有的时候，即便要确定一个文本究竟是隐秘的还是显白的书写，也不是那么容易。比如《灵知派经书》卷上有一篇《真理的福音》，专家们就为究竟是哪一种书写争执不休——该篇文本的整理和英译者之一坚持认为是显白书写，是"为了那些与作者并没有共同的基本神学前提的人阅读和理解"而写的，所以看起来明白易懂，其实含义深奥，非有特异工夫不能解读。②

"秘传"的隐微文本当然不是随便给人看的，通常要进入一个圈子，而且在圈子中修炼到相当段数，才可以看到"秘传"。为什么我进入圈子才几个月，法师就让我看《黄道秘书》？因为我是他的门徒中惟一的高中生。其时在文革中期，文革过后我才知道，这位法师曾企图组织游击队，需要知识人，在当时，高中生已经算高级知识人。五毒梅花掌一类套数是大众都觉得有用的技艺——我就是为了习得防身术才步行五百里去拜师的，但法师教我五毒梅花掌并不是真正的目的。我的许多师兄跟了他上十年，也没有见过一眼《黄道秘书》，甚至没有听说过，而我仅仅三个月，就到手了，尽管最终没有习得秘功——那是因为我所想的仅仅是习得五毒梅花掌保身，不懂法师要搞游击队的救世微言。

仅仅因为我是知识人，我便能接近"秘书"，法师的其他弟子不是知识人——但并非文盲。这使得我们要回过头来问，派别和来源繁多的灵知派的共同特征究竟是什么？究竟什么是灵知主义？

"灵知派教徒是希腊的知识分子"（蒂利希），所谓灵知主义很可能是一种人类基本冲突的表现——常人信仰与非常人（灵知者）

---

① 关于这两种书写的经典阐述，见 Leo Srtauss, *Persecution and the Art of Writing*（《迫害与书写艺术》），Uni Chicago Press 1988，页 22—37。

② 见 James M. Robinson/Richard Smith 编，《灵知派经书》卷上，前揭，页 48—64。亦参 Harold W. Attridge, *The Gospel of Truth as an Exoteric Text*（《作为显白文本的"真理的福音"》），见 Charles W. Hedrick/Robert Hodgson, Jr 编《纳克·罕玛狄经书、灵知主义和早期基督教：十四位专家论灵知派研究中的主要论题》），前揭，页 239—255。

信仰的冲突。灵知人相信，通过启示，他们掌握了常人无法分享的秘密——只有极少数特别的人才能知晓的秘密。灵知经书是知识菁英们的认信表达，他们设计出种种极为精巧的宇宙论和救恩论思辨，而且其书写往往具有神秘的结构，很难成为普通人的信仰。

具体来讲，基督教灵知派主要来源于"犹太教（可能还有撒马利亚）知识人和希腊化时期的智者阶层"，他们提出的彻底拒绝现世的神学——"对现世苦难的革命性反抗"与民众的信仰扞格难通。所谓Jewish forms of Gnosis（灵知的犹太形式）源于犹太教中的知识人与普通人对信仰的不同理解的冲突：知识人不仅信靠犹太圣经，而且注重秘传的解经。秘传解经是知识人的身份象征："菁英特征已经成为灵知派特有的特征"，尽管灵知派是一个共同体，但却是"精神共同体"，"反对非属灵的、以等级方式建立并受到控制的大教会"。①何谓大教会？大众之教会也。大众之教会需要教理和组织上的建制，是社会秩序的一种特定形式——像犹太教这样的全民性宗教简直就是民族性的国家形式，置身于这种形式中的知识人，不愿意让自己的精神（个人之灵）受如此形式约束——那样就成了大众之一份子，因此有犹太教中"拉比菁英的精神造反"（陶伯斯）。

在布伯看来，各民族的宗教中都有公开或隐藏的马克安主义（灵知派），以色列精神就是要与这些各民族的马克安主义斗争（den Geist Israels gegen den offenen oder versteckten Marcionismus der Voelker zu setzen）。陶伯斯批评布伯的这一论断没有看到灵知派其实是犹太教—神论信仰危机的内在产物。②据我看，不如说陶伯斯没有搞懂布伯的意思。布伯所谓"各民族"中都有的"马克安主义"泛指菁英知识人，所谓"以色列精神"则有如当今的"民粹主义"，泛指民众精神。布伯指责马克安分子将得救的灵与现存社会对立起

---

① 参 Gershom Scholem, *Kabbalah*（《犹太秘教传统》），New York 1978，页 21；尤其 Gershom Scholem, *Jewish Gnosticism, Merkabah Mysticism and Talmudic Tradition*《犹太灵知主义、默卡巴神秘主义与塔尔木传统》），New York 1965。

② 参 Jacob Taubes，《铁笼和出逃：过去和现在的马克安之争》，*Vom Kult zur Kultur*，Munchen 1996，页 180—181。

来,视社会为不可救药的恶,而教会却看到,如此极端的救赎论会直接损害此世秩序的基础。很清楚,布伯所谓的"社会",指民众的现世生活,灵知人将此看作恶,等于要民众成为灵知人(知识人),这显然是一种可怕的乌托邦。卜辞中"众"作"日下三人行",所谓"众人"就是在太阳下面劳作生息的百姓,如果他们根本无法成为灵知人,视社会为不可救药的恶,等于摸黑了百姓赖以劳作生息的太阳,他们的生活及其幸福安在?布伯反对灵知主义的乌托邦,却主张社会主义(等于民粹主义)的乌托邦,有什么不可思议?①

布伯不是知识人?当然是。但他像犹太众先知那样,是为民众想,甚至想民众之所想的知识人。凡不为民众想的知识人,统统是灵知人。

柏拉图对话中提到的女巫狄俄提玛(Diotima)就是这样的知识人。《会饮篇》(Symposium)中有段著名的对话中的对话——苏格拉底转述女巫狄俄提玛教导他什么叫哲学智慧(201d-212c)。②一开始,狄俄提玛就把爱智之知比作爱神,它既不美也不丑、既不善也不恶、既非有知也非无知。它是什么呢?是人和神之间的精灵(δαιμόνιον)。诸神不搞哲学——因为最高的知识他已经有了;常人也不搞哲学——因为无知是人的"欠缺",这"欠缺"就是常人"不想弥补自己根本不觉得的欠缺"。这里泛指的所谓"人"就是大众,大众被彻底排除在与精灵(知的生命)的关系之外。

> 他们【精灵】是人和神之间的传语者和翻译者,把祈祷祭礼由下界传给神,把意旨报应由上界传给人;由于居于神和人的中间,填满空缺,他们就把乾坤连成一体了。他们感发了一切占卜术和司祭术,所有祭礼、祭仪、咒语、预言和巫术一类的活动。神不与人混,但是有这些精灵为媒,人与神之间就有了交往,在醒时或梦中。凡通这些法术的人都是受精灵感通的,

① 参 Martin Buber, *Der utopische Sozialismus*(《乌托邦社会主义》),Jakob Hegner/Koln1967。

② 参《柏拉图文艺对话集》,朱光潜译,北京:人民文学出版社,1988,页257—274。

至于通一切其他技艺行业的人只是寻常的工匠。(页 260)

哲人就是法术家,而不是如今的自然科学家、社会科学家或人文科学家,这些科学都是"技艺行业",搞这类行业的专家、教授不过就是"寻常的工匠"——无论其行业技艺多高。但哲人身上的精灵是一种欲望——属灵的欲望,不能把这精灵看作轻飘飘的虚气,狄俄提玛甚至说它就像喜欢追女人的男人们身上的情欲,只不过属灵的情欲追神明。如何追神明?狄俄提玛说这是"奥秘",一种美轮美奂的直觉——从人世间的个别事物脱离出来,一步步接近"无始无终、不生不灭、不增不减的美妙"。狄俄提玛还说,苏格拉底有指望懂得属灵欲望的奥秘,但不一定有指望懂得追神明的"奥秘"。

柏拉图的苏格拉底崇拜的狄俄提玛秘传的灵知,就是有精灵附体,从而能在神人之间传通信息。所谓灵知人,是对根本"美妙"充满情欲的人,渴望与阿蕾特 (άρετή 德性、美好) 做爱、生儿育女。但是,柏拉图的苏格拉底又与彻底的灵知人不同,他虽然不想民之所想,却要想灵知人应如何处理好与民众的关系,而不是像极端灵知分子根本不理会这一问题——苏格拉底被人民判死刑的事情,给他的震动太大了。于是就有了区分秘传知识和民众知识的讲究和"高贵的谎言"的办法。

区分秘传知识与民众知识乃希腊哲学的传统,不是基督教创造的,当然也不是灵知派独有的,甚至不是柏拉图发明的。按照这一传统,秘传知识是 aletheia(真理),民众知识是 doxa(公众意见)。能看出文本中隐匿真知的人与普通信仰者不同,就像有真知的医生不同于庸医和外行。这一传统的渊源可以追溯到寓意化的秘传毕达哥拉斯主义 (an alleged esoteric Pythagoreanism),但其经典表述,则非柏拉图莫属。

柏拉图假设,如果苏格拉底还年轻,可以重新做人,他将区分自己的公开教诲 (或显白教诲 exotericism) 和隐微教诲 (esotericism)。(参柏拉图《法律篇》)伟大的哲学家施特劳斯 (Leo Strauss) 从尼采那里得知,这种区分乃是古代哲人的习传,而启蒙哲人恰恰丢失了这一古代哲人的优良传统。①

这种区分意味着什么呢？意味着哲人的真理——对于美好生活的沉思——必须隐藏起来，这对于任何时代的哲人智慧都是必须的。为什么呢？

既然哲人的神圣使命就是思考更好的政治制度，任何现存的政权在哲人眼里就不可能被看作绝对美好的。只要天底下还没有出现完美的政治制度，哲人的使命就是神圣的，有必要存在，尽管哲人在任何社会都只能是极小一撮，永远不可能成为社会的多数。于是，这极小一撮人自然而然可能形成一种秘密小团体，要成为这一团体的成员，就得知道隐藏自己的观点。这种秘密小团体并非实际想在现实政治上图谋不轨，不可以说他们是政治危险分子。但他们天生喜欢思考，而且思考的恰恰是美好生活的可能性，哲人的思考作为一种生活方式，本身就带有政治危险性了。

这种政治危险性有两层含义：首先，过深思的生活必然离群，超出百姓的生活旨趣，对百姓生活是一种潜在的政治否定，意味着百姓的生活不如沉思生活美好，从而与其构成价值冲突；再有，哲人沉思的美好生活的可能性意味着，哲人所思考的事情已经潜在地否定了现存政治制度的正当性，从而与现政权构成价值冲突。尽管如此，哲人仅仅在思考美好生活——应该的生活方式的可能性，无论与百姓还是与政权的价值冲突，就哲人这方面来说，都还是一个没有决定的问题，因而，这两种冲突都是一场误会。苏格拉底并不想威胁百姓和政府，但百姓和政府可不一定这么看，他的哲人生活方式本身实际上构成了威胁。②

为了避免这种误会，也为了自身的性命安全，哲人就需要把自己的说辞分为公开的和隐微的。真正的哲人应有"慎微"的品格，绝非烈士，"既明且哲，以保其身"，中国古代哲人早就晓得个中道理。所谓公开的说辞，是说给社会传媒听的，看起来与社会流行的观点和政府倡导的正统观点保持高度一致；至于隐微的说辞，就不

---

① 参拙文《尼采的微言大义》，见《道风：基督教文化评论》，13(2000)。

② 参 Leo Strauss，《显白的教诲》(周围译)，见《道风》，14(2001)。

同了，它很难读、不好理解——常人会觉得过于专业化。但如果把隐微的教诲看作一种神秘主义，就搞错了。神秘主义的教诲是真有那么一些说不清、道不明的东西——诸如与神的合一，自己的我坐在上帝的怀里一类事情。隐微的教诲不是这样，这里本来没有什么神秘兮兮的事情，而是社会上不宜听到的事情。

为什么不宜听到？哲人思考的更美好的德性尽管只是一种可能性，社会上人从来没有想过这方面的事情，难免人心惶惶。显白的教诲就避免了这种情形的出现。施特劳斯在总结莱辛关于"显白的教诲"的说法时，作了这样的归纳：所有古代哲人都懂得运用显白的教诲；用显白的方式言说真理，讲的只是可能的事情，而不是真实的事情；哲人出于慎微的品性才这样做，有的事情不能明说；显白的说辞是对道德层次比较底——所谓"中材"以下的人说的，以免他们惶恐；"有些真理必须被隐藏起来"，因为"即便最好的政体，也必定不完善"。如果我们把这六项说明反过来读，隐微教诲的含义和用意就清楚了：不可能有完善的政体，也不可能有完美的社会，因此"有些真理必须被隐藏起来"；隐微的说辞是对道德层次比较高的人说的，所谓"中材以上可以得大凡"，他们不会惶恐；哲人的慎微使他这样做；用隐微的方式言说真理，讲的才是真实的事情；所有古代哲人都懂得运用隐微教诲的方式。这样一来，我们要发现古代哲人的真实看法，就非常困难了。

我们已经看到三种不同的知识人——再说一遍：知识人不是如今的知识分子，而是用灵知与神交往的人。对于古人来说，真正的知识都是灵知（与神交往），但先知灵知人要为人民作想、想民之所想，苏格拉底－柏拉图的哲人灵知人不为人民作想，但相当顾及与人民的关系。激进灵知人则宣称与"单纯"(haplousteroi－simpliciores)的基督徒不同，"知"圣书的"真实"含义，于是根本不理会人民，宁可形成自己的小圈子——拒斥社会、退出社会甚至激进到要搞乱社会。无论哪一种灵知人都没有想过要与"贫下中农"相结合，这是启蒙知识分子想出来的事。由此我们可以来解决一个迄今让人困惑的问题：教父们与基督教灵知派究竟是什么关系。

难道教父们不是菁英、不是知识人？希腊教父（例如克莱门和奥利根）肯定是知识人，而且同样重视灵知。克莱门和奥利根的语言中使用十分频繁的"神秘"一词，就是灵知知识，而且被称为世界中惟一的神秘——能战胜其他异教的假神秘的真神秘。但他们的灵知论与巴希理德（Basilides）和瓦伦廷（Valentinus）等灵知派大师的灵知论不同，而且把基督教灵知派视为像摩尼教和波斯拜日教（Mithraism）那样的危险分子。按德高望重的 Werner Jaeger 的看法，克莱门和奥利根的"基督教灵知"来自柏拉图主义，想要满足其同时代人的胃口，所以史称基督教的柏拉图主义。当时强烈反对灵知派的不仅是基督教的柏拉图主义，还有异教的柏拉图主义，他们都认为自己代表了更为"科学"（这里的含义是"谨慎"）的态度。何为基督教的柏拉图主义呢？绝非像迄今大大小小的教义史书上说的那样，采用了柏拉图哲学的术语和"体系"来解释圣经，就是基督教的柏拉图主义。柏拉图主义的含义是知识人的神秘宗教，信奉只有特别的人才能把握的秘传知识。基督教的柏拉图主义意味着大教会也需要自己的灵知和秘传解释（hierophantic），以别于教外者的"假灵知"。基督教神学同样需要秘传术，把基督教信理当作一种隐微的知识。可是，区分只有简单的信仰与具有更高的隐密灵知的信仰，与基督信息对所有人公开这一性质相矛盾。克莱门激烈反对异教的灵知派，乃因为当时大多有教养的希腊人信奉的希腊宗教形式不再是民众都信奉的奥林匹克诸神，而是讲究个人与神氏发生个体关系的神秘宗教。① Werner Jaeger 虽然没有点明，实际上意思很清楚：教父们虽不为人民作想，但相当顾及与人民的关系。这才是基督教柏拉图主义的真实含义。

奥利根《驳克尔苏斯》中记述：当时成为基督徒的，不仅有许多希腊的有文化教养的知识人，还有劳苦大众，他们对基督福音的理解自然与知识人不同，于是出现了许多冲突和论争，知识人总想更

① 参 Werner Jaeger, *Early Christianity and Greek Paideia*（《早期基督教与希腊理念》），Oxford Uni. Press 1961，页55；亦参 A. D. Nock, *Early Gentile Christianity and Its Hellenistic Background*（《早期贤人基督教及其希腊化文化背景》），New York 1964。

深地理解基督福音。哈纳克根据奥利根的这一记述认为,"二世纪时大多数基督徒无疑属于没有文化的阶级,并不寻求深奥的知识,甚至不信任深奥的知识"。①尽管大众基督徒和知识人基督徒读的是同一部经书,教父们与基督教灵知派的区别,正在于灵知派基督徒总希望对圣经作出特别的解释——寓意的解释,声称圣经中有秘传教义,以便抵销旧约中的民众信仰因素。

保罗在《哥林多前书》中提到过单纯认信与灵知者认信的冲突,而且明确表态拒绝灵知者的高明:我们基督徒的信仰对于希腊人来说就是"愚拙"。这意味着保罗努力想让基督教的灵知成为大众的信仰,在这一意义上可以说,保罗是基督教中的先知——为民众着想的知识人——保罗也是用白话希腊文写作的好手。保罗之后,基督徒知识人出现了分化,灵知派出于知识人的天性沉浸于宇宙过程以及人的灵魂和命运的充满想像的神话式思辨中,对新约作出深度解释,自称对福音书有深刻见识。保罗最讲究 pistis(信仰),但信仰是与个体的自我认识相关的事情。灵知论者相信,由于他们掌握了普通人无法分享的隐晦知识,具有特殊的"见识",可以把自己的灵魂从现世强制的约束中解救出来,因此在精神上高人一等。"通过对世界进程的内在层面的认识来摆脱世界,在灵知教派那里早已经发生,因为灵知者把自己看作被拣选的一类;作为与世俗沉思者相对的某类菁英,他们理解了世界、人类与拯救的密切关系。"②正是由于这种非大众性质的信仰,灵知派基督徒内没有什么统一的教义,他们惟一共同的东西,就是从福音中看出隐深教义的能力。教父们——尤其希腊教父也讲宇宙过程以及人的灵魂和命运的神话,但他们的讲法就相当顾及民众,所以是柏拉图主义的基督教——尼采所谓柏拉图主义就是民众的基督教。至于反对马克安最激烈的拉丁教父德尔图良,则是要回到先知传统——想人民之所想。由此来看,德尔图良的两句强有力的名言也就相当容

---

① 参 Rudolf Hanarck, *History of Dogma*(《教义史》),New York1956,卷一,页 228。

② 参 Kurt Rudolph,《灵知:一种晚期古代宗教的本质和历史》,1994 增订第三版(Gottingen),页 7。

易理解了："雅典与耶路撒冷有何相干？""正因为荒谬，我信"。所谓
"正统"基督教，其真实的含义可以说就在于：坚持将旧约的民众宗
教传统基督教化，坚持常人的信仰理解。灵知派基督徒作为激进的
灵知人，在社会上没有吸引力，因为知识人在任何社会都只是少数
人，由于过于坚持个体性的信仰，其群体自然就缺乏凝聚力，不可
能形成一种社会势力。"灵知人"被看作基督教初代群体中的异端
的政治含义就是：灵知人高标自己超出了大众信仰。

灵知派与希腊教父都懂得"秘传"，德尔图良拒绝"秘传"。但灵
知派的"秘传"与希腊教父的"秘传"不同：灵知人高标常人不懂的
奥义，教父顾及到常人来传达奥义。"秘传"文本的两种写法——隐
秘的书写和显白的书写——可以为这两种不同的目的服务。"秘
传"是《灵知派经书》几乎所有文本的共同特征。整理"纳克·罕玛
狄书卷"的专家们在介绍经书的性质时，一开始就说：

> 这些书卷最大的共通点是针对普通大众的疏离感、一种
> 完全超越现世生活的理想盼望、一种与大众实践截然不同的
> 生活方式。这种生活方式包括要求放弃常人所欲求的现世物
> 质利益，盼望和追求终极解脱。这种理想并不包括积极的革
> 命，只是希望清晰美好的远像不被俗世污染，不与污浊的俗世
> 为伍。①

灵知派与大教会的对立，就是激进知识人信徒与大众信徒和
替大众着想或顾及到大众的知识人信徒之间的对立。于是，"秘传"
文本就有了一种在知识人冲突中所起的政治作用——防止受到其
他知识人的迫害——比如避免被划为"异端"。当你所信奉或主张
的真理不能成为社会的主流道理时，你的生命是有危险的。搞真理
的人其实并不怕政治强权——因为强权并不关心真理问题，怕的
是另一些也搞真理、但与你见识相左的人利用政治强权说你是"异
端"。在这种处境中，真理就需要秘传。

---

① James M. Robinson/Richard Smith，《纳克·罕玛狄经书英译本导言》，前揭，页 1。

普遍主义的限度

南 帆

普遍主义与特殊性之间的对立正在成为现代社会的一个愈来愈严重的难题。虽然普遍主义与特殊性的分歧古已有之;但是,相当长的历史时期之内,普遍主义占据了绝对的主导优势,区域的特殊性,尤其是个体的意义几乎没有任何地位。的确,君主或者帝王拥有强大的个人权威,但是,这种个人权威通常附丽于某种普遍主义的名义之下,例如"天道"。克莱斯·瑞恩追溯了柏拉图以来的普遍主义思想,考察了这种思想如何演变为特定的意识形态,并且成为某种政治-社会范式的支持。一些被克莱斯·瑞恩形容为"新雅各宾派"的人们根据普遍主义的意识形态制造某种"非历史的、适用于一切国家的标准而规划的思想工程。"这隐含了"某种政治理论的霸权或垄断地位。"的确,这种咄咄逼人的普遍主义具有"令人不安的政治内涵。"

然而,在我看来,普遍主义思想的分布远远超出了政治理论的范畴。从宗教、道德、法律到美学风格,普遍主义广泛地主宰和统治众多领域。尽管如此,人们无法否认普遍主义曾经具有的高尚动机:追求一种合理的、甚至是完善的生活原则,并且尽可能向多数人推荐这种生活原则。许多时候可以说,普遍主义乃是社会组织的理论基础。如果人类之间不存在任何共同的生活原则,那么,所谓的社会无非是一堆零散杂乱的碎片。这个意义上,人们同样有理由宣称,普遍主义拥有强大的历史依据。

更多的时候，人们争执的是另一个问题——拥戴谁所制定的普遍主义？或者，谁拥有制定普遍主义的权力？这种争执的前提是承认普遍主义的必要性。人们是否可以认为，这种争执的激烈程度暗示的是人们对于普遍主义的尊重？国家与国家之间的争执导致国家机器的对抗，这是普遍主义的强加与抵抗形式；因为"善"的涵义或者人生的真谛发生分歧也会导致血腥的屠杀——宗教教派之间"圣战"的残酷程度决不亚于国家与国家的对决。现今，普遍主义已派产生出种种极为复杂精密的社会控制系统，从隐蔽的意识形态到威力巨大的核武器。这一切无疑显示了人类维持普遍主义的决心。许多人心目中，威胁一种普遍主义的是另一种普遍主义，而不是特殊性。

当然，历史上的种种特殊性始终对于普遍主义产生了不懈的挑战，但是，这种挑战久久未曾获得理论的正面支持。个体的意义仅仅是一种多余的尾数，个体的自我伸张时常被解释为偶然失控导致的狂妄。呵佛骂祖不过是一些有趣的轶事，征圣宗经才有资格进入理论的视野。或许，只有启蒙主义运动才大规模地对个体给予理论的肯定。这时，特殊性开始成为普遍主义的理论对手。尽管存在某些曲折，人们仍然可以看到一个明晰的历史方向：从启蒙主义到后现代，个人、自我、主体这一批表述特殊性的概念赢得了愈来愈大的理论分量。

另一方面，人们还可以意识到的是，特殊性正在全球化的语境之中显示出前所未有的意义。后冷战时代意识形态壁垒的逐渐撤除，市场的扩张急剧地削弱了海关和国界的限制，电子传播媒介形成了全球性的文化网络——这一切正在将世界联为一体。这个意义上，一种同质文化的浮现并不奇怪。从麦当劳食品、美国的肥皂剧到好莱坞影片，经济与技术的强势已经转化为强势文化。如同一系列珍稀物种的消失一样，种种弱小民族的文化、不发达国家文化以及地域性文化即将遭到这种同质文化的吞噬。这个时候，特殊性的坚持意味的是对于同质文化的抗拒。当然，特殊性的坚持并非抱残守阙、闭关锁国的同义语。如同克莱斯·瑞恩所说的那样，文化的特殊性是历史地形成的;因此,特殊性的坚持时常意味了敞开自己的历史汇入世界性的对话,并且在对话之中更为深刻地意识到自己的文化身份。这不仅是打破某种普遍主义话语对于世界的垄断,同时也是发现自己历史之中的潜在活力。即使以民族国家为单位谈论问题时也可以说,轻易地放弃特殊性而皈依普遍主义制造的同质文化,这不啻于放弃了启蒙主义以来的一个最为重要的思想财富。

后现代主义对于特殊性的重视部分地导源于文化差异的主张。"怎样都行"是后现代主义的一个极端的口号。这个玩世不恭的口号从另一方面解构了普遍主义话语。顾名思义,"后现代"是对于现代性的某种脱离,不论这种脱离是局部的抵制还是彻底的背叛。现今,现代性无疑是最为强盛的普遍主义。欧洲以及美国的发展模式被视为普适的模式推向了全球。这种模式成为"现代"或者"发达社会"内涵的惟一解释,另一些历史的可能性遭到了这种普遍主义话语的压制。这种压制不仅诉诸意识形态,某些时候,这种压制还会诉诸炮舰和轰炸机。这个意义上,后现代主义的主张包含了革命性的反抗因素。后现代主义破除了普遍主义的"元叙事",恢复了特殊性的独立意义。用利奥塔的话说,"元叙事"已经分解为种种叙述性语言元素的云团,"每个云团都带着自己独特的语用学化合剂。"于是,民族、区域、不发达国家文化这些独立的"云团"无不赢得了自治的权力。不论人们如何阐释和评价头绪芜杂的后现代主义理论,这一点是无可置疑的:后现代主义肢解了普遍主义的存在形式。

后现代主义对于普遍主义的"解构"令人联想到德里达式的解构主义哲学。德里达对于西方形而上学的解构很大程度地孕育了"去中心"的思想。然而,人们会在许多时候觉得,后现代主义提供的是一种软弱的反抗。后现代主义不是正面迎击普遍主义的权威,给予有力的反驳。如同形而上学崩塌于能指链上持续不断的滑动一样,普遍主义的解构是一种持续不断的转移——中心或者权威在持续不断的转移之中丧失了确定的意义。这种解构通常预设了无限的空间，就像能指链本身是无穷无尽的一样。然而，特定的历史空间是有限的。有限的历史空间之中，形而上学或者普遍主义不可能彻底地解构。现实的情况是，人们一转身就遇上了普遍主义，它们的存在及其威力并不是德里达式的语言解构所能消除的。事实上，许多普遍主义的主张植根于特定的历史语境之中，试图规定历史运行的方向。解构主义哲学的意义上，真理、理性、现实和种种形而上学的概念游移不定，但是，进入特定的历史语境，这些词语迅速地恢复了各自的威力。这是话语实践的后果。话语实践是语言与各种现实机制的结合。二者的化合形成了种种巨大的力量。某些概念的终极意义缺席并不等于说它们无法凝聚起一定的现实，并且产生巨大的效力。普遍主义可以从理论上遭到解构，但是，如同某种传说中的魔怪一样，已被解构的普遍主义又可以随时逃脱理论的监视而在现实之中变换形式，重振旗鼓。许多时候，后现代主义的"怎样都行"将会因为松弛的形式而无法对抗普遍主义强大的攻势。

现今，愈来愈多的人认可了特殊性对于普遍主义霸权的抵抗。但是，后现代主义式的虚无和无所谓能否承担这种抵抗的理论基础？其实，人们时常将特殊性作为一个普遍主义的主张予以提倡——人们认为，否认特殊性是一种必须遭受谴责的强权和专制。换言之，这种特殊性的肯定还是一种普遍主义反对另一种普遍主义。许多时候，特殊性与普遍主义的冲突仍然沿袭了传统的激烈形式。

克莱斯·瑞恩似乎认为，有一个神奇的领域可以回避这种激烈的冲突而造就"普遍性与特殊性的整合"。这就是"伟大的艺术作品"。克莱斯·瑞恩论述道：

> 在某种意义上讲，审美经验具有不可化约的个体性，但它在塑造和表达超越个人之文化意识方面（即特殊性的另一种形式）一样发挥着重大的作用；同时，它还超越一切普遍性/

特殊性而直接与全人类对话，换言之，即内在性与超越性、特殊性与普遍性由此而结成了浑然的一体。伟大的艺术品确实能作为某个民族特殊的固有财富而促成该民族的文化特性（identity），但它也可成为全人类的共同财富。伟大的艺术品在竖起文化壁垒的同时，恰恰又在人文方面拆除了这些壁垒，从而为全人类（人性）建立起共同的参照坐标。

克莱斯·瑞恩正确地描述了伟大艺术作品的美学功能，但是，他是否同时夸大了这种美学功能？我之所以称之为"夸大"，因为克莱斯·瑞恩所设想的美学功能高踞于历史语境之上——仿佛伟大的艺术作品可以无视历史时空的限制而普照千古八方。然而，在我看来，美学仍然是历史的产物；美学包含了历史的缘起，美学的功能也会因为相异的历史语境而变化不定。的确，如同克莱斯·瑞恩所说的那样，法国人可以赞赏莎士比亚，德国人可以理解陀妥耶夫斯基，中国人可以体味《包法利夫人》就像美国人可以领会《金瓶梅》一样。然而，这可能说明的问题十分有限。人们完全可以列举同等数量的相反例证，例如，许多中国人对于但丁的《神曲》十分隔膜，意大利人读到中国的《诗经》时茫然不解，如此等等。重要的是，人们可否论证存在某种人类通用的美学准则？

如果联想到尼采、福柯式的系谱学分析，很少人还会乐观地信赖这种美学准则。越来越多的证据表明，文化身份、性别、地域文化、艺术教育、民族、国家以及种种意识形态无不潜在地建构人们的美学观念。这一切所构成的历史语境既是某种特定美学观念的展开，同时也是这种美学观念的限制。尽管美学观念之中存在历史延续性和多民族的普适性，但是，这一切无宁说是上述诸种因素的复杂交织，而不是源于某一个超历史超民族的固定信念。伟大的艺术与特殊性之间的关系是显而易见的，伟大的艺术同时显示了某种具有普遍意义的思想；但是，人们没有理由将后者确认为全人类共同拥戴的普遍主义。即使对于伟大的艺术作品说来，普遍性与特殊性仍然只能交汇于某一个特定的历史平面之上。

我愿意回到这个观点的基础之上：普遍主义并不是一无可取的负累；相反，多数时候，人们围绕各种级别的普遍主义聚集起来，形成家庭、党派、团体、民族、国家、文化圈，如此等等。如果没有任何共识，社会乃至人类的存在都是不可思议的。即使是一种个人本位的原子式社会结构，普遍主义产生的向心力仍然十分重要。另一方面，普遍主义时常会成为一批人乃至一个社会的理想。理想不仅是一批人相聚的理由；同时，因为理想暗示了现实的匮乏、未完成的状态以及改造的必要，因此，普遍主义还会很大程度地转换为一种动力。这个意义上，许多理论家仍旧或显或隐地在普遍主义的信念之下工作。

尽管如此，这些理论家必须强烈地意识到，他们不是构思一个终极性的理论图景。他们提出的普遍观念仅仅在特定的历史框架内部活动。这种普遍主义只是相对于历史语境而言，并且会因为历史语境的改变而缩小为局部的真理，甚至必须全盘否弃。有些时刻，理论家不得不亲手拆除自己理论体系，修正曾经提出的观点。这决不是可耻的见风使舵；这里，昨是而今非意味的是对于历史的尊重。他们没有必要惧怕历史相对主义的称谓，他们的改变源于历史性的演变——而不是源于渺小的个人意志。其实，许多理论家必须警觉的是问题的另一面；某些普遍主义时常悄悄地跨出了相对的历史框架，不正当地袭取了"普遍真理"的名义。另一个维持这种普遍主义的常用策略是"自然化"。理论家反复地陈述和援引某些观点，仿佛这一切是自然而然的，无可置疑的。于是，这些观点因为"天然的存在"而逃避了必要的论证从而合法化。按照福柯所提供的思想方法，人们必须进一步追究隐藏于这种普遍主义主张背后的权力机制运作以及某些特殊集团的利益诉求。

所以，在我看来，理论对于普遍主义保持的是双重的姿态。有时，理论的意义是提出或者发现某种普遍观念，提供一种深刻的历史阐释；有时，理论的意义是破除某种强大的普遍观念，廓清传统思想的遮蔽，显现新的历史可能性。当然，破除的意义并不是与所有的传统文化完全决裂；破除的意义不如说是传统文化的重新甄别——甄别哪些传统文化的因素可能或者必须在新的历史语境之中存活，重现生机。某种程度上，这些甄别即是证明一种历史与另一种历史之间强大的血脉联系。某些理论家的普遍主义信念如此坚固，以至于他们不再怀疑自己所信奉的主张。他们仅仅是不遗余力地宣谕这种主张，坚决而激烈。相对地说，另一些理论家有些游移。他们赞同某种普遍观念，同时又保持着对于这种普遍观念的再认识。他们必须保持足够的思想弹性，预先保留反思所需要的空间。如果某种普遍观念已经成为历史的束缚，他们必须及时地发现。失去了普遍主义的屏障，这些理论家不断地处于思想的紧张之中，不断地重新探索、检验他们的理论预设和前提是否仍然有效，并且因此承受许多额外的苦恼。这个意义上，他们似乎远远不如信奉普遍主义的理论家幸运。如果人们有勇气撤消上帝的位置，那么，人们就必须承受西绪福斯式的思想苦役。

我已经反反复复地提到了"历史语境"。这是决定理论家理论姿态的基本依据。可是，谁负责出面向世人宣告，一个新的历史阶段正在酝酿，一个新的时代即将诞生——一个理论的转折已经迫在眉睫？令人遗憾，这个主持人不存在。换言之，上述的历史判断必须由理论家自己提出。无论是远见卓识还是难堪的历史误读，理论家必须承担这个结论的后果。所以，上述的历史判断是对于理论家的真正考验——这种考验包括了学术知识、理论训练以及清理种种芜杂材料的能力，也包括了洞察现实的眼光、思想的深刻与否和表达思想的勇气。

关于后现代的一个非标准表述

赵汀阳

1 如何向我们自己讲述后现代

非常感谢乐黛云先生邀请我对已经被广为讨论多年的"后现代"进行一种整体角度的表述。这件活甚难，看来我只能给一种非标准表述。不过这个问题本身是个十分有意思的问题。后现代的思想表述本来就是对现代学术的专业（discipline）表述的一种批评或反叛，至少是一种反叛的愿望。按照现代学术专业规矩来表述后现代这样一个问题确实多少有些不太顺手，因为后现代是不确定的、多义的、混杂的意向组合，特别是弥漫在生活空气中的一种气氛、一种像病毒那样可传染的情绪或者一种对待各种事情的感觉，甚至是一种表现事物的"技艺"。这种东西很大程度上是需要"默会的"（tacit knowledge①），很难按照某种专业（比如说文学批评、哲学、社会学之类）的批评惯例或"范式"去定义和叙述。其实不仅是很难专业地谈论后现代，而且专业地谈论现代性也一样不容易。专业叙事在覆盖一切问题的现代化或后现代的物质/心理事实面前失去了表述的力量。不管是反思现代性还是表述后现代

---

① cf. Polanyi: Personal Knowledge. 1958, Univ. of Chicago Press; Study of Man. 1961, Quest, No. 29.

都不再是某个学科的话题,而是一个面向着整个思想的问题,显然就需要某种新的叙事方法(methodology of narrative)。

毫无疑问,大家都注意到了这一点。刘小枫甚至相信,为了能够从各种方面思考现代性,应该建立一种"现代学"①。不过这一正确的意识被发展为有些夸大其词的要求,因为一种领域无限大的学科 (discipline) 多少是自相矛盾的,而且容易由于规模太大而失去控制能力。因此,更多的人只是希望建立某种有更多自由的叙事方式使得各种学科能够进入开放的合作。如 Wallerstein 对开放社会科学的要求②,Wallerstein 的"世界体系"意味着一个大规模的观察对象和问题体系(但不是一种"学")。Eco 提出的"迷宫式的百科全书"(encyclopedia as labyrinth) 的思维方式则要求在意义和文化理解上的全面开放和连接③。我关于 syntext 的设想则是一种侦查问题的方法论,强调摆脱 discipline 的限制而追踪各种暗中决定行动事实的"潜观念"以便重新理解各种观念体系④。

一直到今天,我们其实还没有一种非常全面有效的叙事方式能够充分表述像"现代性"或"后现代"之类有着超复杂意义的问题,但是我们至少重新意识到了世界的整体性,而且不是在所谓"朴素的"(naive)水平上意识到它,而是在各种复杂情况的"互动"中的重新发现。

2 后现代态度的语法

后现代态度并没有超越现代,而是现代对自身的悖论状态的自我表述。一个人按时上班,好好工作,天天向上,按照机器允许我们做的事情去做事情,说各种政治正确的话,尽管无聊,但想到可以预见的提升以及大家都想的时髦休假方式就兴致勃勃。这些按

---

① 刘小枫:《现代性社会理论》,上海三联书店,1998。
② 见 Wallerstein 等:《开放社会科学》,三联书店,1997。
③ 见 Eco: Semiotics and the Philosophy of Language. Macmillan Press, London, 1984.
④ 见"Pour un Syntext"in Alliage, No. 41 – 42.

部就班(routine)的欲望和工作是现代的；现代社会是无法反抗的，反抗就只有牺牲，现代人不喜欢牺牲(那是前现代的风格和热情)，于是，对自己状态的不满意就只能表达为不生气的自我讥讽或自我解嘲(如果生气就变成前现代的愤愤不平和不平则鸣)。这种无理想的批判是后现代的。这就是弥漫在空气中的、到处在传染的属于大众的现代和后现代感觉。

从现代以来，"人民创造历史"成为一个仅仅略略有所夸张的事实，无论如何，现代是一个"群众的时代"①。在这样一个时代，群众的欲望和意见(doxa)甚至比思想家的知识(episteme)更加准确地表达了时代事物的理念(eidos)。这是荒谬的，却又是真实的——希腊人相信只有知识才能表达作为事物本质的理念，而意见只是乱哄哄的俗人之见。现代社会显然破坏了这一知识结构，以至于形成"现象创造本质"的情况②。这与从马克思到 Wallerstein 所批判的现代社会的"万物商品化"运动密切相关。

商品要获得最大市场，就必须迎合群众，而为了继续扩大市场，就必须同时改变更多的人的欲望趣味使他们变成群众。现代社会不仅生产商品，而且生产群众，这样的"双重生产"对人们的生活经验的破坏是不可估量的。现代社会假定每个人都理性地使自己的利益最大化，这个假定虽然不十分准确但大体上还说得通，可是这样一种对社会的商业定义其实是人类最大的一次生活冒险，它远远不仅破坏了各种精神价值(精神价值不可能有最大市场)——这一点早已是陈词滥调，而且严重破坏了所有人都需要的一般日常生活价值。人们在日常生活中梦想什么呢？梦想得到一些只有少数人才能够享有的物质生活。一种物质，本来没有很大的价值，但如果它是难得的(经济学说是"稀缺的")，那么它就被感觉为有价值的。可是现代商业社会逐步地把各种在过去只有贵族豪门才能够享有的东西如山珍海味丝绸皮毛金银珠宝汽车洋房沙滩酒店以及各种装腔做秀的趣味格调都大众化了，即使暂时还没拥有，那也

---

① Le Bon 在 Psychologie des Foules(Paris, Alcan, 1895)中深入地讨论了这个问题。
② 参见我的文章《20 世纪的遗产》，载《国际经济评论》，1998，3-4。

已经看惯了。商业甚至有本事把原本是要充分另类和边缘的暴力变态同性恋迷信堕落吸毒主流化成为人民喜闻乐见的东西（豪门生活和杀人放火都是最卖座的题材）。于是，人们高高兴兴得到了各种现代化的享乐，但是发现别的人也都有，即使有些没有得到的东西，也是早已看得烂熟的东西，意义被剥夺了。现代人在还没有得到欢乐时就只有羡慕嫉妒恨，然后又在欢乐中失去意义。这就是现代基本生活经验。我担心我们可能谈论了太多的精神，而没有充分关心物质生活的精神性——物质并不仅仅是物质，而是精神生活。物质生活正是我们的日常生活，它所提供的意义就是我们的基本生活意义。只有当日常生活成为欢乐而无聊时，后现代才有了明确的基础。

日常生活的大众化或庸俗化决不是现代人文精神的对立面，而只是它的搭档。麦当劳、电视剧、流行曲、奥斯卡、信用卡、留言电话、软饮料、体育比赛、排行榜、广告、传媒等等和标准化、制度化、民主、平等、个人自由、理性、竞争、政治正确、最低伦理、社会学、统计、数字化等等有着某种映射关系。从马克思主义到法兰克福学派等左派、尼采或海德格尔式的诗化形而上学以及女权主义和绿党等各种边缘或弱势声音都已经狠狠批斗了现代社会的各种弊病，但这些都是义愤填膺的批判，不是后现代态度。在许多时候，"批判的态度"和"后现代态度"会被混为一谈，但它们的精神气质和目的是非常不同的。那些批判都是属于现代人文精神内部的意见分歧，是现代人文精神的内部矛盾的结果，而不像后现代态度是现代精神的一个变态或悖论表现。尽管后现代是不清不楚的，但与批判却有比较明显的差别。有一个迹象是这样的：后现代不会真的去批判右派或左派，而是笑话它们，如果人们要求给出理由，那么后现代就笑话自己。

有后现代态度的人们不一定有与众不同的价值观（很可能十分平常），关键是，价值观不是他们的主要表达对象，他们更关心的是叙事方式，一种"悬隔判断"①的叙事技巧。如果一定涉及价值

---

① 借用 Husserl 的术语。但在更极端的意义上使用，连价值观、真理等等都悬隔。

观，则往往兼收并蓄，各种各样的价值都可以成为资源，哪怕自相矛盾，甚至几乎总是自相矛盾。当然也不是故意制造自相矛盾，而是很难找到不是自相矛盾的事情。虽然对世界被搞成这个样子不太满意，但决不是批判的态度，而是接受这个世界的荒谬性并且按照荒谬把它进一步彻底荒谬化（有点像 Wittgenstein 所说的哲学：把不太明显的胡说变成明显的胡说），以便在失去意义中获得快乐。也许可以说，后现代的一个主要语法是：

对于现代事物 x，你总能够按照 x 自己的逻辑，把 x 最终变成一种连 x 自己都不愿意接受的东西或者使 x 变成一个悖论。

有一个据说是艳俗艺术家 Jeff·Koons 的口号"领导大众走向庸俗"就表达了后现代的这种思想语法（大众本来就是庸俗的，如果更加庸俗呢？庸俗到大众不好意思呢？）。在这里，也许就比较容易理解为什么后现代艺术尽管喜欢采取最大众最 pop 的形式，但却并不能够真的讨好大众，而只能是"实验性的"或前卫的艺术。例如周星驰的"大话西游"、Quentin Tarantino 的"Reservoir Dogs"、Emir Kusturica 的"Underground"等虽然都是获得成功的后现代电影，但却不是像好莱坞商业大片那样受最大多数人欢迎的电影。值得注意的是，这些电影也决不是专为文化人的"纯艺术片"，也不是专为特殊圈子的"另类片"，它们似乎很愿意重视大众，但却把大众预期的真善美①"定式"改写为"问题"，这就反而使预期走样。

把大众的"文本"（text）错误地放置到一个不宜的"环境"（context）里去，这样一种"情景错置"（re‑contextualization）似乎是后现代的一个基本手法。这可以理解为一种"解构"——Derrida 的解构理论通常被看作是后现代的一个基础理论。Duchamp 划时代的小便池，最普通最大众的那种工业成品，就是用情景错置而成为（准确地说是有理由被认为是）后现代艺术经典，与此类似，Andy Warhol 对各种大众喜爱的符号和形象的复制/盗用（appropriation）也是对时代的似非而是的解读。如此等等。这些后现代艺术家的所

---

① 王朔指出，大众文化表达的就是"真善美"。见《无知者无畏》，春风文艺出版社，2000。

作所为对于艺术来说似乎实现了一个令人不安的艺术阴谋：既然艺术可以是任意一个可能世界，那么任何一种东西都可以被搞成艺术(按照方力钧的说法：这相当于给任何意义上的奴隶都发了自由证书，于是就不再有严格意义上的革命了，一切胡作非为都是预先允许的)。但是这个后现代艺术阴谋又正好是现代社会的一个社会学表述：既然现代的生活世界是由齐一化、标准化的工业来定义的，而不再是由个人化、经验化的手艺(arts)来定义的，那么，艺术(arts)的逻辑就不再是手艺而是工业。

3 悖论的现实主义

后现代可以理解为一种现实主义，它决不是关于某个理想世界的表达，而是关于现代生活的现实描述。它的特点，正如前面所述，只不过在于它表达的是现代现实的悖论方面。我相信，把后现代理解为一种"悖论的现实主义"是恰当的。后现代是一个经常被胡乱理解的概念，比如说容易与文化批判混同，或者容易被认为是胡闹或至少是不严肃的搅局，这些都至多有一点表面的相似。有时后现代又被过于广泛地理解，以至于有所谓"积极的或建设性的"后现代①，据说是不满意通常的消极的后现代怀疑主义态度。但这样的后现代不免太广义了，几乎可以把所有关于未来的幻想包括在内。当然不是说不能有非常广义的概念，关键是在这里人们关于未来的幻想好像与通常意义上的后现代态度不太一致，似乎没有必要让后现代概念承担过多雄心勃勃的内容。假如将来人们有理由有能力终结现代，那个现在无法命名的新时代恐怕不能归结为后现代精神。

在人们普遍不满意现代理念的情况下，"后现代"这个概念显得便于利用，于是轻易地被捆绑上许多似是而非的东西(想起皮尔士说，"实用主义"是一个"丑得人们不爱利用的"概念)，诸如反本

---

① 如 David Griffin 在 The Reenchantment of Science，即《后现代科学》(中央编译出版社,1995)中声称的，应该有建设性的后现代理论。

质主义、反普遍主义、整体论、非理性主义、生态运动、女权主义、反文化霸权、绿色观点、反资本主义、弱势边缘群体声音、同性恋、动物保护、后哲学以及一些封建迷信等都似乎可以被算做后现代。未免太乱了。

与后现代态度最为接近的是怀疑论，正如 Lyotard 所指出的，后现代特别表现为对"元叙事"的不信任①。后期 Wittgenstein 的哲学被认为属于后现代风格的思想，也被说成是一种新怀疑论②。如果把后现代定位成一种怀疑论，那么，进而就很容易想到反本质主义、反普遍主义等等。像这样对后现代比较广义的理解当然有一定道理，不过如果要更加微妙地理解，就宁可狭义一些。我甚至觉得后现代态度和怀疑论、反本质主义、反普遍主义等并不特别一致，而只是"家族相似"(用 Wittgenstein 的话说)。一个主要的理由是，像反本质主义、反普遍主义和怀疑论等虽然与后现代有亲戚关系，但它们却另有可能导致别的思想路径。至于女权主义、弱势群体权利和同性恋等则甚至有几分现代主流化的味道，就更不像后现代的了。不过这个滑稽的现象本身倒是后现代的。

特别典型地显示后现代态度的可能是 Derrida 的解构主义、Foucault 的知识/权力分析和 Said 的后殖民思考。对于任何规章制度一类的东西，我们总有办法使之节外生枝、走偏长歪以至于面目皆非(这也可能是对"解构"的后现代合理误读)。而既然连知识这样"纯"的东西和权力这样"不纯"的事情都存在着无法澄清的辩证关系，那么社会事实就总会是荒谬的。东方学则是荒谬的好例子，东方学当然是西方文化霸权对他者的表述，但是由于东方的现代化愿望就是使东方变成西方那样，因此东方学又同时成为东方的可笑自述③。现代社会的荒谬现实可以用"后现代改造了的"黑格尔名言来表达：现实的各个部分都是合理的(原话是"现实的就是合理的")。这意味着，社会的各个部分按照其逻辑或设想都是合理

---

① 见 Lyotard: La Condition Postmoderne, 1979.

② 见 Kripke: Wittgenstein on Rules and Private Language. 1982.

③ 参见王铭铭在《想像的异邦》和《文化格局与人的表述》中对东方学的分析。

152

的，但是组合到一起就是荒谬的，而由于每个部分都是合理的，所以尽管我们不满，却又好像没有什么东西可以抱怨。当然，不是说古代社会就不荒谬，只是古代社会比较简单，因此各种问题都不够显眼。

我宁愿说后现代是悖论的现实主义，是因为这样更能够表现出在面对现代事实时的悖论心情。这种心情在人们对现代社会的不满过程中慢慢发酵形成，100多年来的不满开始是批判性的，马克思主义就是现代社会自我批判的一个最重要范式。现代批判的角度越来越多，佛洛伊德式的，法兰克福学派式的，毛泽东式的，无政府主义式的，诗化的，如此等等。这些批判都有理想主义成分（大多数都幻想某种完全好的极端现代化社会以及新人类形象），然而，"现实是残酷的，理想都破灭了"（达里奥·福《一个无政府主义者的意外死亡》中的台词)，明确的理想后来退化为模糊的理想，肯定还是有理想，但说不清是什么，追求理想变成盲目的渴望和胡乱的追求。这就是从"迷茫的一代"到"垮派"式的批判（非常有趣的是，在迅速发展的第三世界国家里，这个发展环节或阶段相当薄弱，很不明显①)。《等待戈多》(贝克特）和《在路上》(克鲁亚克）表达了典型心态，不管是苦苦的等待还是苦苦的随处寻找，理想是有的，尽管不再知道那是什么。而到了后现代心情，人们仍然迷茫和失落，但是，迷茫不再是值得用心动情的表达对象了，苦苦地什么什么变成了一件很搞笑的事情，理想主义退化为淡得不能再淡的背景，现实主义重新成为风景。假如让Tarantino来改写《等待戈

---

① 例如中国的情况，1971年林彪事件之前主要是理想主义情绪，之后虽然许多人对共产主义理想失去信心，但又开始另一种理想主义，即相信资本主义是最好社会，这种资本主义理想在八十年代获得公开化以来是持续着的理想。尽管当时也有一些人进入类似"迷茫一代"或"垮派"的情绪甚至实践，但人数如此的少以至于不能说明社会状态，当时虽然也有学习迷茫或垮掉的轰动的作品，如《别无选择》，但这类作品的迅速过时说明了人们的真正心态，到现在也偶尔还有学习迷茫或垮掉的作品，而这类作品甚至连短暂的轰动都没有，这更说明问题。在九十年代人们惊人迅速地感染了后现代心态，原因很多，在此不论。

多》，有可能写成等得如此无聊的人们争论起小费问题而最后发生枪战；如果让周星驰来改写，有可能人们突然捡到"月光宝盒"而飞到了理想之天堂，然后发现那里美得不敢相信也不敢要于是又回来了——这不是浪漫主义，而是现实主义，假如霍金可以数学地推知宇宙的真相，那么人们就可以发现天堂美得不想要。

实际生活中的人们很可能心情是混杂的，并没有非常纯粹的前现代、现代和后现代心情。台湾有个电影《麻将》就是心态混杂的。里面有个台北小坏蛋教育另外的小坏蛋为什么只能去骗人：现代人人都不知道需要什么，都需要别人来告诉他，他其实需要的是什么。可是既然人人都不知道需要的是什么，那么他自己又怎么能够告诉别人真正的需要是什么呢？所以只能是骗子，要不只能被人骗。可是故事后来又不协调地转到了觉悟和美好理想。但结尾又回到后现代态度，一个新到台北的西方青年看着到处是骗子而又生气勃勃的社会，兴奋自语：这里才是资本主义的未来，我一定不能告诉我的老乡们。

4 后现代者说：我说的都是谎言

如果可以把后现代态度归结为一个悖论，那它应该是：任何东西都是不确定的（这连自身都不信任）。它与怀疑论确实有些相似，但不是。毫无疑问，怀疑论是悖论的土壤，但不一定生长成悖论。怀疑论只是不信任某些事情，希腊怀疑论不信任本质，Descartes 不信任感觉，Hume 不信任理性，Wittgenstein 不信任解释，等等，但是悖论什么都不信任，包括不信任自身。

有的时候人们可能会觉得后现代态度是不严肃的，尤其当它表现为艺术和娱乐时。实际上，如果一定要说后现代不严肃，那么也应该说它严肃地表达了现实的不严肃。既然现实是充满悖论的，或是充满自相矛盾的，那么，假装现实有合理的解释就反而是不严肃的，除非将来人们创造出一个基本上不荒谬的现实。合理性依靠解释，解释需要理由，可是几乎所有的基本观念和价值观都不太可能获得充分的理性辩护，因此 Wittgenstein 愿意指出①：解释和理由并不像通常以为的那样取之不竭，而是很快就会用完，并且最后还是没有理由。我们只能说，现实就是这样了，生活形式就是这样了，即使背谬百出，又能够再说什么呢？其实1000多年之前基督教思想家早就明白这个道理，Tertullian 发现"不可理喻而可信之"(Credo quia adsurdum est)，Augustine 也说，"信之而可知之"(Credo ut intelligas)，他们都很清楚，作为最后解释的观念都没有道理(有道理就还可以接着解释下去，因此最后就只能不讲道理)，但如果没有道理的观念是足够迷人的，那么为什么不相信呢？

至于现代社会，经过百年反思和批判，人们终于发现有大量的基本矛盾是悖论性的，从而产生后现代心情。对于那些基本的悖论状况，通常有这样的选择烦恼：如果一种选择是足够好的，那么它只能是理论幻想，是乌托邦；如果一种选择是实践可行的，那么它又不是人们心思所能满意的，是权宜之计。一个例子就是自马克思以来在百多年里反反复复而现在又再次热烈起来的理想主义和自由主义的争论(有时被称作新左和右派的争论)。理想当然是各种各样的，但都相信对人类理性的理想主义理解，即通过某种规划和集体力量，人们能够找到并建立一种尽可能美好的社会；反过来，自由主义强调有限的理性能力不可能为别人的命运做主，根据 Hume 和 Hayek 论证，人们的知识特别是关于未来的知识永远是很不充分的，因此，以理想来规划社会和人最后非常可能是"通向奴役之路"。如果粗略地兑换成博弈论②的情况（比如说"囚徒两难"③），人们当然不要最危险的下策，虽然喜欢上策（帕累托最优），但是把命运压宝在别人身上还是太不可靠，于是最明智的个人选择是中策（纳什均衡）。纳什均衡暗示着，在非常简单的游戏

---

① 在他的 Philosophical Investigations, On Certainty, Remarks on the Foundations of Mathematics 等书中都有类似的论述。

② 参见张维迎《博弈论与信息经济学》，1996。

③ 两个同案犯分别被审，如果都抵赖，各判1年；都坦白，各判8年；一个抵赖一个坦白，则抵赖判10年坦白释放。假如两人都理性，结果一定是都坦白，因为这是对自己最合理的战略。

里,尽管人们有可能获得关于最好事情的充分知识,但理想还是难以变成现实,人们只敢于按照个人理性去选择最保险的事情,而不会冒险信任集体理性的好事。当然,如果是非常复杂的游戏,任何充分知识就都不可能了。这里的问题是,假如人们都能够对明智选择感到满意,悖论就不存在了,可是明智选择只不过是不好不坏的事情,所以人们不会没有理想或更高的欲望。那些过分的欲望实际上还是会影响人们的感觉和行动,于是,理想也是事实的一部分,或者说,观念是实在的一部分。也许在知识论上可以想像有纯粹的"仅为所思之所思"(cogitatum qua cogitatum)①,但是在实践中,所思只能是不纯的,所思与所为是互动的(有些"知行合一"的意思)。这个理想和现实的悖论就是,生活意味着凑乎活,但是凑乎活又不意味着生活。

生活的全部矛盾可以说一直存在,只是现代社会把那些矛盾表现得过于明显而显得特别难受。后现代在某种意义上似乎是一种脱敏剂,它把不共戴天的矛盾表达为左右为难的悖论,总的技艺可以说是"解构",具体手法可以有各种花样,比如多义化、歧义化、变态化、情景化、误读、诡辩、错乱、反讽、搞笑等等。有一点也许值得强调,这就是,与其说后现代态度是一种思想和艺术的发明,还不如说是一个群众运动。现代社会的发展注定会产生后现代态度,我们知道,现代社会是个金钱社会,现代的金钱能够解构一切传统价值,它好像能够买到一切,能够买到本来买不来的有传统的绝对价值的东西,包括真善美,荣誉友谊爱情,可是另一方面,由于它能够买来一切,因此它所实际上买到的一切也不再有传统的绝对价值,那些价值在被买时就失去了,贬值了,相对掉了,因此所买到的还并不是原来想要的东西。像上帝一样全能的金钱正是最大的后现代悖论。这类悖论都是生活中的基本事实,谁都感觉得到,所以,后现代根本上说是群众运动。人们不用学习 Derrida 和 Foucault 就知道怎样后现代。

---

① Husserl 的概念。我曾经试图论证纯粹的所思是不可能的,见赵汀阳:《直观》,pp. 269 - 81,2000。

Wittgenstein 曾经认为语言/逻辑分析只不过是用过就可以丢弃的梯子，就是说，一旦人们不再胡说，就不用再去分析胡说。后现代手法也有些类似，如果现代社会的基本悖论得到缓解，人们就不会再沉溺于后现代情绪。无论如何，后现代在暴露现代性悖论方面确实是非常有意义的。现代逻辑学对悖论很感兴趣，特别是改良了的"说谎者悖论"。"说谎者悖论"的自相关性质甚至成为哥德尔定理中的关键思路。改良的"说谎者悖论"——有某句话 p，p 说的是"这句话 p 本身是假的"——在逻辑上似乎很难有真正的解决。我想，它所需要的也许不是一个逻辑解决，而可能需要一个哲学的解决。大概可以是这样的：给定 p 是一个有真值的命题，那么，存在论地承诺了，存在着某个足以判断 p 的真值的标准 c，它使得能够构造某个可能世界 w 来使(p 或者非 p)是有意义的。按照悖论 p 的双面意义，我们有合法的改写命题"根据 c，p 是假的，同时，根据 c，p 是真的"，于是，有两个解构悖论 p 的哲学解：1) c 有不同所指，即其实 c 有两个，可能世界 w 也就有两个，对于不同标准 c 当然就有不同判断，那么 p 只不过是一个没有把话说完整的语言诡计，真正表达的是相对主义观点；或者 2) 假如 c 只有一个，那么，这个悖论就被还原为平平无奇的自相矛盾表述。假如不把标准 c 这只"看不见的手"拉进视野，仅仅逻辑地和空洞地讨论 p，悖论就确实难以解决。

我想说的是，后现代对各种事情的悖论性表述终究不会是不可能解决的事情，它可以促使我们进行另一些新的思考。未来是什么样的，我们会怎样感觉，我们并不知道。

"他者"的哲学家

——读勒维纳斯的《伦理与无限》

杜小真

伦理不是哲学的分支,而是第一哲学。

——勒维纳斯:《整体与无限》

1995 年冬,勒维纳斯的葬礼在巴黎北部的邦丹公墓举行。人们怀念这位与二十世纪几乎同龄的伟大思想家,追忆他在漫长而又动荡的一生中为人类文化所作出的宝贵贡献。葬礼上,勒维纳斯的"学生"、法国当代著名哲学家雅克·德里达以情深意切的悼词①向勒维纳斯告别。德里达在悼词中指出,勒维纳斯对他深爱的法国——这个具有宽容不同文化和不同民族知识分子传统的国家在 1930 年正式接纳了他——至少有过两次特别值得提出的重要贡献。这两件事和法国二十世纪哲学思想发展的历史紧密相关,直到今天我们都难以估量其深远意义,甚至可以说在改变了法国哲学面貌之后,这两个事件已经成为法国哲学思想、法国文化的重要组成部分。**第一个事件**,是勒维纳斯在近 70 年前,通过翻译和论述把胡塞尔和海德格尔的思想最先介绍到法国,那时候勒维纳斯只有 23 岁,他的第三阶段博士论文《胡塞尔现象学中的直观理论》②就在这一年通过并发表。在这本书中,勒维纳斯介绍阐述了当时在法国鲜为人知的胡塞尔现象学,并且还谈到了"具有强大生命力和创造性的海德格尔的哲学",明确了在海德格尔特殊意义下的先验哲学问题向本体论问题的转向。他是最早向法国人指出海德格尔思想重要性的哲学家。**第二个事件**，也可说是第二次哲学冲击，那就是被勒维纳斯称之为"他者的强震"（traumatisme de l'autre）的伦理思考。这次冲击可看作为勒维纳斯对法国思想界的又一次重要贡献。他实际上既忠实地坚持内在的现象学立场，又通过自己大量的哲学（笛卡儿、康德、克尔凯廓尔……）、文学（陀思妥也夫斯基、卡夫卡、普鲁斯特……）阅读和教学，特别是对犹太教经典的长期刻苦的阅读和研究，走向"他者"。这种移动，事实上已经远远超出了希伯来思想和基督教思想之间对话的范围。勒维纳斯的工作始终在两个方面进行：根据宗教文本阐述犹太教《塔木德》思想和始终只在描述和经验领域从事哲学著述。他始终坚持的是哲学家的立场。他把希伯来思想中的"他者、责任"的概念论至极致，在法国当代哲学研究中别具一格，正如德里达所说，勒维纳斯对"责任"这个丰富深邃的概念具有清楚、沉静而又朴素的意识，这类似于一个预言家的意识，一个智者的意识。

这两个事件随着时光的流驶越来越显示出它的重要意义。当我们在二十世纪结束时回顾这百年之中人类所遭受的一次又一次的战争灾难，所经历的流血和残杀，反思那一次又一次以正义和革命的名义发动的对人类文明和人的价值的肆意蹂躏和践踏，我们会越来越感到勒维纳斯从哲学立场出发的伦理沉思的可贵。他对以内在主体我思为基础的现象学和以个体存在为核心的本体论的诘问，他对传统人道主义和唯心主义的质疑，使我们看到了一种要以他者为目标的"第一哲学"——伦理学。

勒维纳斯著作《伦理和无限》（1981年），是他晚年与莫利普·纳莫在"法兰西文化"电台做的对话录，虽然篇幅不大，却内涵丰富、深刻，其重要性决不亚于他哲学生涯早期的《时间与他人》、《从实存到实存者》、中期的《整体与无限》和《不同于存在或超出本质》等名著。这是因为《伦理与无限》以回顾的目光梳理了勒维纳斯三分之二世纪漫长学术历程的发展线索，并且总结性地对自己的主要哲学观点作了深入而又明确的说明。这本十分耐读的"小书"以其特有的睿智语言引导读者在这个当今最伟大的道德学家之一的思想深处漫游。

本文希望以《伦理与无限》一书为线索，简述勒维纳斯以他者为中心的伦理学的由来与发展，探讨勒维纳斯哲学的内涵，特别是他的"无限"思想给予世人的深刻启迪。也以此表达笔者对这位学者由来已久的深深怀念与由衷的尊敬。

——

> 任何哲学思想都是建立在先－哲学的经验之上的。
>
> **——勒维纳斯:《伦理与无限》**

法国著名哲学家、勒维纳斯的生前好友利科先生在谈到他的一部新作时，非常坦然地承认，他的思想和观点都是与他自身的经历密切相关的③。这可能也是勒维纳斯和他所属的那一代法国哲学家的共同特点之一：他们的哲学思考是从亲身经历起步的。二十世纪初在立陶宛出生的勒维纳斯④的特殊经历使他能够对不同文化和思想、对不同学科领域（哲学、宗教、心理学、文学……）兼容并蓄，这使他的哲学思考独具特色。勒维纳斯把他的先于哲学的经验概括为三个方面：一是**精神的经验**：勒维纳斯在回忆他的思想起点时就说过，他最早受的思想教育是《圣经》，他出生在"自由犹太教"占统治地位的立陶宛的犹太人家庭，从六岁就开始接受希伯来文化的教育。勒维纳斯在欧洲基督教传统下受到的希伯来文化熏陶，很可以看作为一种"内"和"外"的关系，自然而然的内在的犹太传统影响与外部的基督教传统影响在勒维纳斯身上共同发生。第二次世界大战后，勒维纳斯又与犹太教《塔木德》优秀研究者苏沙尼相遇，熟读犹太教经典。阅读宗教经典著作，是"……超出现实（政治）、我们自身的烦恼之上，而又不因此追求完美灵魂或'应该成为的'规范的理想"。这种心灵的感悟从未在勒维纳斯的身上消失过，伴他终生。换句话说，这精神的经验在勒维纳斯的哲学思考方式、即和他人交往的思想方式中起了至关重要的作用。二是**文学的经验**：勒维纳斯自幼喜爱俄国作家（普希金、屠格涅夫、果戈里、特别是陀思妥也夫斯基……）的作品，俄国伟大作家通过小说对形而上学进行质疑，深深打动了年轻的勒维纳斯，使他萌生了哲学思考的冲动："……哲学问题在他们那里被视作人的意义、对生命意义的追求，俄国作家笔下的小说人物不断对之提出质疑，这难道不是对哲学硕士课程表中所列的柏拉图、康德等哲学家的一种阅读准备吗？"⑤三是**历史的经验**：勒维纳斯从立陶宛到俄国上中学，俄国十月革命之后，又移居法国。他在第二次世界大战中在纳粹集中营渡过整整五年时光！他早在1934年就清楚地预感到了德国纳粹主义可能带给人类的灾难⑥。在战争中，他几乎失去了在立陶宛的全部亲人。这使我们想起勒维纳斯的在1934－1935年间发表的另一部重要著作《论逃避》⑦，这部著作从自身的体验和集体受缚的经验出发对希特勒现象进行反思，并引发了他对"逃避"的沉思："……在1935年的文中，读者可以看到对即将来临的战争的忧虑，以及'存在的疲惫'——那个时代的精神状态……"⑧

二

哲学是我们永远的伴侣，日日夜夜……
——**布朗肖：《我们的秘密伴侣》**

勒维纳斯的哲学生涯是从法国的斯特拉斯堡开始的。俄国十月革命后，勒维纳斯移居法国，之所以选择了法国，最初是由于法语的优美和在世界上的优越地位。但后来，勒维纳斯不止一次强调，最重要的原因是在他看来，法兰西这个民族，是世界上惟一一个能够做到这点的民族：她不但能在自己的国土上接纳和宽待异族知识分子，而且能够使他们凭借精神——而不是种族——与之认同⑨。勒维纳斯在这样的文化境域中感受到了最高层次上的精神交流和思想对话，他的思想创造力在法兰西的土地上得以充分发挥。勒维纳斯在斯特拉斯堡大学哲学系学习时遇到的四位哲学教师令他终生难忘，是他们把年轻的勒维纳斯引上了哲学研究之路⑩，不但使他结识了哲学史上的诸多哲学大师，而且领略了法兰西大学的智慧和优雅。我们知道，二十世纪二十年代以来，一大批俄国、中东欧优秀知识分子先后流亡巴黎，和勒维纳斯一样，他们在法国知识界如鱼得水，为法国思想、学术发展作出了历史性的贡献。这功不可没的贡献就是把德国哲学（黑格尔、胡塞尔、海德格尔、尼采……）带到了法国，打开了通向现象学研究之路。限于文章篇幅，这个有意思的问题，笔者拟另文探讨。

勒维纳斯开始接触现象学是在大学期间，受大学同学的影响，他在1927年开始阅读胡塞尔的《逻辑研究》和《观念》的部分篇章。1928年他又亲赴德国弗莱堡师从胡塞尔，并且结识了刚刚发表《存在与时间》巨著的海德格尔。一涉足到现象学的领域，他就被这"给哲学带来方法的活的哲学"深深吸引。他感到"胡塞尔的工作真正关注被直接直观和把握的事物，也就是说，揭示了纯粹意识的主要结构"⑪。勒维纳斯认为应该投身到这种哲学中进行哲学思考：因为这是"为生活赋予诸物的意义正名的存在论，它认为存在与我们的认识的、还有意志的和情感的生活的各种不同对象互相融合"⑫。胡塞尔强调"本体论颠覆"的"形而上学的意义作用"，改变了作为权力的思想意义本身。勒维纳斯从胡塞尔那里继承了不断对存在意义进行沉思的能力。而胡塞尔现象学中的意向性思想则极大地启发了勒维纳斯有关伦理问题和与他人关系问题的思考："与他人的关系可以作为不可还原的意向性来研究……"⑬。

胡塞尔现象学对勒维纳斯，可说是一种入口和方法，而海德格尔对勒维纳斯则是美好的召唤和深深的吸引。实际上，《胡塞尔现象学中的直观理论》就受到海德格尔《存在与时间》的启迪："当胡塞尔还向哲学主张先验的计划时，海德格尔则相对于其他认识模式明确地规定了作为'基础本体论'的哲学。哲学应回答作为动词的存在的意义的问题。"⑭勒维纳斯把《存在与时间》与哲学史上另外几部经典名著相提并论：柏拉图的《斐多篇》，康德的《纯粹理性批判》，黑格尔的《精神现象学》，柏格森的《时间与自由意志》。勒维纳斯在《伦理与无限》中对《存在与时间》评价极高，是从内心深处发出的由衷赞美。他认为海德格尔后来的所有著作之所以有价值，都是因为有这本永难穷尽的《存

在与时间》。他认为海德格尔哲学是二十世纪的伟大事件："二十世纪的人要进行哲学思考，不能不穿过海德格尔的哲学，即便是要脱离它……进行哲学思考如果不知道海德格尔，就总会留有一些'天真的成分……胡塞尔那里有许多特别值得重视和确定无疑的知识，科学的知识，但由于他过于关注对象而忽视了对象的对象性地位的问题，这些知识就有些'天真'了。"⑮我们似乎可以说，勒维纳斯自己后来的哲学研究更多地受到海德格尔的影响，并且从深层思想旨趣上讲，他也更接近于海德格尔。当然，由于各种复杂的原因，勒维纳斯对海德格尔的这种偏爱，也引起他的一些朋友和同事的微词。最近还有评论认为，由于勒维纳斯把海德格尔提得太高，以至有忽视现象学正宗始源胡塞尔的可能。但是，勒维纳斯从来不掩饰他对于海德格尔自始至终的崇敬，虽然海德格尔在1933年曾经有过一段不光彩的历史，他也不愿意因此否定海德格尔在哲学史上的

杰出成就，更不愿意否定海德格尔的理论天才以及在他哲学思想形成过程中的至关重要的作用，这种心情是复杂的，海德格尔和纳粹主义合作的事件对他来说是"思想的一个伤口，我们每个人都深深受伤"⑯，他说："承认我对海德格尔的仰慕，常常使我感到羞愧。我们都知道海德格尔1933年的事情，即使那一段时间很短，即使他的许多有地位的学生都忘记了这段历史。而于我，那是不能忘记的。那时，人作什么都行，但就是不能当希特勒分子！……人们可以原谅许多德国人，但有的德国人很难让人原谅。海德格尔就很难让人原谅。"⑰勒维纳斯的这种立场不同于他的好友让凯列维奇、克林班斯基等学者，他坚持一种区分，在学术和政治态度中间明确划线，这在《伦理与无限》中有清楚明白的阐述。概括而言，勒维纳斯在这个问题上是是非分明的。

三

问题是要通过一条可能推翻某些普遍意义上的、属于民族智慧、似乎最显明的概念的新道路以脱离存在。

——勒维纳斯：《论逃避》

是海德格尔对存在的精彩论述引导勒维纳斯走进他自己的独特的存在研究。勒维纳斯是从存在这个词的动词意义上出发的，存在这个概念更多地是作为存在的过程或存在的遭遇来使用。在《伦理与无限》中，勒维纳斯回顾了他以往的哲学思考和诸多论著的内容，清晰地勾画出他的哲学思想的发展线索，我们看到的是一种开放的运动：要和"普遍的存在"、il y a⑱的中性决裂而使"面貌"（visage）、他人得以显现的运动。其实，这种运动并非仅仅是一种意义的探寻，而是要摆脱"无意义"的企图，是一条把实存引向实存者、把实存者引向他人的艰难之路。随着这条路深入下去，我们会渐渐地体味到勒维纳斯如何与他越来越清楚理解和经常分析的"思想导师"拉开了距离，而形成了自己独特的哲学。

勒维纳斯的"向着他人"的运动可以分为三个环节:首先，是对主体的确定（也可说是主体的诞生），其次是他人的不可还原的相异性，最后是伦理的优先性。

主体的确定:谈到主体的确定，不能不先涉及勒维纳斯哲学的重要概念il y a。勒维纳斯认为，主体，或者说主体性是从il y a那里诞生的:"光亮和意义只能在il y a这可怕的中性中依靠实存者的突现和立足得以诞生。"[19]普泛的Il y a其实是一切"在者"、"实存者"的根基，也是一切实存者之所以能够实存的基础。应该说il y a是勒维纳斯哲学的一个最关键的概念。《从实存到实存者》要描述的就是这令人畏惧的冷冰冰的il y a。有关这个概念的分析表达了勒维纳斯对独一无二的主体性的要求。这里主体的确立实际上是寻求一种超越，把实存与实存者联系起来。这表达了勒维纳斯趋向了一种原始差异的思想。他认为海德格尔对存在与存在者的区分是《存在与时间》中最深刻的思想。但海德格尔重视了区别，但忽视了分离。在勒维纳斯看来，实存者的超越只有脱离存在并且向着他人从存在中分离出来，才能实现真正的超越。而il y a就是没有实存者的实存。勒维纳斯的朋友布朗肖说:"il y a是勒维纳斯最引人入胜的一个命题:这个命题如同超越的反面，因而对超越无动于衷，我们可以用'存在'这个术语来描述它，但是作为不存在的不可能性、中性的不停休的致密性，无名的黑夜的沙沙作响……"[20]主体从这无名的存在挣脱出来就意味着与本体范围决裂，这也就确定了一个强大的、对他人负责的主体性。这种主体性否定中性的、无人称的原则，拒绝黑格尔的整体原则……福柯说:"人是从知识中诞生的。"而勒维纳斯指出:"主体是为着他人的……"这样一个主体意味着原始决裂的权力，并且意味着说话的权力，言语的自由。在勒维纳斯看来，这种自由不是在社会学或心理学的言语后面建立的自由（前者在参照体系中、后者在言语不愿说出的东西中寻求言语的位置），由此产生了判断历史的权力，而不是等待历史无人称的宣判。它是**为着**（而不是**基于**）一种重负或毋宁说一种责任的。从这个意义上讲，我们可看到勒维纳斯的责任不同于萨特，主体趋向的责任先于主体的自由，而这样的自由——不是社会学和心理学语言表述的自由，失去了卫护和慰藉，所以这是一种"困难的自由"，意欲摆脱 il y a，摆脱无意义，说到底是摆脱传统哲学意义上的整体。

趋近他人：勒维纳斯在他的著作中往往用"面貌"（visage）[21]和"欲望"[22]来代替"他人"的概念。主体真正的超越是发生在向着他人的意向运动之中。勒维纳斯确定的主体是趋向他人的。在他看来，主体之所以能挣脱 il y a 这无名的黑夜，那是因为主体对他者的相异性。由于这种相异性，我与他人处在一种"面对面"的状态。需要特别注意的是，这种"面对面"意味着绝对的相异性。我和他人的相异性与我和物的相异性是不同的：我所趋向的世界中的物，是没有"面貌"的，我把诸物视作为现象：诸物拥有一种形式，我们对它们的感知相系于它们占有的光线和空间。诸物或表现为感知的现象，或表现为使之被把握和被摆布的占有的暴力。在现实中，诸物能够变异为金钱，人能够赋予它们具体的价值[23]，比如，我能在桌前写字，坐在靠背椅上看书，永远不会感到它们真正妨碍我。从这个意义上讲，它们是有限的。而我与他人的相异性则不同：作为他人的"面貌"不是被眼睛看到的，他人是突然出现在我的面前的，他是进入我房间事先不敲门的人，或者可说是进我房间不擦干净鞋底以致弄脏地毯的人。所以，他对我决非无关紧要，他的出现已经脱离了具体和有限的范围：认识的意向性改变成为针对他人的、不包容理论性和任何功利性的"欲望",变成了趋向他者,即"另外一个"的无限追求。勒维纳斯以此指明作为他人的"面貌"无限地多于人的实在的"脸",它是"他人用以表现自己的方式,这种方式超出了'我之中的他人'的观念,我们称之为'面貌'"。㉔只有在面貌向我呈现时,我才能与他人发生真实的关系,也就是真正的超越关系。归根结底,"面貌"一旦向我呈现(主显,épiphane),就马上"显示为伦理的关系"(第81页)。勒维纳斯用"主显"这个宗教术语形象地表述了他人面貌的突现,要说明惟有"主显",才能把一种意义引入存在之中。说到底,"面貌"意味着无限,"面貌"的主显就是"无限"的"主显"。"面貌"召唤我、要求我成为"为他人"的人。但它的命令不是选择,也不是道德预见,它先于自由,超出存在,是根源的根源,基础的基础。可见,勒维纳斯向我们展现的我与他人的关系既不是认识的关系,也不是存在的关系,而是伦理关系。

"面貌"的"主显"实际上就宣告了与 il y a 的决裂,与"整体"的决裂。

为他人的伦理学:勒维纳斯的伦理学描述的就是我与他人的关系,也可说,伦理学就是与他人面貌之间的关系。在这种关系中,我对他人的尊重并不是因为我不可能吸收他与我合一,而是因为当他人面貌主显时"有一种如同我的主人发出的命令"(第83页),要求我为他人负起责任。这种命令先于我的自由,超出本质。这种要求不断在我身上出没,使我永远不得安宁。其实,这种要求不是什么舒服或好玩的事情,而是如同一笔拖欠他人的债,并且是永远还不清的一笔债,就像我永远不能达到足够的善。实际上,勒维纳斯逐渐把我对他人的这种绝对的责任提到了一个无限的高度,它是"超度"的;"我们每个人在每个人面前要负起责任,而我要比其他人负得更多……我永远负着责任,每一个我都是不可交换的。我做的事情,没有任何别人能够代替我的位置,特殊性的核心,就是责任。"⑳另一方面,他人总是已经在那里,先于我的入世。如果我保持于内在状态中,那我的存在就是始终是现象的,而不是超越的。而当我接受他人的主显,对他负起责任,这种伦理关系就引起和促进了脱离现象的超越。

勒维纳斯说:"我的任务不是要建立一种伦理学,我只试图寻求伦理学的意义。"(第85页)启迪他进行伦理学意义探询的,除了现象学(特别是胡塞尔)思考和俄国文学(特别是陀思妥也夫斯基),还应着重提到希伯来思想。勒维纳斯在第二次世界大战之后长期研究犹太教经典,师从犹太教优秀学者苏沙尼修士,最后成为法国最优秀的《塔木德》研究专家。希伯来精神中最吸引他的是对个体的尊重。希伯来人崇尚"一",这个"一"不仅仅是对一神教信仰的要求,也是对个体的主体性的尊重。希伯来人认为,谁摧毁了单独的一个灵魂,谁就从根本上使世界发出痛苦的呻吟。这也是希伯来人与希腊人的分歧所在。希腊传统往往认为特殊则意味着"愚痴",而《旧约》中的约伯寄希望于无限,坚持自己的特殊性,敢于藐视宇宙,与他相似的疯狂者都因为坚持自己的个体性,认为惟有他人才能实现彻底的主体性的转移。巴黎第十大学哲学系教授、著名勒维纳斯研究者卡特林娜·沙利耶(Catherine Chalier)还有一非常有趣的发现值得注意:她在《犹太人的个体性和哲学》一文中指出:在希伯来文中,责任(acharaiout)、他人、差异(acher)还有兄弟(ah)都具有相同的前缀。在希伯来文中,责任和他人两个词的意义可追溯到同样的意指根源。而且以色列的智者们都赞成对他人的责任是先于选择的,是能够改变人的。勒维纳斯在对以对他人的责任为中心的伦理问题进行思考时,实际上是吸收了一些古而有之的宗教词语的丰富内涵,把它们(还有上帝的挑选、替代……等等)引入哲学领域,以更明确地表达他自己的思想。

四

话语的本质是祷求。
——勒维纳斯:《本体论是基础吗?》

他人是"面貌",但他同样是对我说话、我对之说话的人。所以,"面貌"与话语紧密相关。在勒维纳斯看来,作为他人的面貌不是被眼睛看见的,并非如柏拉图所说的是在光线之下被显现的现象,视觉的概念不能描述真正的我与面貌的关系。这种真正的关系只能是"话语,更确切地说,是回答和责任……"(第82页)。说话就是趋向他人的可能,就是欲求与他人发生联结。我们应该指出,在勒维纳斯的著作中,话语常常与语言(language)、言语(parol)、言(dire)㉖等混用。他继承了胡塞尔现象学语言学的思想,把语言的构成描述为思维的理想性。但他对"交往的可能是话语得以进行的逻辑的单纯结果"的说法表示怀疑,他认为,与对话者的关系不在于我与他人共同参与的话语的普遍性,而首先在于我与他人的相邻接近。话语其实就是接触,在接触中,我与他人面貌的接近成为一种伦理回归。

从这个意义上讲,语言并不是思想的表达,而是一种交流企图得以实现的条件。从勒维纳斯的伦理思路出发,说话,决不是说出某种东西,而是向他人展示自己。语言首先是向着他人的,而远不是仅仅把词语带到尘世中来。任何真正的言语都是一种祈求。勒维纳斯认为,语言并非一种经验,也不是认识他人的工具,而是与他者、与陌生人相遇的场所。而与他人接近不可能不对他说话,也就是说不可能不表达,这种表达先于任何建立在理解基础上的共同参与的内容,致力于通过不可还原为理解的关系确定一种交流和沟通。而"言"(dire)则是先于表达,它指向外部,留下印迹(trace),在凭藉语言系统的信息进行交往之前,它只是见证,证明无限的光环在前方。可以看出,"言"自己并不说出词语来,它只是赋予意义,是它向我证明我对他人的责任,它是给予他人的伦理符号——顺从、博爱的符号,也就是"尊重"的符号。也正是从此出发,勒维纳斯把我对他人的这种伦理关系提高到了宗教信仰的高度:"这种不可被还原为他人表象、而只能还原为他的召唤的联系——理解在这种关系中并不先于他人的召唤——我们称之为'宗教'"㉗。勒维纳斯告诉我们,先于人的任何存在与思维的"言"面对面貌成为了一个默默无声的词,这个词就是上帝。也可以说,他人面貌的主显相当于启示的光明。勒维纳斯常常引用《旧约》中的一个故事:亚摩斯之子以赛亚 (Isaïe) 自称在公元前742年左右见过雅赫维(即耶和华),应召为雅赫维的代言人,成为犹太王时期的四大先知中最著称的先知,他曾经预告过救世主降临。他一看到雅赫维,就本能地回应:"我在这儿!"而勒维纳斯的面对他人的

"言",实际并没有发出声音,但面对他人的主显,我的"我在这儿!"的回答他人也已经听到,这个回答最根本的含义就在于"支配我吧!"就像以赛亚本能地要求雅赫维的吩咐一样。这样,我在他人的主显中实际听到了上帝的命令,读出了遥远的无限,看到了"救世主的降临"。而我在他人主显中首先读出的,就是"你不要杀人!"的命令,这"摩西十戒"之一的戒令对我证明了上帝的存在。

在此,还应该注意的是,勒维纳斯在我与他人的关系的深刻内涵中追寻上帝概念的意义。勒维纳斯始终坚持的是哲学家的立场,他探寻的是从关心存在的本体论到关心他人的伦理学的过渡,直至在他人的面貌中听到上帝的命令,这也就是那先于自由和"话"的"言"。我并不是通过上帝的在场、而是通过他在具体变成他人面貌的过程中读出他的命令的。"他人并不是上帝的肉身化,但恰恰是通过面貌的他人脱离肉体,显示了上帝在其中标明的高度……"(第51页)。其

至可以说,正是上帝的不在场、他的遥远和无限、他在面貌主显时发出的命令,构成了上帝这个观念获取意义的条件。正如勒维纳斯所说:"我认为,我之中的无限观念——或者说我与上帝的关系——是由于我与他人的关系的具体化、由于作为我对他人责任的社会性来到我之中的:我在任何情况下都不会减轻这种责任。而他人的面貌,通过他的相异性,他的特殊性本身,说出了不知从何而来的命令"。㉘所以,勒维纳斯的上帝,是来到观念之中的上帝,我们在他人的面貌中读到这个不在场的上帝,这个精神的上帝,观念的上帝,没有神性的上帝,他只是在我与他人的关系中呈现他的伦理启示,而他本身是不可见的,我们只能感受到他留下的印迹。他不是宗教命名的上帝,也不是存在的上帝,而仅仅意味着一个超越的上帝的伟大和卑微:当我转向他人时,他的命令告诉我不要让他人孤独存在:当我转向自身是,他的声音告诉我要对他人负起责任。这个上帝并不能给予我任何帮助和慰藉,他惟一能给予我的,就是趋向人间友爱、实现对他人责任的命令。

五

他人,永远比我离上帝近。

*——**勒维纳斯***

在《伦理与无限》的最后部分,勒维纳斯谈到了哲学的艰苦和宗教的抚慰,这使我们感到:他的哲学(作为第一哲学的、以对他人的绝对责任为中心的伦理学)、他半个多世纪以来从事的哲学理论建树,深深地蕴涵着这位饱经沧桑的学者身上带有的时代风霜、历史皱折和精神创伤。勒维纳斯的著作和访谈中,从来没有直接描述本世纪最残酷的战争和灭绝人性的屠杀,但他对于长久以来统治着哲学的由绝对的恶构成的主体概念的质疑和冲击,对古老的、至今仍被许多人奉为至宝的排斥他人、崇奉同一和整体的本体论的尖锐批评，实际上就是对现实暴力，特别是对第二次世界大战中惨绝人寰的纳粹屠犹罪行的深刻反思和控诉。在勒维纳斯《不同于存在或超出本质》一书的卷首，我们看到这样震撼人心的字句："为纪念被纳粹屠杀的六百万犹太人（其中一百万是儿童）中的亲友，还有成千上万同样死于对他人的仇恨和反犹主义的不同信仰和不同种族的人们"。布朗肖在谈到这段话时，特别提请读者注意："在回忆奥斯威辛集中营、回忆那些在走进焚尸炉之前对我们说：'要知道这发生的一切，永远不要忘记。但是，希望你们永远不会再经历它……'的死者时，应该如何进行哲学思考，如何书写呢？正是这一思考，贯穿、承载着勒维纳斯的哲学……"㉙布朗肖是勒维纳斯的最亲近的朋友，他们的友谊始于二十年代末斯特拉斯堡大学哲学系学生时代，他的评论是中肯、准确的。

而这样的哲学思考、是艰难的，有时甚至是残酷的。因为，勒维纳斯从哲学角度向我们指明，宣扬存在平等的人道主义以及一切主张普遍人性、绝对自由的思想其实都不能正确思考本世纪人类的灾难：人被当作物、敌人惨遭摧残，这不是出自对某种性质的仇恨，而是出于对"他者"的仇恨，是出于抹杀"相异性"、消灭"他者"即消灭"相异性"以达到同一和整体的欲望。所以，面对世界上的邪恶、残暴，勒维纳斯提供了他的重药。这付药是成熟的哲学，因此是为"成人"的。正如他所说："哲学，与我的朋友德里达相反，不是为着学前或低年级的孩子们的教材……我的导师苏沙尼曾经引用过可能是迈门尼德㉚的话：'不应该给新生儿吃牛排'。"㉛勒维纳斯的这付药就是为成人的，年轻人的柔软的胃难以消化。因为，他指明人类从未暴露过创伤，指明了在一切声明、偏见或精神在场之前触及你的方式：之前永远属于他人，永远不属于你，这就是思想的无根源的创伤。海德格尔说，人相对存

172

在永远慢一拍，而勒维纳斯则认为，我相对于他人永远要慢一拍。他的药其实是要把生活在火山口上的现代人从政治昏睡、从各种美丽诱人的谎言中唤醒过来。㉒勒维纳斯的药就是他始终坚持和论述的"相异性"，也就是他的为他人的思想。勒维纳斯从非希腊－西方传统中汲取丰富的营养，靠近了先于逻各斯、先于神学和"话"的希伯来传统。他确立了一个彻底的伦理的他人，这个他人在人们能够陈述他的方式之前就已经发出了召唤。我们必须无条件地接受他人插入存在的事实，承认这种挣脱存在与本体范畴的决裂运动。勒维纳斯告诉人们，"你不要杀人！"这句话是在这种决裂运动中面貌主显时读出的第一句话，这也是原始的伦理召唤，要求对与自我绝对相异的他人绝对地尊重。"你不要杀人"，并不是否认世上存在着形形色色的暴力和流血，正相反，这句话恰恰是对残杀他人事实的否定。它揭示人与人之间关系的最原初的意义，从而

设定了人类的所有关系。"你不会杀人！"这句话，就像在进门前人们习惯说的"请您先进！"一样，是人与人之间相遇最初应取的态度。也就是说，伦理道德应该制约存在，承认他人、尊重他人是首要的、至高无上的。为他人的伦理学要求人把人类最沉重、最根本的压力——为他人负责承担在身，直至为他人牺牲。勒维纳斯就是对着重伦理精神进行说明的哲学家，他的哲学要指出形而上学的伦理学的深藏的意指作用——欲望的欲望，实际就是要不同于存在或超出本质。应该说，勒维纳斯这样的分析要比政治揭露与力量的历史分析要深刻得多。他为偏重逻辑、自然、国家和历史规律的西方人指出方向：应该追寻他人的印迹，去认识真正的"替代"的"宗教"历史，以实现哲学由之而来的真正的超越。

总之，勒维纳斯的作为第一哲学的伦理学因其独特而深刻的分析显示了一种神圣而又高尚的精神，从存在的现

173

象分离出发而围绕他人进行的伦理阐述堪称独树一支，因而在西方思想界引起巨大震动。这位"他者"的哲学家的伦理召唤确实震撼人心，令人长久沉思。《伦理与无限》这本小书确能提供一个了解勒维纳斯和他的思想著作的一个入口。它也像勒维纳斯所描述的神圣而纯洁的召唤，帮助我们脱离孤独的存在，趋向无限的善德和爱德……

①见雅克·德里达：《与勒维纳斯永别》，伽里略出版社，1997 年。Jacque Derrida: *A Dieu à Emmanuel Lèvinas*, Galilee, 1997.

② Levinas: *Thèorie de l'intuition dans la phènomènologie de Husserl*, Vrin, Paris, 1930.

③保尔·利科：《记忆、历史与遗忘》，法国色伊出版社，2000 年 9 月。Paul Ricoeur: *La Mémoire, l'histoire et l'oubli*, Seuil, Paris 2000.

④关于勒维纳斯的生平著作简述，参见拙文：《勒维纳斯是谁？》，载《读书》，1991 年第 6 期。

⑤勒维纳斯：《伦理与无限》，法文本，第 13 页。Levinas: *Ethique et Infini*, Fayard, Paris, 1982, p13.

⑥勒维纳斯著名的文章《对希特勒主义哲学的几点思考》（*Quelques réflexions sur la philosophie de l'hitlérisme*）1934 年在《精神》（*Esprit*)杂志上发表。这正是希特勒上台一年之后，也是海德格尔发表《校长谈话》一年之后。这篇文章借助现象学的技术和批判力量解释纳粹主义这个历史 - 社会现象。在当时的法国，此类文章只有巴达耶发表在《社会批评》（*Critique sociale*, 1934, n. 11）中的一篇：《法西斯主义的心理学》（*La Structure psychologique du fascisme*）。这篇文章在 1997 年由 Rivages 出版社出版单行本，后附法国巴黎第七大学教授，著名勒维纳斯研究者米盖尔·阿班苏尔（Miguel Abensour）的长篇评论。

⑦ *Del'Evasion*, 这篇文章最初发表在《哲学研究》（*Recherches philosophiques*）1935 - 1936 年第五卷。1982 年由 Fata Morgana 出版社出版单行本，著名勒维纳斯研究者雅克·罗朗（Jacques Rolland）作序并作注。

⑧《勒维纳斯和博里耶谈话录》，Manufacture, 1987，第 83 页。

⑨参见勒维纳斯：《困难的自由》，阿尔班·米歇尔出版社，1963 年。Levinas: *Difficile Liberté*, Albin Michel, Paris, 1963.

⑩1976年,勒维纳斯在退休前的最后一课上,还深情地回忆起这四位老师,称:"他们是真正的人!"他们的名字是:Maurice Pradines, Charles Blondel, Maurice Halbwaches, Henri Carteron.

⑪参见胡塞尔:《逻辑研究》第二版序言,法文本,第X页。

⑫参见勒维纳斯:《胡塞尔现象学中的直观理论》,法文版,阿尔冈出版社,1930年,第188页。

⑬勒维纳斯:《伦理与无限》,法文版,第23页。

⑭同上,第28页。

⑮同上,第33页。

⑯布朗肖:《我们的秘密伴侣》,载《勒维纳斯论文集》,第81页,Jena–Michel Place Editeur, Paris 1980

⑰引自萨勒蒙·马勒卡:《阅读勒维纳斯》,塞尔夫出版社,1989年,第104页。Salomon Malka: *Lire Levinas*, Cerf, 1989, p104.

⑱Il y a 在法文中原义是"存在有",相当于英文中的 there is, there are,即普泛的有。在勒维纳斯的著作中,这个概念主要表现无名、无人称的可怕的存在。这很像海德格尔的《es gibt》。但勒维纳斯的 il ya 没有 es gibt 那样温柔可人,而是一种"不拥有可能的虚无的存在"。只有脱离它主体才能来临。请参见拙作:《勒维纳斯》第二章,香港三联书店,1996年。

⑲参见勒维纳斯:《困难的自由》。

⑳布朗肖:《我们的秘密伴侣》,载《勒维纳斯评论集》,让·米歇尔广场出版社,1980,第86页,Maurice Blanchot: *Notre compagne clandestine, de Textes pour Emmanuel Levinas*, Jean Michel Place, 1980, p86.

㉑Le visage 在法文中原义是"脸"。但勒维纳斯的 visage 并不是人们所看到的鼻子、眼睛、额头等组成的脸,也不仅仅是他人的表面,而特别是指那不可见的东西,它指的是整个一个人。应该说,它是一种外在的无限。

㉒在《伦理与无限》中,勒维纳斯清楚地说明了与他人的关系是作为"欲望"而产生的:"无限作为欲望产生,这不是满足于对可欲物的拥有的欲望,而是可欲物引发出来的不是对满足、而是对无限的欲望。这是完全无功利的欲望——善的欲望"(《伦理与无限》7)。德里达在《书写与差异》的《形而上学和暴力》一文中对此也有过论述:"欲望的运动只有与被欲望物决裂,才可能成其所是。"

㉓参见勒维纳斯:《整体与无限》,法文本,尼霍夫出版社,海牙版,1961年,第113–114页。Levinas: *Totalité et Infini*, Nijhoff, La Haye, p113–114.

㉔同上,第21–22页。

㉕ 参见 François Poirié: *Emma, uel lévinas: Qui êtes - vous?* 第 103 页。

㉖ Dire 和 dit 是勒维纳斯用来论述话语与伦理关系的重要概念，意欲指出原始的语言是一切交往的基础。这里姑且用名词"言"与"话"来翻译它们。正如勒维纳斯在《伦理与无限》中指出的，"言"是我在与他人面貌接近，面对面时先于交往实践、但又没有宣告出来的语言，类似于现象学还原后的纯净语言，但它具有意向性（vouloir dire），本身就是意指作用。而"话"则是"言"的所指，从"言"中升起、显现。

㉗ 勒维纳斯：《我们之中——论向着他人的思想》，格拉塞出版社，1991 年，第 20 页。Levinas: *Entre nous, Essais sur la pensée - à - l' autre*, Grasset, 1991, p20.

㉘ 勒维纳斯：《来到观念中的上帝》，弗兰

出版社，1982 年，第 11 页。Levinas: *De Dieu qui vient à l' Idée*, Vrin, 1982, p11.

㉙ 布朗肖：《我们的秘密伴侣》，载《勒维纳斯评论集》，第 86 - 87 页。

㉚ 迈门尼德（1135 - 1204）：中世纪犹太族神学家、哲学家、医生。生于西班牙，1165 年定居埃及，在开罗附近建立犹太人组织。主要著作有《迷途指津》等。

㉛ 参见马勒卡：《阅读勒维纳斯》，第 113 - 114 页。

㉜ 实际上，勒维纳斯早在《对希特勒主义哲学的几点思考》中就已经指出，希特勒在理性的名义下把种族的模糊信息和自由意志的统一理想彻底对立。他针对当时的欧洲状况表示了对自由主义思想和普遍欧洲思想能够避免德国野蛮扩张的怀疑。

关于中国比较文学文化研究的思考

杨洪承

　　中国比较文学从二十世纪九十年代以来，一个最大的变化就是，在自觉追踪世界比较文学步履的同时，不断探寻自身的"话语"（学派）或"途径"（跨文化与跨学科的文学研究）的问题。一个最明显的发展标志，比较文学的比较文化研究走向，愈来愈得到整体学科发展的认同。但是，我们的问题正是在变化和发展的过程中产生。世纪之交，中国比较文学面临着新的困境和选择。

　　进入二十世纪九十年代，中国与世界比较文学都面临着全球意识与文化多元对文学的巨大挑战。中国比较文学一开始便以积极的姿态紧跟世界性的比较文学的转型。最为典型的例子，即每三年召开一次的中国比较文学学会年会的议题与国际比较文学学会年会的中心议题相衔接。如第4届（1993年）的"文学与文化"下的"中外文学中的形象学"、"中国文学与外来文化的关系"、"文学与其他文化表现形式"、"跨文化视野中的翻译研究"、"世界文化语境中的中国电影"、"少数民族文学与文化比较"、"中西诗学对话"七个专题，直接紧扣了"在多元文化与多语种社会中的文学"这一第14届的国际比较文学学会年会主题。第5届（1996年）的"文学与文化对话的'距离'"与第6届（1999年）的"'全球化'和比较文学学科的文化立场问题"、"文学现象与文化背景的关系问题"、"比较诗学与中国文论的'话语'重建问题"的中心议题，也同第15届的"作为文化记忆的文学"和第16届"多元文化主义时代的传递与超越"的国际比较文学学会年会的中心议题密切相联系。九十年代中后期,中国比较文学学界还举办了多次国际学术研讨会,议题都集中在比较文学的文化研究方面。1993年的"独角兽与龙——在寻找中西文化普遍性中的误读",1995年的"文化对话与文化误读",1996年的"文化的差异与共存",1997年的"未来十年中国与欧洲最关切的问题"与"第三世界视角中的全球文学意识",1998年的"经济全球化与文化多元化"以及2001年召开的"多元之美——比较文学国际学术研讨会",等等。这些无不可见面对转型,我们应急调整的线索。问题自然便是由此而来,我们积极跟踪与国际研究内容的"接轨",却耽于自身知识的储备与消化能力,结果出现了一系列令人困惑的现象:一方面我们认同世界比较文学的比较文化研究的走向,一方面学科自身的危机感依然困扰着我们。如九十年代初提出了学科的理论基点是什么与中国学派要不要的问题;中期是文化研究是否吃掉了文学与外国文学同比较文学教学课程合并所产生的问题;世纪之交经济全球化与文化多元化使得文化、文学的身份愈来愈无法把握的问题。再如中国比较文学学科的前沿性、交叉性要求与这支研究队伍学术水平、外语基础、理论装备以及知识信息的掌握等等存在明显差距的问题;学科前沿话语、先锋性的探索与学科教学的基础性、规范性存在矛盾的问题。在扩大传统比较文学研究范围、领域的同时,我们又对全球意识与民族观念,多元开放性与研究对象的界定、规范,跨学科文化关系与文学的本体性,以及文化之间的差异与文化的相对性、本土化等学术实践问题,学科理论方法问题,表现出更多的茫然。在文化研究的探索中,我们表现出急于表态、建构体系的浮躁心态。理论阐释中的营造体系和不言而喻的求证、说明,往往削弱了对具体问题的深入探讨。我们相当大的精力不是放在文化本质问题、不同文化差异性的深入思考,而是热衷于概念论争,体系营造和所谓新理论的倡导。

二十世纪九十年代以来,乐黛云先生的学术追求和成就,恰恰给了我们许多启迪。她从全球化的多元文化意识的确定到文化平等对话前提、存在问题的思考；从"和而不同"的文化差异与多元共存解决途径的探寻，到文化之间理解、沟通的新人文精神的建构；从不同文化间交叉误读与想像的比较诗学，到寻求人类共同话语的跨文化跨学科的文学研究，这每一步既是站住中国比较文学的前沿，并且也在国际性比较文学研究中发出了自己的声音。这使得我们清醒地认识到比较文学的文化研究在平等对话与共同话题的中介下进行具体问题探讨的重要性。我们必须从大多数人对比较文学与外国文学的学科调整的张惶失措中走出来，必须从传统的比较文学内容形式的比附和阐释中跳出来，也必须对固有的文化中心或文化相对观念进行更新调整。文化研究的比较文学，既是一种全球化与多元意识并重的文化观念，又是具体的人类精神相交流的场所。这里，我们需要确立文化之间的互动、互补意识的基点，转变一味追求共识、同一性的思维方式。文学的本质问题往往正是文化内层、母体的东西。生与死、爱与恨、战争与灾难、生存环境等等，这些人的精神体验、人的生命内容和形式，是文学表现、探寻的主题，更是文化的基因和内核。九十年代后期一批学者致力于文学人类学文化研究，客观地说是对文化内层研究的具体实践。它的文本的文化解读与田野作业的文化探寻，具有文学与文化研究深入的意义，但是扎实的成果并不多。像唐吉诃德东移、阿Q西去的研究，泰旦尼克号的爱情神话，拯救大兵科恩的现代战争观，张艺谋的电影屡获国际大奖的现象等有意义的课题，作为跨文化的文学研究尚显单薄。这些年比较文学开拓了形象学、主题学、媒介学、形态学、文体学、比较诗学等研究领域，相当多的论文对其概念、领域的认识并不充分，往往是浅尝辄止的冠名。这也反映了学科发展中浮泛化的倾向。为此，在新世纪中，中国比较文学文化研究要稳步前行，我们必须正视已经出现的这些问题。

当今，文化研究对比较文学的挑战，是全球性的问题，是全球经济一体化迅捷带来人类精神大交流的必然。我觉得对于我们最重要的是，如何尽快将自身（文化传统、文学精神）真正地融入其中，而不是忙于缺乏主体的盲目参照比附，或落入浮泛文化概念、文化理论设限的怪圈；更不是文化传统的疏虞、文学精神的背离。对此我有这样几方面的想法：

第一，正视世纪之交中国社会转型期多元复杂的文化语境。中国比较文学进入二十世纪九十年代以来的迅速发展，与社会历史转型期的文化变更交替有很大的关系。我们所面临的问题很大程度是因文化语境的变化而来，譬如，本土化与西方化；第三世界文化与后殖民主义文化；经济全球化与传媒现代化；还有主流意识形态与多元民间文化等等。这些并非能够一句话概括的文化历史语境，并不是单纯两两对立的文化格局。它们更多是多重叠合、交叉呈现的文化语境，形成了世纪之交中国社会历史的文化氛围。比较文学面对这样的文化语境，应该比任何时候更加关注文学自身的问题。确切地说是文学如何寻找到自身在新文化语境中的位置。我们必须调整传统的文学价值体系，重新确定文学的身份。文学自身的问题就是文化之间（语境不同于背景）互动关系的问题。比较文学作为立足文学关系研究、注重文学边缘交叉性的学科，文化语境的正视与梳理，与学科的深入发展直接联系在一起。

第二，面对比较文学文化研究的多重语境，必须采取兼容并包与承认差异的文化立场，从而探寻文学交流对话的新途径。在封闭的时代一去不复返的今天，在多重叠合的文化语境中，我们所面临的生存境遇和选择，是要不断探寻适应文化语境变化的新的增长点。多元文化的文学比较研究很重要的一个方面是寻找差异性，这可视为文化新增长点的发现。文化研究中最深层的差异性对另一种文化体系应最有启迪性、诱发性。莎士比亚、鲁迅文学观的独异性可以不断产生有意义的可比性话题。

第三，在充满差异性的文化语境叠合中研究文学关系、文学传递、文本解读，是比较文学在新世纪的主要任务。文化语境的多元叠合，反映了人类社会的丰富性。作为人类精神载体的文学也在其丰富性中获得了张力。我们无法回避文学受到全球化的影响和冲击，我们所做的只能是对文化复杂性、丰富性的清理，对不同文化之间传递方式、方法的辨析，对文学作为文化文本的原典在历史积淀中的探讨，对文化传播中文学价值与形式的变化与重建的思考。比较文学在今天由于对文化差异性和文化多元性的重视，就使得以往的影响、平行、阐释研究，不仅没有削弱其功能，相反从文化意义上强化了对文学本质的认识。影响和平行的文学作品比较研究从价值判断，更多地转向文学生产过程和文学关系的分析和解读；形象学更关注总体想像在不同文化体系中的理解，诠释作品形象塑造的缘由和关系；译介学从语言媒体的转换中发现文学与文化意义，等等。这些将引导比较文学文化研究的基本走向。

　　第四，中国比较文学在面向未来，走向世界的进程中，伴随着的必然是对民族文化、民族文学的深入思考，从而发出自己的声音。对于比较文学的研究者来说，文化与文学、全球化与本土化、东方与西方、一元与多元的诸多关系，不能简单理解为对立和消融、拿来与继承、统一与自由的关系。我们应该认识到，文化他者乃是显现文化自身特征和获得文化自我认同而存在的对象化条件或中介。比较文学的文化研究目的，就是通过对方了解自己。我们需要以开放的、尊重他者的思维方式，认识自身文化。我们认同的差别愈多就愈有文化沟通的可能性。在文化比较的研究中，以"他者"为参照，实现民族文化精华的发掘和民族文学经典的解读。这正是作为整体意识愈来愈强烈的比较文学文化研究的真正主旨。

互动互惠知识研讨会在波罗尼亚举行

由欧洲跨文化研究院和波罗尼亚（bologna）大学主办的本次会议于 2000 年 11 月 3 日在意大利波罗尼亚大学举行，由欧洲跨文化研究院学术委员会主席恩贝托·埃柯教授（Umberto Eco）和欧洲跨文化研究院院长阿兰·李比雄教授（Alain Le Pichon）联席主持。

"互动互惠知识"理论是欧洲 90 年代兴起的一种新知识论，它是对话理论和文化理论的一种发展，具有跨学科性质，力图面对全球化带来的文化新局面和国际关系所造成的各种新问题。它的一个基本假定是，从属殖民主义体系的传统知识论已经不再能够表述全球化时代的事物和问题，因此需要发展一种得到各种文化参与和支持的新知识论或方法论。现象学、解释学、批判理论(critical theory)、文化人类学、世界体系理论、后殖民理论和博弈论等都是与其相关的学术背景。

互动互惠知识会议在过去数年间举行了西班牙拉科鲁尼亚(La Coruna)会谈、巴黎会谈、非洲廷巴图(Timbuto)会谈、西班牙圣地牙哥会谈和这次的意大利波罗尼亚会谈等多次会议。这次波罗尼亚会谈的参加者有非洲人类学家穆萨索(马里)和阿德里诺·勒塔波纳(布隆迪)；有西班牙人类学家德·洛塔、法国科学史家阿美·达翰、意大利人类学家本纳得·劳雷塞拉、日本艺术史家稻贺繁美等；出席会谈的中国学者则有北京大学的汤一介、乐黛云、王铭铭，中国社会科学院的赵汀阳、郭良、自由艺术家邱志杰和企业家吕祥。

这次会谈有两个主题：

（1）互动互惠知识如何发展为一种新的方法论和知识论。

（2）互动互惠知识如何与当代新技术建立合作。

会上，人类学家李比雄讨论了"关键语词与关键意象"(key - words and key - images)作为互动互惠知识(reciprocal knowledge)的一种方法论的重要性。他认为在对任何他者文化或不同学科的理解中，对关键语词或关键意象的理解是最重要的步骤，问题是这种理解如何避免传统的对他者的误读和过度解释，显然，在西方中心的传统思维方式影响下，东方和非洲文化总是按照西方的观念和预设来被理解和解释的，这不仅使西方失去了关于东方的真实理解，同时由于失去了来自东方观点的批评而损害了西方特别是欧洲的自身理解的充分性和定位(identification)。人类学的方法本来假定能够有助于形成关于他者文化的真实或"客观的"理解，但人类学传统本身也明显地存在着需要被批判和克服的西方中心或殖民主义理解方式，因此需要由传统的单方面人类学转向双向人类学(reciprocal anthropology)。

来自非洲马里的人类学家穆萨索(Moussa Sow)则从非洲经验出发批评了西方或殖民主义理解方式对非洲文化和社会的错误描述。他还强调了地方知识对于真实理解的重要意义。哲学家赵汀阳分析了现代人文社会科学的知识生产方式的内在悖论，指出在全球化背景下产生的各种文化的自觉意识和自身发展要求已经在实际上改变了传统的"我"对"他者"的文化解释关系，于是在未来的知识生产中必定遇到一个"文化重述/改版"(re - cultur-ing)的问题，也就是说，全球化的进程已经在事实上把传统他者问题由"面对他者"这样一个遥远关系改变为"与他者共存"这样一个亲密关系，这不仅仅是一般表面的国际政治/文化关系的改变，而且是哲学水平上的文化/知识模式的改变，因此需要有两个超越现代性(modernity)的根本意识转变：现代思维原则"主体性原则"(subjectivity)必须转向"他者性原则"(the other - ness)，同时，哲学的"心智"(mind)关切需要转向"心事"(heart)关切。这些转变可能会有助于重新理解在事实上已经发生深刻变化了的对话和文化关系。

法国科学史家阿美·达翰则认为，不仅在人文社会科学的知识中"普适性"(the universal)是非常可疑的，甚至在数学和科学知识中，普适性也存在着问题，在不同的文化背景里，人们有着不同的兴趣和不同的思维方式，这些都影响到科学理论和知识的表达、结构和原理，因此即使是科学和数学理论也是"文化性的"。她还提到中国的"九章算术"所表达"与西方理解有相当不同"的数学观念。

中国哲学家汤一介指出，历史证明互相误解可以造成各种文化之间的交往困难，而他者的眼光是互相理解的最好"参照系"，这种参照系不仅能够提供知识的参考，而且能够有助于建立互相宽容的文化多样性精神。他还以中国 100 年以来对西方的理解为背景，讨论了一些例子以证明不同文化之间是多么需要微妙的互相理解。最后他指出，互动互惠知识观点正在获得越来越多的人的关注，在中国也已引起相当多学者的重视，但还需要进一步对其内容和范围进行更为明确的界定。

会议的第二部分讨论了互动互惠知识理论对未来社会的重要性以及与新技术合作的可能。北京 APLUS 公司和 Zeno.com 总裁吕祥提交了关于欧洲和中国合作建立"在线教育"的远距离教育计划 (2001 年)，并且就其中各种问题和可能性进行了解释 (多媒体展示)。网络思想家郭良介绍了中国互联网的发展现状以及可能对"在线教育"有利和不利的各种因素和问题。并且分析了与网络教育和网络文化有关的一般互联网的一些思维方式问题 (多媒体展示)。法国文化批评家碧帼黛(Picaude)介绍了她主持的一个文化/学术网站的各方面情况，并且强调了网站对于发展互动知识的实践意义(网上展示)。

人类学家王铭铭介绍了作为互动互惠知识的 2001 年的一个国际实验学术项目的"新西游记"学术电影计划。其中试图使用一种文化研究/历史人类学方法，把历史文献和历史表述与现实的表述统一为完整的解释/表述。主要将显示中国人从中国特别的角度和文化观点对于西方特别是欧洲的理解。人类学家穆萨索提交了作为欧洲外来者的非洲人在欧洲作人类学田野考察的 2001 年项目。

中国艺术家邱志杰介绍了他的多媒体 CD－ROM 作品"什么是西方"，以对中国人和西方人的随机采访录象为基本材料，加上各种典型的历史照片和图画，建立以各种关于西方的观念理解的层层链接，表达了不同文化背景的人们对西方的不同理解和不同表达方式(多媒体展示)。

最后，与会的 30 位学者就以上问题和发言进行了多方面的讨论，一致认为会议是成功的，作为对全球化，新技术和新的生活/社会/文化问题的回应，是非常有希望和前途的，它有可能为未来世界提供一些思想准备。但仍然需要加强互动互惠知识的观念解释和理论建设，如碧帼黛指出，"互动/互惠"这个最重要的概念本身的可能意义仍然没有得到充分和足够明确的理论解释，其他一些重要的相关概念也是如此，例如"跨文化(trans－cultures)"和"国际间(inter－national)"之类。赵汀阳则认为，关于互动/互惠理论的哲学解释必须在"政治/经济/文化"这个已经成为社会生活事实的一体化的互动模式中被理解，否则会失去与现实的相关性(relevance)。李比雄再次强调关键词和意象的研究能够表现出文化现象的多层意义，因此是最好的进入方式。邱志杰提出说，"多媒体论文"，例如他的"什么是西方"的 CD－ROM 作品或者作为 2001 集体项目的学术电影，可能是未来的一种重要的学术表达形式，它在处理材料关系和背景资料以及形象说明方面显然有着优势。

2001 年春还将在中国举行"北京会谈"，继续讨论互动互惠知识的理论和实践，特别是它的地缘政治/地缘文化的问题和背景，以及在线教育问题。2001 年底准备在布鲁塞尔欧盟总部举行互动/互惠知识的全体大会，准备从总体上比较清楚地阐述互动/互惠知识的观念。

(张宇陵)

"多元之美"国际研讨会在北京召开

　　北京大学比较文学与比较文化研究所、中国比较文学学会于 2001 年 4 月 8 日至 11 日在北京大学联合举办一次比较文学国际学术研讨会,主题是"多元之美";分议题有:多元文化发展中的翻译与接受问题;不同文化体系中神话的共性、差异、传递和相互影响;多元文化中的形象研究;文类在多元文化中的过去、现在及其发展趋势;不同诗学体系的对话与沟通;21 世纪文学批评的走向等。规模为 40 位外国学者,40 位中国学者。

　　欧洲著名思想家恩贝托·埃柯最近提出,欧洲大陆第三个千年的目标是"差别共存与相互尊重",他认为人们发现的差别越多,能够承认和尊重的差别越多,就能生活得更好,就能更好地相聚在一种相互理解的氛围之中。这和中国传统文化所强调的"和能生物,同则不继"颇有相通之处。"和"就是沟通,这是各种差异得以共生的基础。中国的"和而不同"原则和协调各种差别的"礼乐"精神一定会成为人类第三个千年实现"差别共存,相互尊重"的重要精神资源。

　　以"多元之美"为题的国际学术讨论会就是在以上的精神启示下召开的。"多元之美"一方面指"美"的理论之"多元",另一方面也指生活和艺术中不同的"美"的显示与聚合。这次讨论会能成为体现和促进文化多元化,抵制文化霸权主义和文化部落主义的新世纪早春第一燕。

Membres du conseil Académique

De la chine

Ding Guangxun Ancien vice – Président de I'Université de Nanjing, President de l'Institut de Théologie à Nanjing, Théologien, professeur.

Ding Shisun Ancien président de l'Université de Beijing, mathém – aticien, professeur.

Ji Xianlin Ancien vice – président de l'Université de Beijing, président honoraire du collège de la Culture chinoise, expert en études sur l'Inde, linguiste, professeur.

Li Shenzhi Ancien vice – président de l'Académie des sciences sociales de Chine, expert en problèmes internationaux, professeur.

Li Yining Président de la Faculté de Gestion à I'Université de Beijing, économise, professeur.

Pang Pu Chercheur de l'Académie des sciences sociales de Chine, historien, professeur.

Ren Jiyu Directeur de la bibliothèque de Beijing, philosophe, professeur.

Tang Yijie Président du collège de la Culture chinoise, directeur de l'Institut de philosophie et de culture chinoises à I'Université de Beijing, philosophe, professeur.

Wang Yuanhua Professeur de l'Ecole normale supérieure de la Chine de l'Est, Critique littéraire.

Zhang Dainian Président de l'Association des études sur Confucius, philosophe professeur à l'Universtié de Beijing.

Zhang Wei Ancien vice – président de l'Université Qinghua, membre de l'Académie des sciences et d'ingénierie de Chine, professeur.

Del'Europe

Mike Cooley Président de l'Association d' Innovation et de Technologie à l'Université de Brighton.

Antoine Danchin Président du Conseil scientifique de l'Institut Pasteur, professeur de biologie.

Umberto Eco Professeur à l'Université de Bologne, président du Conseil scientifique de la Fondation Transcultura, philosophe.

Xavier le Pichon Membre de l'Académie des sciences de France, membre de l'Académie des sciences d'Etats – Unis, directeur et professeur du département de géographie et de géologie au Collège de France.

Jacques – Louis Lions Président de l'Académie des sciences de France, directeur et professeur du département de mathématiques au collège de France.

Carmelo Lison Tolosana Membre de l'Académie Royale d'Espagne, directeur et professeur du département d'anthropologie à l'Université de Complutense.

Alain Rey Lexicographe francais, président de l'Association internationale de lexicographie.

188

Membres du Comité de la rédaction

Sommaire

190

Liste des auteurs

Baudoin Jurdant(France)

Savant de l'histoire scientifique

Lin Dehong(Chine)

Professeur du Département de Philosophie à l'université de Nanjing

Tan Yijie(Chine)

Directeur de l'Institut de Culture Chinoise, professeur du Département de Philosophie

Jin Siyan(France)

Maître de conférences de l'Université d'Artois

Wan Junren(Chine)

Doyen et professeur du Département de Philosohie à l'Université Qinhua

He Huaihong(Chine)

Professeur du Département de Philosophie à l'Université de Beijing

Yang Huilin(Chine)

Professeur du Département de Chinois à l'Université du Peuple Chinois

Liu Xiaogan(Singapore)

Maître de conférence du Département de Chinois à l'Université Nationale de Singapore

Anne Cheng(France)

Vice – doyen et professeur de l'INALCO

Qian Linsen(Chine)

Directeur et professeur de l'Institut de Recherche de Littérature et de
Culture Comparées à l'Université de Nanjing

Wu Liangyong(Chine)

Membre de l'Académie des Sciences de Chine, et de l'Académie des
Sciences et d'Ingénierie de Chine professeur de l'Institut d'Archi-
tecture à l'Université Qing Hua

Song Zhengshi(Chine)

Docteur ès lettrres du Centre de Recherche des Sciences Sociales

José Antonio Fernandez de Rota y Monter(Espagne)

Professeur de l'Université de La Coruna

Liu Xiaofeng(Chine)

Professeur et inspecteur académique de l'Institut de la Culture
Chrétienne en Chinois à Hong Kong

Nan Fan(Chine)

Chercheur de i'Institut de Recherche des Sciences Sociales de Fujian

Zhao Dingyang(Chine)

Chercheur de l'Institut de Philosophie de l'Académie des Sciences
Sociales de Chine

Du Xiaozhen(Chine)

Professeur du Département de Philosophie à l'Université de Beijing

Yang Hongcheng(Chine)

Professeur de l'''Institut de Lettres à l'Ecole Normale Supérieure de
Nanjing

Members of the Academic Committee

Members from China

Ding Guangxun Ex – vice – president of Nanjing University, honorary president of Nanjing College, theologian, professor.

Ding Shisun Ex – vice – president of Beijing University, mathematician professor.

Ji Xianlin Ex – vice – president of Beijing University, honrary president of college of Chinese Culture, expert on East Indian studies, linguist, Professor.

Li Shenzhi Ex – vice – president of Chinese Academy of Social Sciences, expert on international problems, professor.

Li Yining President of the College of Management of Beijing University, economist, professor.

Pang Pu Research fellow of chinese Academy of Social Sciences, historian, professor.

Ren Jiyu Director of Beijing Library, philosopher, professor.

Tang Yijie President of college of Chinese Culture, director of Institute of Chinese Philosophy and Culture of Beijing University, philosopher, professor.

Wang Yuanhua Professor of East China Normal University, literary Critic.

Zhang Dainian chairman of the Confucius Association of China, professor of Beijing University.

Zhang Wei Ex – president of Qinghua University, academician of Chinese Academy of Engineering science, engineer, professor.

Members from Europe

Mike Cooley Chairman of Science and Technology council of Brighton University.

Antoine Danchin President of Science Council of Pasteur College, professor of biology.

Umberto Eco Professor of Philosophy Department of Bologna University in Italy.

Xavier le Pichon Academician of french Academy of Sciences, academician of American Academy of Sciences professor and director of Geophysics Department of College of France.

Jacques Louis Lions Academician of French Academy of Sciences, professor and director of Mathematics Department of Collge of France.

Carmelo Lison Tolosana Academician of Spanish Royal Academy, professor and director of Anthropology Department of complutense University of Madrid, professor.

Alain Rey French lexicographer, chairman of the International lexicography Association.

Editorial Committee

196

(Artois University of France)

Address: 15 rue Victor Lousin, 75005, Paris, France

Tel: 0033 – 1 – 5624083   Fax: 0033 – 1 – 56240921

Li Guoqiang: executive editor, vice supervisor(Shanghai Culture Press)

Address: 74 Shaoxing Road, 200020, Shanghai, China

Tel: 0086 – 21 – 64372608   Fax: 0086 – 21 – 64332019

E – mail: cslcm@ public1. sta. net. cn

Contents

List of the Authors

Baudouin Jurdant(France)

French historian on sciences

Lin Dehong(China)

Professor of Philosophy, Nanjing University

Tang Yijie(China)

Professor of Philosophy, Beijing University and Dean of China Cultural Seminary

Jin Siyan(France)

Associate – Professor of Artois University

Wan Junren(China)

Professor of Philosophy and Department Chair, Tsinghua University

He Huaihong(China)

Professor of the Philosophy, Beijing University

Yang Huilin(China)

Professor of Chinese, People's University of China

Liu Xiaogan(Singapore)

Associate – Professor of Chinese, National University of Singapore

Anne Cheng(France)

Professor of Chinese and Deputy Department Chair, Language and Cultural Institute of Paris

Qian Linsen(China)

Professor and Director of Institute of Comparative Literature & Culture Researches, Nanjing University

Wu Liangyong(China)

Professor of Architecture, Tsinghua University and Fellow of China Academy & China Academy of Engineering

Song Zhengshi(China)

Ph. D. from France Center of Social Studies

Jose Antonio Fernandez de Rota y Monter(Spain)

Professor of University of La Coruna

Liu Xiaofeng(China)

Professor and Director of Institute of Chinese Christian Culture, Hong Kong, China

Nan Fan(China)

Researcher of China Academy of Social Sciences, Fujian

Zhao Tingyang(China)

Associate – researcher of Institute of Philosophy, China Academy of Social Sciences

Du Xiaozhen(China)

Professor of Philosophy, Peking University

Yang Hongcheng(China)

Professor of Literature, Nanjing Normal University